绿宝石
Fall into your light

赤子之心
莽夫之勇
雪中之炭
冬日之阳

刚好凑一桌麻将~

红白囍

AyeAyeCaptain 著

北京联合出版公司
Beijing United Publishing Co.,Ltd.

目录

卷一

相见欢

平安扣，罗汉眼，出入皆太平。

第一章

看透了贪嗔痴苦人间百态，啼啼笑笑地造孽千载，不知悲哀，不知悲哀——

安平再一次确认手里的地址，实在怀疑自己搞错了地方。

“大伯，跟您打听个事儿。”他站在原地犹豫了好一会儿，最后不得不找人询问，“请问您知道城西街3号在哪儿吗？”

“3号？不就你斜后身那儿吗？”大爷指着街对面的建筑，“恁大个地儿，大小伙子咋眼神儿不好？”

安平傻眼，脱口而出：“可那是城隍庙啊！”

“就是城隍庙啊，城西街城隍庙！”大爷奇怪地瞅了他一眼，看见他身上穿着校服，愣了愣，“小伙儿是市艺专的？这点儿还没下课吧？”

“不是，这两天学校放假。”安平赶紧解释，“老师让我给同学送点儿东西，他最近生病，一直没来上课。”

安平是班委，帮同学送资料合情合理。他线上问了地址，又事先约好时间，到点儿就赶紧送了过来，结果看着大门瞠目结舌——这年头谁家住在城隍庙？

现在是下午三点半，平时这个点儿学校确实还在上课，怪不得大爷打量他，大概见多了翘课上网的，但没见过翘课上香的。

“城西街3号，没错，就是这儿。”大爷指着城隍庙大门，“赶紧去吧，再过会儿就关门了。”说着又觉得有些奇怪，“你同学家住这儿？你同学念书的还是念经的？你们艺专还教这个？”

住不住不清楚，念不念经就更不知道了……眼看话题越扯越远，安平打个哈哈圆了过去："谢谢您啊，大伯，我先走了！"说着赶紧过了马路。

他看着眼前的大门，左思右想，还是准备往里走。算了，有约在先，总不能言而无信，横竖先进去看看。

下一秒，门卫处冒出个脑袋："参观买门票啊，五十块一张。"

安平："……"

安平难以置信地看着眼前年久失修的大门，红漆褪得厉害，已经开始掉渣，旁边的电线杆子上贴着一堆写着"疏通下水道""痔疮偏方"的小广告——这都不是重点，关键是为什么他送个资料还要买门票？

"进不进？不进今天就关门了。"门卫戴着个红袖箍，开口就是噼里啪啦一大堆，"门票五十块，买不了吃亏买不了上当，这庙有好几百年了，里头种着的银杏更是文物树，你捡片叶子带走都值回票价……"

安平实在不想听一个门卫大谈发家致富新道路，来都来了，只得捏着鼻子掏钱："大伯贵姓？"这口才当门卫屈才了，天生是搞营销的料。

"嗐，混口饭吃，扫码还是现金？"门卫唰啦撕下一张门票，拍拍身上的工作牌，"免贵姓黄，黄牛。"

"得。"安平捏着手里的高价门票，心想，"您可不就是黄牛嘛。"

安平稀里糊涂进了门。这座城隍庙虽然历史悠久，但一没古迹，二没传说，几乎就是一座高龄危房，也就逢年和庙会时热闹些。

整个院子静悄悄的，正中种着好大一棵银杏树。

四下无人，安平顿时有种被耍了的感觉，但整件事看起来都相当奇怪，不被耍才显得古怪。

他试着喊了两声："木……木同学？"

无人应答。

果然不在。安平松了口气，一直悬着的心终于放了下来。说老实话，今天这资料，他真的不想送，或者说，不敢送。

他是班委，又好相处，在班上帮忙帮惯了，送个资料不算什么，关键在于这请病假的人，也就是他嘴里的木同学——木葛生，艺专“校霸”。

关于这人，安平是道听途说的多，眼见为实的少。据说，木葛生在艺专留级三年，挂科挂得惊天地泣鬼神，身体不好身手好，最擅长打架和请病假。

原本两人八竿子打不到一块儿，可是这位爷重修太多，愣是有缘和安平分到了一个班。开学三个月，安平几乎没见过木葛生，他很少来上课，旅行青蛙似的几乎一直在休病假。

市艺专是艺术院校，学生们一个赛一个地“神清骨秀”。安平头一次见木葛生是在一堂公共课上。当天是六一儿童节，这人似乎是专程来现眼的，穿一身套头睡衣，抢了个头排最中间的位置，随后一整节课几乎无人听讲，整个阶梯教室的人都在拍第一排那只特大号的“黄皮耗子”。

还有一次是在食堂门口，安平撞见木葛生打群架。

那天下大雨，安平留在社团排练一部新戏，走得很晚，远远看见木葛生坐在食堂外的大垃圾箱上，校服扎在腰间，脚边躺了一堆人。

安平离得远，木葛生似乎没发现他，只是跷着腿说了什么，见地上的人没反应，便伸了个懒腰，从垃圾堆里抽出根顺眼的棍子，在手里耍过一圈，顺手挑开塑料门帘，活像个踱步迈进上场门的将军，慢悠悠地进了食堂。

不一会儿，这人又出来了，将军棍变成了扁担挑子，满当当地挂着一大串外带饭盒。

安平实在搞不清楚这位传说中的校霸到底是什么样的人。今天送的这份资料关乎他们的毕业大戏，他不敢不送，却又不太想送，不然也不至于磨磨蹭蹭在城隍庙门口蹲了半天也没打个电话问问，最后买了五十块一张的门票。

想来木葛生也懒得搭理他，不过是一时兴起戏弄他一番。两不相见，这大概是安平能想到的最好结果。

眼见太阳快要下山，这城隍庙里实在没有什么可看的，就当来遛了个弯儿，安平心想。他正提着袋子准备离开，却听见侧廊的门吱呀一声开了，一道略带沙哑的嗓音传了出来——

“安平？”

安平一激灵，扭头看向身后的人，没敢接茬儿。

对方似乎刚睡醒，脚上一双人字拖，手里一只搪瓷缸，脖子边还卡着个颈椎枕。他注意到安平的视线，打着哈欠点了点头。

木葛生在市艺专有四大传闻，关乎长相、身手、病假、留级。其中，长相传闻排第一。他留级留了三年，顺带蝉联了六届“校草”。安平单身至今，不太懂女生们的眼光，只见眼前这人睡眼惺忪，一副老派打扮，头发乱成了鸡窝，但单论一张脸，确实是很好看。

“不好意思啊！睡得太沉了，没听见声儿……”木葛生说了两句，见安平没反应，“班委？”

“啊？啊，我在听！”安平回过神来，有些惊讶，“你知道我是班委？”

“同班同学，有什么稀奇。”木葛生笑了起来，“我还见过你在课上煮麻辣烫呢。”

安平闹了个大红脸。当时他和同学打赌输了，帮着那家伙在公共课上偷吃东西，结果好死不死，那家伙不知从哪儿搞来个自热火锅，弄得满教室飘香，最后两人都被轰出了教室。

“别别别，打住打住。”安平赶紧转移话题，将手里的袋子递过去，“这是辅导员让我给你带的，毕业大戏的剧本，附了人物小传，有空你瞧瞧。”

“谢了。”木葛生接过来看了一眼，“嚯，这砖头本儿，都能当暗器使了。”

安平本想说“这还不是全本”，想了想还是咽了回去，紧接着就看见木葛生走进香堂，手上哗啦啦一抖，将本子整个扔进了功德箱。

安平看呆了，心想，这人在干啥？

“捐功德啊。”木葛生似乎看穿了安平的疑问，抑扬顿挫道：“这是一家有格调的城隍庙，连香火钱也弥漫着知识的芬芳。”

安平无力吐槽这朗诵大会似的语气：“不是，木同学，这是剧本——”话说到一半又打住，算了，和校霸说剧本，他还不如和“灭霸”组团打本。

“来都来了，要不要上炷香？”此刻的木葛生和平时看起来的疏冷不同，似乎并不难相处，“好歹也是百年老庙，多少准点儿，平时进来还要收门票钱。”

安平噎住了，说：“我买了门票，五十块。”

木葛生眨眨眼：“学生票半价。”

安平：“……”

“你大概是被黄牛坑了。”木葛生看他的神色，扑哧一声笑道，“这样，我免费送你一炷香，城隍管人间百事，求什么都可以，不吃亏。”

说完，他拿来香，将正殿门打开，只见堂上供着一尊泥塑城隍像，一张脸无喜无悲，彩绘已褪得七七八八，是个褴褛的潦倒相。

安平心里犯嘀咕，想着胡乱求个学业有成，却听见耳边传来哗啦一声响，只见木葛生不知从哪儿掏出了几枚硬币，正放在手里抛着玩儿。

“心诚则灵。”这人言之凿凿，“刚刚投了那么多白纸儿，城隍爷肯定听得到。”

一句话里的槽点实在是颇多，安平无语地闭上眼，却还是想了想，认真许了个心愿。

结果，还没等他睁开眼，就听见木葛生来了一句：“班委，你求的是谁的平安？”

安平吓了一跳：“你怎么知道我求的是什么？”

“算出来的。”木葛生指指供桌上的几枚硬币，“你一开始是想求学业，怎么又变成了求平安？”

“算出来的？”安平脑子里万马奔腾，心想，怎么算？三角函数套公式吗？

“你别慌，我不吃小孩儿。”木葛生点了点香炉里的三炷供香，“中间一炷拦腰而断，大凶。你面相挺吉祥，本不该烧出这样的香，你求的是谁的平安？”

“你怎么不给自己算算？”

“我又不是神仙。”木葛生摆摆手，“不想说就算了，但是建议你最好去找个人看看，这庙一堆破毛病，测好的未必准，但凶兆肯定灵。”

安平头一次遇见这种事，第一反应就是不信，随口应付道：“找什么人？算命的？最近整肃市容，摆摊算命搞迷信的早就没了踪影，你有推荐的吗？”

“有。”木葛生指指自己，“我。”

安平：“……”

真的，如果不是木葛生刚刚那两句话说得实在太准，他肯定觉得这校霸脑子短路了，顶着一张人脸，不说一句人话。

和安平最初的猜想不同，木葛生意外地善于言辞，一副笑眯眯的神色，老干部似的端着搪瓷缸饮茶，三言两语便把他说得一脑门子官司。最后安平干脆破罐破摔道：“行吧，那你帮我看看，这到底是怎么回事儿。”

“得嘞，老板，多谢惠顾。”木葛生从兜里掏出一张纸，“解铃还须系铃人，从城隍这儿求的愿，自然还得在城隍这儿还，拜庙先上供，这是供品清单，您收好。”

安平接过单子看了看，一脸疑惑：“不是，我说，为什么供品是香菇炖鸡面？”

“咱这儿城隍爷比较接地气儿，就爱这个。”

“……那健胃消食片又是怎么回事？”

“您没瞧见这尊宝相吗？”木葛生指着正殿里面黄肌瘦的城隍像，振振有词道，“咱这位身材塑得比较苗条，怕吃多了消化不良。”

“求平安是给我老师求的。”安平道。

艺专和普通院校不同，一些有来历的技艺还保留着传统的师徒传承制。安平上的是大课班，原本没有一带一的老师，只是他对传统艺术感兴趣。有一次听了一位老教授的课，讲的是《八扇屏》，他听后大受吸引，私下请教了不少次。一来一回觉着投缘，二人便成了口盟的师徒。

《八扇屏》是相声贯口，用说书形式介绍八位历史人物的事迹，一扇屏画一位古人，八扇屏便是八位。

“据说这些段子都是从清朝传下来的，著名的比如说‘莽撞人’张飞、‘忠厚人’鲁肃、‘浑人’项羽、‘江湖人’苗广义、‘不是人’杨广……”安平打开了话匣子，连说带比画，“现如今剧院里演出时也未必真能讲全八位，可那醒木一拍，一整套的贯口下来不带吞音吃字儿的，难得的是基本功。”

木葛生坐在门槛上，一边听一边把面饼掰碎了泡进搪瓷缸：“你说的是林教授吧？我记得他老人家不是快退了，还在讲台上蹦跶呢？”

安平被木葛生的用词堵得找不着北，过了好半天才道：“林教授讲的《八扇屏》，和传统的不一样。”

“在下学艺不精，”木葛生拎起个保温瓶，哗啦啦地往搪瓷缸里倒热水，“学霸请讲。”

“传统相声贯口《八扇屏》里头的人物都有历史可考，比如说张飞、周瑜、鲁肃。”安平顿了顿，道，“但是林教授讲的这个虽然也是八个人，却没有哪个是史书上找得到的。”

“这多正常。”木葛生老神在在，“相声嘛，段子里多的是隔壁老王、嫂子、弟妹，找包袱好多都是往下三路里找，史书里讲的都是帝王将相，可不讲盖被乱炖……好吧，也是讲的。”

这人自己给自己说乐了，摇头晃脑地又来一句：“白头宫女在，闲坐说玄宗。”

满院子泡面飘香，安平看着木葛生坐在门槛上嘎嘎乐，有些无奈，觉得这人和传闻中的形象相去甚远，不仅易于相处，还很好说话，虽然几句话就把话题扯远了十万八千里，反而令人生出一股饱含烟火气的亲近。

正是他这副不太着调的做派让人很快放松下来。这件事在安平憋得很久，实在无人可讲，眼下他一五一十全说了出来："这部《八扇屏》据说是私家学问，和传统相声走的不是一个路子，贯口内容也不一样，我学过其中的两扇，还有一位师姐学了七扇。"

"嚯。"木葛生感慨，"老林这是把最后一扇当养老钱了？"

"不是，想什么呢！"安平哭笑不得，"老师说最后一扇屏犯忌讳，之前演出的时候出过事儿，所以就挂起来了。"

"挂起来"是京剧的内行说法，指某出戏就此不再演出。传统曲艺规矩多，梨园里许多忌讳，连行头箱子都有讲究。安平讲的这个倒不算奇怪，若是某个段子闹了妖，就此失传也是有的。

"差不多半个月前吧，我和师姐到剧院演出，那天是别的老师的主场，我们就是过去凑个大轴。"安平道，"我们其实是临时被拉过去救场的，没准备也没排练，师姐那天又不太舒服，台上一恍神儿，直接就给演岔了。"

木葛生吸溜着泡面："怎么个演岔法？"

安平咽了咽口水，说："师姐把《八扇屏》的最后一扇演出来了。"

据安平所说，林教授的这部《八扇屏》一共讲了八位人物，分别是狂人、护花人、玲珑人、山人、什么人、客人、两全人以及最后一位——造孽人。

林教授对这部贯口的来历讳莫如深，据说它在20世纪末的曲艺界风靡过好一阵，当时还不是安平如今学到的单口样式，而是由两个人讲，一个有唱段，配合着另一个人的道白。

"林教授曾经说过，当年他学艺的时候也有一位师姐，学《八扇屏》，他学了道白功夫，师姐学了唱。但是有一年在市里社戏演出的时候不知怎的，那位师姐下台没多久，突然就丢了，再也没找到。”安平道，“当时她下台前演的就是这部《八扇屏》的最后一扇——《造孽人》。”

那个年代女相声演员本就少见，好好一大活人就这么丢了，这事儿在圈子里越传越邪乎，甚至有人说这部《八扇屏》本来就有问题，一没出处，二没典故，台词写得也妖异，肯定是冲撞了什么，遭了现世报。最后闹得没办法，林教授的师门只得立了规矩，最后一扇就此被挂起，不许再演。

木葛生觉得奇怪：“那你师姐是怎么学会的？”

安平有点儿心虚，眼睛看向别处：“偷……偷着学呗。”

林教授治学严谨，对学生倒不怎么严厉，单拿这部《八扇屏》来说，安平明面上只学了两扇，其实看过许多次老师演出，词儿差不多都背下来了。

“但是最后一扇《造孽人》，老师从来没演过。”安平说着摇了摇头，“至少我从没见过。”

“你没见过，不代表不存在。”木葛生道，“就先当作你师姐偷偷学了，然后又在台上不慎演了出来，再结合你刚刚为老师求平安，”他盖上搪瓷缸，拿筷子指向安平，“这段子又闹妖了，对否？”

“没错。”安平深吸一口气，“师姐演出完第二天，老师就疯了。”

“我还当你师姐出什么事儿了。”木葛生打个饱嗝，“怎么疯的是老林？”

这话着实不像样，但木葛生是校霸，安平只好忍着，继续说：“本来师姐演岔了，被老师叫去训话，我担心来着。好在半夜师姐就回来了，说老师临时有事，她没见着，我们还一块儿吃了夜宵……”

“半夜回来，还吃了夜宵。”木葛生若有所思，“记得这么清楚，你是不是暗恋她？”

“不是！我师姐比我大得多！她都在学校当助教了，不是学生！”

“这又有什么问题？”木葛生莫名其妙地看着他，“小小年纪怎么做人这么死板？”

“……”安平决定直接无视木葛生的问话，继续往下讲：“结果第二天老师没来学校，说是上班路上突然就抽风了。”

“抽风？抽的什么风？”木葛生问，“他裸奔了？现如今教师压力挺大的，不奇怪。”

“……病理性抽风，脑细胞异常放电导致的肌肉抽搐，谢谢。”

“不客气。”木葛生挥挥手，“你继续。”

“救护车把老师拉到病院急救，人是抢救回来了，但是，”安平顿了顿，道，“老师已经不认人了。”

这次木葛生没再讲什么鬼话，他喝干了搪瓷缸里的面汤，吐出一句：“节哀。”

安平看了木葛生好一会儿，突然道：“人有生老病死，我不是要跟什么过不去，只是觉得这事儿太邪门了。”

“你说你能帮我看看这到底是怎么一回事儿。”安平指着地上的两大兜“供品”，其中一袋香菇炖鸡已经被木葛生拆开吃了，“我已经把知道的都告诉你了，你能看出什么来吗？”

木葛生陷入沉思。

一时间四下无声，庭院里的银杏叶慢悠悠地飘落。

片刻后，木葛生忽然笑了起来，他掸了掸衣上的尘土，起身道：“你别说，班委，你今儿过来给我送资料，可能真有点儿缘法在里面。”

“什么意思？”

“你之前说，老林那个师姐是在市里举办社戏演出时失踪的——最近市区这些活动都少了，所以你可能想不到。”

“城西街3号城隍庙，老城区最古的建筑之一，年久失修，一年到头也难得热闹一回。”木葛生说着笑了笑，“你知道这儿最喜庆的日子是什么时候吗？”

安平脱口而出：“过年庙会？”

“不错，如今的庙会都变得挺商业化，旧时年间的玩意儿少了。”

木葛生道，“但是在20世纪，每年城隍庙举办庙会都会演社戏。也就是说，贵师伯当年很可能就是在这里失踪的。”

一语落地，安平不由得睁大双眼。

木葛生伸了个懒腰：“这可就赶巧了，都说择日不如撞日，走着吧，安瓶儿。”

这人随口就给安平安了个新外号，儿化音若有若无地上扬，就像院子里轻飘飘的黄叶，尾音落在地上，根却是扎实的。

安平愣了一下，才意识到对方是在叫他：“啊？去哪儿？”

木葛生推开庙门，回头朝他一耸肩：“回学校！”

市艺专是老城区最好的艺术院校，依山傍水，附近还有几个有模有样的古迹，建校多年，颇有几分人杰地灵。虽然市艺专是艺校，但招牌硬，年年招生都是学生挤破头也难往里进，像木葛生这样留级这么多年的，大概是百年校史里头一个。

这两天放假，学校里人很少。安平跟在木葛生身后，看着这人在睡衣外套了件松松垮垮的校服外套，头发胡乱揉出个形状，抱着搪瓷缸大摇大摆地进了校门。

“你穿成这样，保安怎么都不拦你？”校规校纪是被这人吃了吗？

木葛生脸很白，眼下泛着不明显的乌青，看着确实有些病气，然而言行举止没有半分病秧子的样子。如今安平对他的印象已经全然改观，心想，这人要么是个下岗再就业的“神棍”，要么就是一个大忽悠。

“我叫了门卫六年‘叔’，都快成半个亲戚了，哪那么见外？”木葛生大言不惭，“对了，我叔喜欢抽红塔山，想出校门的时候送他几包，他绝对放行。”

安平听得嘴角抽搐：“那我们现在去哪儿？”

“去档案室，建在老图书馆的那个。”木葛生领导视察似的挥了挥手，“安瓶儿，你带路。”

“老图书馆不就挨着教学大楼吗？”安平莫名其妙，这还要带什么路？

“少小离家老大回。”木葛生理直气壮，“请假太多，记不得在哪儿了。”

安平：“……”

市艺专老图书馆的规模很特别，是栋八角楼，用的还是20世纪的红砖，窗框用漆刷过，清水墙外爬着茂盛的绿藤。

这会儿还没到下锁的点，安平推门进去，正要往楼上走，却被木葛生拎住衣领：“错了，往下走。”

“往下？”安平跟着木葛生走进地下室，“档案馆为什么会建在地下？不怕文件受潮吗？”

木葛生顺着走廊往前走：“楼上的房间都放满了，地下室放的大都是不太重要的东西。”

此时黄昏将近，墙顶开了细长的采光窗，安平跟着木葛生往前走，脚下踩过一个又一个橙黄的色块。这栋楼的确很旧了，地上到处都是漆皮，能看到褪色的墙体字，方方正正，依稀写的是“年轻人是八九点钟的太阳”。

“到了。”木葛生在一扇门前停下，门上用的还是铁质插销，没有上锁，一推便开。

房间内有股陈旧的湿气，安平看着密密麻麻的档案架：“我们要找什么？”

“你可算想起来问这个问题了。”木葛生往里走，笑声传来，“就这么直眉愣眼地一路跟过来，也不怕我把你卖了。”

安平一时间不知道该怎么接茬儿，想了想说了一句：“别卖太贵，我怕我妈气狠了把我倒贴送你。”

“哪儿的话，老板您家大业大。”木葛生抛着钢镚走走停停，最后从架子上抽出一样东西，“喏，找着了。”

安平走过去，看到他拿着一盒录像带。

很老的款式，盒子一样的形状，塑料板下用齿轮卡着两圈磁条："这是什么？"

木葛生晃晃手里的东西："录像带啊。"

"我知道这是录像带，但是你找这个做——"话说到一半，只见木葛生往盒子上吹了一口气，安平被浮灰呛个半死，"不是，你到底要干吗？"

"老板，您瞧仔细了。"木葛生用手把剩下的灰抹干净，这人也不讲究，直接把灰蹭在衣服上，"这上面写了日期的。"

录像带上的确贴了条，写的是"1988年元月，庙会演出"。

"这是——"

"贵师伯失踪那一年城隍庙的演出录像。"

档案室深处放着一台旧彩电。木葛生似乎对这里很熟，打开电闸接上线，将录像带插进播放器，噪点雪花闪过，屏幕上出现了画面。

深蓝色的背景用红色字体写着"一九八八演出录像"。

低像素让人想起港片时代的老电影，色彩饱和度极高。

音响发出滋啦滋啦的噪声。

忽地，屏幕深处传来一道铜锣炸响，安平差点儿被吓得跳起来，不能怪他，这录像带实在很有点儿像恐怖片，他刚想说"要不算了，我们换个地方再看"，电视机突然发出"啪"的一声，断电了。

怎么回事？坏了？安平刚想问木葛生是不是跳闸了，一扭头，后背的寒毛立刻竖了起来——木葛生不见了。

更匪夷所思的是，他背后密密麻麻的档案架全部消失了。

安平来不及多想，第一反应就是撞邪了，快跑。

他拉开木门就要夺路而逃——但门外并不是走廊。

一只巨大的狮头咆哮着朝他冲来。

天上挂满了灯笼，周围是锣鼓声、鞭炮声、女人的笑声和小孩子的尖叫声。有人拍了拍他的肩膀，安平猛地扭过头，看到一张赤红傩面正朝他发出大笑：“哇呀呀呀呀呀呀呀——”

这是哪儿？这些人在做什么？到底发生了什么事？

安平想跑，却几乎失去了自由行动的能力，无他，四周的人或者说某种不可名状的东西实在过于黏稠，几乎将他挤成一团，他像是大年夜里去赶庙会的香客，被挤在人群里动弹不得。

火，着火了，是社戏的火吗？谁在庙门前点上了灯笼？红漆大门轰然打开，无数牌位居高临下地看着他，菩萨低眉，金刚怒目，罗刹口中发出一声怒吼：“来者何人？”

安平感到剧烈的眩晕，就在他即将失去意识的时刻，突然一声醒木拍响，有人喝道：“呔！”

如雷轰顶，安平猛地一惊，幻觉似乎消失了，他看清楚了眼前的景象——这是城隍庙会。

这里不是他所熟知的那个城隍庙，人们的穿着都是20世纪的风格，还有年轻人背着双卡收音机，小孩儿们带着美猴王面具，围在戏台前听人说书。

城隍庙是古建筑，庙里保留着一座戏台，此时台上摆着一张盖了红布的桌案，后边站着一位穿长衫的说书人，对方刚刚敲过醒木，此时一振衣袖，扬声道：“诸位看官！”

> 我说说，你听听。那丰都有好事者，食见手青，梦斑斓异象，看朱成碧，日月倒行。醒后念念不忘，捉笔赋之，记各色人等，后传唱不绝，入《点睛风华录》，便是这《八扇屏》。

安平浑身一震，这正是老师教给他的《八扇屏》开场道白！

说书人的声音如从刀鞘上刮金，韵调斑驳。《八扇屏》出处不详，连故事中的人物也难寻年代，他讲的是其中《山人》这一扇——故友到山中寻人，然而友人已和旧雪一同老去，两人相识时喂过的白鹤不复光彩，只有鹤顶还带着血一样的红。

讲到高潮处，说书人自顾自打起了拍子，悠悠地唱道："百八十年真似梦，秋声已远，鹤顶犹丹。"

安平愣住了，他从未听过《八扇屏》的唱段，即使是和师姐偷着学的，也是有道白无唱腔。眼下这旋律乍一听类似江南评弹的调子，朦胧婉转，仿佛雨雾笼上炉烟。

渐渐地，说书人的声音低了下去，像是被困在雨中。

这时候如果有一把琵琶就好了，安平想。

银瓶乍破，可以做刀锋，惊迸雨声。

下一秒，一个红衣女人走上台。

只是一个开腔，安平便知道这段旋律是不需要配乐器的，何需琵琶，这女人的声音便是一根金弦，她用扇子遮住脸，昂首便唱："此话要从千余年前说起——"

安平立刻感到头皮炸裂——这是《造孽人》的开场！

此前他从未听过这《八扇屏》中的最后一屏，还是当时在剧院中师姐演岔了戏，他才真正见识。其中描述的情节很像《聊斋志异》中的片段，讲一位女将军因杀人如麻，死后受刑，变成了厉鬼。这故事有头无尾，只说将军死后进入幽冥之地，在不知名的地方跳着没完没了的舞蹈，之后再如何，却是无人知晓。

女人唰地合上扇子，唱道：

> 黄泉多有魂销处，梦里偶时登雀台，有道是童子散财，太岁迎灾，美人有骨无处埋，看透了贪嗔痴苦人间百态，啼啼笑笑地造孽千载，不知悲哀，不知悲哀——

唱腔未完，安平拔腿就跑，他现在顾不上这失传已久的师门绝学了，刚刚他看清了台上那个女人的模样——她没有脸！

不仅是那个女人，一开始的那个说书人也没有脸！

仿佛是从那个女人上台开始，四周所有人的五官都消失了，连庙里的菩萨都失去了面容，但是那个女人的声音太有魔力，安平直到唱段结束才发现自己身处没有脸的人群之中。他不知道自己该去哪里，只能不停地跑。途中不断有人被安平撞倒，他不敢回头，只觉得肢体碰撞的感觉极为奇怪，那不是活人的血肉。直到被什么东西拽住了脚踝，安平摔趴在地上，他看到了一张脸，立刻尖叫出声。

那是一张用塑料制成的脸，像20世纪百货公司里使用的假人模特，眼睛用玻璃珠子镶嵌而成。安平跑过的路上堆满了假人，每一个被他撞倒的躯体都是塑料假人，他像是闯进了服装店的废弃仓库，尼龙丝做成的假发从纸箱中逸出。突然，所有躺在地上的假人都动了起来，它们拥抱在一起叠罗汉，最后组成一张巨大的人脸——那张人脸从半空中低下头，俯视着安平。

安平想到自己刚刚进入这个不知是梦境还是幻觉的空间第一眼看到的无数牌位，它们也是这样，高高摆放在祠堂之上，像俯视着自己的无数双眼睛。

眼下他无处可逃，城隍庙、戏台、人群都消失了，只剩下没有边界的天地向四周延伸，以及眼前这张巨大的人脸。

这人脸朝他张开嘴，只见它乌青的舌头上放着一只鲜艳的绣鞋。

安平差点儿吐出来。下一秒，这人脸猛地低头，一口将他吃了进去。

第二章

『无所在，亦无所不在。』

安平猛地睁开双眼。

他是尖叫着醒过来的，过了好一会儿都没能回魂，直到档案室大门被人踹开，看门大爷咋咋呼呼的声音传进来：“谁啊？！谁想不开了号丧呢？”

安平惊魂未定地看着眼前的大爷：“您……您哪位？”

大爷拍拍胸前的工作牌：“你说我哪位？小子哪个院的？作妖作到档案室，这地方也是你们学生能来的？跟我去教务处！”

安平惊魂未定，心说：“我跟你走我跟你走，只要能离开这鬼地方，你给我记大过都行。”

安平从地下室出来时已然是傍晚，天色像一张陈旧的宣纸。因为放假，教务处值班的人走得早，大爷悻悻而归，扯着安平在操场上训了半天，最后说：“地下室里黑灯瞎火的，跑那儿整啥？后生仔火气旺，不怕撞鬼啊！”

怕，还是再也不敢了的那种怕。安平道歉的词儿想了一箩筐，还没开口，突然被人拍拍肩膀：“又干什么坏事儿了？”

安平认得这声音，意外道：“师姐，你怎么来了？”

他记得，老师住院，师姐说过今天要去看望，医院和学校离得相当远，按理说师姐这个点儿应该是回不来的。

“傻啦？”师姐莫名其妙地看着他，“晚上有演出，剧院的大轴，一早跟你说过的，你可别跟我说你忘了啊。”

大轴？安平确实傻眼了：“不是，大轴不是演过了吗？”

“什么玩意儿？”师姐在他后背拍了一巴掌，“你是不是中午睡昏过去了？今儿周六，晚八点的场，你的大褂事先洗了没有？”

安平没说话，他转过身，问：“大爷，今天是星期六吗？”

“是啊。”大爷道，“不然教务处为啥没人？”

安平仔细看了看天色，发觉，虽然已经到了外边，但是空气中仍旧弥漫着地下室的那股气味，景色依然像是从老电视机中播放出来的，隔着一层低像素的膜，鲜艳又冰凉。

突然，他意识到了一件事。

这里并不是真正的现实世界。

如今他身处的时间，正是老师发病前一晚。

片刻后，剧院后台。

“我说你小子犯什么病呢？”师姐一脚蹬着墙，拽着安平的裤腰把他往后扯，“失心疯啦？”

安平脑袋正卡在更衣柜里，只得由着对方把自己往后拽：“不是，师姐，你别扒我裤子！”

俩人拔萝卜似的较着劲——安平这一路上都在试图把自己的脑袋塞进某个东西里，从司机师傅的后备厢到路边的垃圾桶，甚至是后台养的大黄狗嘴里。安平一进门就盯着狗嘴发愣，师姐转个身的工夫，就看见这人掰着狗嘴要把脑袋往里送。

只有安平自己清楚这是怎么回事儿，在上一个城隍庙的幻觉里，他是被一张嘴吞噬后才来到这里的，那么“被吞噬”或许就是一个媒介，这是任意门原理，简单好懂。

遗憾的是，狗嘴里没有任意门，更衣柜里也没有，他还被卡住了头。

后台来往的师父们都看着这俩师姐弟现眼，一边看一边乐：“安小子又被你师姐训啦？”“这是要在更衣柜里偷香窃玉啊！”

师姐听得上火，一使劲就把安平薅了出来。她手劲儿大，安平被晃得眼冒金星。

“行了，赶紧换衣服去。”师姐揩了揩手，“裤腰带勒紧啊，待会儿上台要是出了岔子，小心被扫黄打非。”

安平顾不得勒紧自己的裤腰，扯着师姐的袖子就来了一句：“师姐，你待会儿上台可不能演《造孽人》！”

他现在管不得那么多了，无论这是不是真实的世界，他都无法坐视意外再次发生。

师姐一怔。

四目相对，短暂的沉默后，师姐将他拉到一个僻静处，轻声问：“你怎么知道我今晚要演《造孽人》？”

仅仅是一问一答，安平便立刻意识到了不对劲。

在现实世界里，或许是他先入为主的印象，认为演大轴那天是师姐一不留神出了岔子，这才把师门挂起许久的《造孽人》演了出来。可若仔细想想，师姐比他入门早得多，功底扎实，许多次跟老师父搭档，在台上大风大浪都经历过，怎么会这么轻易就露了怯？

那么就只剩下一个解释——师姐是故意的。她早有准备，要在这一日演出这《造孽人》。

“为什么？”安平脱口而出，“姐，你为什么要演这个？”

师姐露出意外的神色，却并不慌张：“我不知道你是从哪里听来的，不过没错，我确实打算今晚演这个段子。”她神色从容、坦荡，浑不似作伪，接着捋了把头发，打断安平想问的话，“行了，别问为什么了，我告诉你。”

他们与舞台隔着一道软红厚帘，帘外就是演出台，戏已开幕，主持人高声道：“首先是我们今天的第一个节目，有请×老师为我们带来相声单口！”

这应该是个原创节目，演员的声腔，安平不熟悉，不知是谁演的，上得台来头一句便是：“话说那1988年元月，城隍庙中发生了一桩奇案——”

话音未落，铜锣敲响，大红幕布轰然落下。

安平惊悚地回头，只见幕布外并不是剧场舞台，而是洞开的朱红大门，吹着唢呐的人群从门中走出，烈火冲天而起——

他又回到了1988年的城隍庙会！

安平感到自己仿佛被分成了两半，像一脚踏在阴阳渡口，幕布外锣鼓喧天，幕布后寂静无声。震耳欲聋的唢呐声中，他听到了师姐清晰沉静的嗓音。

“你入门的时间短，所以不知道我的身世。

“我出生在西南，身世不好，万幸遇到了许多机会才能走出村子。

“我的母亲在我离家之前便死了，村里人都说她是个傻子。我很小的时候，她脑子还没有那么坏，每到下雨的夜里，雨很大，她就会很小声地唱歌。”

安平迟疑了一瞬，说：“姐，你为什么要跟我讲这个？”

“因为直到我走出村子，来到这座城市，成为老师的学生，我才知道母亲当年唱的是什么。”师姐道。

她将视线转向幕布之外。

“她唱的那支歌，正是《八扇屏》的最后一扇——《造孽人》。”

话音未落，唢呐声陡然拔高，泣血般尖锐，一支漫长的锣鼓队从幕布后走了出来。背景依然是城隍庙会，但这不是通常演出中常用的锣鼓班子，打头穿着军大衣的男人吹吹打打着从安平面前路过。安平看到他的乐器上系着鲜艳的红花——

这不是庙会演出，而是一支迎亲队！

师姐的声音从他的耳边消失了，连带着幕布内外的界线也随之消失，剧院仿佛从未存在过，安平又回到了1988年的城隍庙会。传说中，他的同门师伯在这场庙会上失踪，但传说背后还有被隐没的故事——这场庙会不是普通的庙会，有人在庙会上办了一场婚事！

迎亲的队伍不断从安平身边路过，他分辨不出这到底是一场怎样的婚事，看形式完全不像80年代，反而更像百年前的婚仪。他感到自己处于一个巨大的幻境中，幻境中有梦，梦中又在上演着不知名的戏码。恍惚间，安平突然意识到，耳边的唢呐声不知何时停了下来。

安平下意识地想要抬头，想知道到底发生了什么，却猛地停下了动作。

虽然他没有抬头，但他清楚地意识到，自己身边正停着一个东西。

那是一顶花轿——一顶大红的、悬在半空中却没有轿夫的花轿。

在这样过于诡异的环境中，安平直接失去了反应能力，定在原地动弹不得。

下一秒，花轿中突然传出一阵歌声。

猫一样的嗓音，是一个女人在唱歌。

"……美人有骨无处埋，看透了贪嗔痴苦人间百态，啼啼笑笑地造孽千载，不知悲哀，不知悲哀——"

这是《造孽人》的台词。师姐说她的母亲曾经在大雨的夜里唱过这首歌，而在更早的80年代末，一个女人在城隍庙会中失踪了。据安平所知，学了《八扇屏》唱腔的只有他那位失踪多年的师伯。那么这花轿里的人是——

安平浑身的鸡皮疙瘩都暴了起来，他立刻就要跑，然而花轿帘猛地掀开，伸出一只苍白的手，一下子将他拽了进去。

花轿里的人盖着盖头，安平吓得连声大叫，话都说不囫囵，却看见那"新娘"一把扯掉了盖头，声音带着笑："别叫了，安瓶儿，搞得跟你要出嫁似的。"

居然是木葛生。

安平惊吓过度，眼前一阵阵地闪着白光，他以为自己又出现了幻觉："你你你你你……你谁啊？！"

"吓傻了？"木葛生有些惊讶地挑眉，接着把那红盖头当帕子，捏在手里一甩，"哟，这才分开多久，郎君就不认人了？"

这人浑不要脸的，料想真的撞鬼也没哪个鬼会是他这副德行，安平喘气喘得快要缺氧，好不容易缓过气来，抓着木葛生领子就问：“这到底是怎么回事儿？”

“什么怎么回事儿？”木葛生依旧在甩他的盖头帕子，还翻出了花，闲闲道，“不是老板您提的要求，想知道老林为什么会突然发疯？我不过是个卑微的乙方，竭诚为您服务。”

安平脑子一团乱，好半天才从思绪里扯出一根线：“你先告诉我，我们是在什么地方？”

“无所在，亦无所不在。”木葛生一翻帕子，指间捏着两枚硬币，“如果安瓶儿你实在想要一个说法的话，不如说，我们是在真相之中。”

“你想要来找一个真相，所以此处于你而言便是真相。”木葛生将硬币抛到半空中，“线索已经足够，你难道还看不出来吗？”

安平深吸一口气，说：“我看得出来，至少看得出来一部分。

“我那位在城隍庙中失踪的师伯，其实就是师姐的生母。

“师姐说自己的故乡在西南的村子里，西南多山，在当时那个年代，很多人一辈子都走不出来。

“师伯是被拐卖到那里的，对吗？”

硬币啪地落在地上。

木葛生捡起硬币，掀开轿帘：“跟我来。”

安平吓得腿软，木葛生几乎是把他夹在胳膊下面往外拖，力气大得惊人。安平一开始捂着眼不敢看，直到木葛生带着笑意的声音响起：“行了，到家了，不怕了啊。”

他们居然回到了档案室——一切开始的地方，老电视中播放着录像带中的内容，窗户外依然是夕阳。

安平不敢确定这里到底是不是现实世界，犹豫着问：“木……啊不……半仙儿，我们是回来了吗？”

木葛生被这称呼逗乐了，却没反驳：“可以这么说。”

什么叫“可以这么说”？

"我刚刚算是把你从其他地方带回来了，但你在那里只是看到了当年那桩失踪事件中不为人知的部分，还不算是全部的真相。"木葛生道，"我们乙方很讲良心的，甲方要真相，那就得是全须全尾的真相。"

木葛生说完将一枚硬币塞进安平嘴里，硬币上残留着他的体温，安平忽然觉得自己从半精神错乱的状态中缓了过来，内心变得很安定。

"先别吐出来，含一会儿你就恢复了。"木葛生说完就要往外走，"跟上。"

安平赶紧跟了过去，含混着问："我们要去哪儿？"

"楼上，老图书馆里有一间报刊室，在那里应该还能看到当年的消息。"

这里应该确实是现实世界，安平路过图书馆一楼时看到黑板上写着日期，和他记忆中相同，空气中也不再有黏湿的窒闷感，窗外传来阵阵喧闹，有人正在操场上打球。

木葛生走进一间报刊室，沿着标签一排排找过去，最后抽出一只档案盒。

盒子中是一大沓报纸，用三孔一线的方式装订，在桌子上铺开。

"这是1988年的旧报。"木葛生给安平看报头的日期，顺着往下翻，很快就找到了元月的报道。

人间日报

本报讯　新年庙会期间，城隍庙发生一起女演员失踪案，失踪者为市艺专学生，参加演出后突然消失，至今下落不明。

本报采访了失踪女演员同门林先生，据林先生所说，师姐近一年都在外地参加演出，不清楚生活中是否存在感情纠葛。

相关目击者称，女演员失踪时身穿红色上衣，现场曾遗落一双黑色棉布鞋，有关事态仍在调查中。

此事件值得我们警惕，新年期间，请广大市民注意人身安全，小心火烛。

世纪婚庆公司竭诚为广大青年男女提供婚仪服务，冷光爆竹，新型无污染爆竹，都市人间更好的节庆佳品。

硝烟不见，繁花漫天。因为我冷，所以安全。

安平抬起头：“我感觉这个报道好像有语病。”

“80年代的时候市里小报很多，遣词造句不专业也是常有的事。”木葛生道，“看完了吗？看出点儿什么没有？”

“没看出来。”安平缓缓摇头，“这里面有什么问题吗？”

木葛生没回答，反而有些突兀地提起了另一个话题：“安瓶儿，你知道你师姐的年纪吗？”

“啊？我不知道。”安平愣了愣，“大概三十出头？”

“你师伯是在1988年失踪的，如果当年她就被卖进了山里并生下孩子，那么时间大致对得上。”木葛生道，“你师姐确实该有三十多岁了。”

“所以？”

“所以，你有没有想过，你师姐最大会是多少岁？”

话音未落，档案室的门忽然被推开：“安平？”

安平诧异地回头：“师姐？”

门口的人正是他师姐，风尘仆仆，神色有些疲倦。她看向木葛生：“短信是你发给我的吧？有什么事儿？”

“没事儿没事儿。”木葛生连连摆手，信口胡诌，“下午那会儿安平在学校里排练，突然有点儿发癔症了，他提起贵师门和林教授的事，我感觉他状态不太好，所以请您过来看看。”

“排练，练什么？《造孽人》？”女人拧起眉毛，“安平，你把老师的事跟他说了？”

安平现在完全不知道木葛生葫芦里卖的是什么药，这人现在在他眼里就是个半仙儿，他可没胆子打断半仙儿施法，只好含混道：“说……说了一点儿。”

“你可长点儿心吧。”女人叹了口气，随即看向木葛生：“我对你有点儿印象，木葛生，是吧？你怎么和我师弟凑到一块儿了？”

“安瓶儿给我送剧本来着。”木葛生笑笑，“毕业大戏。”

女人捏了捏鼻梁：“……我有点儿印象，你们那出戏叫什么来着？《不看观音》？那是老本子了，好好演。”

说完，她看向安平：“我刚从医院那边回来，你不要紧吧？”

“我没事儿。”安平忙道，“师姐，老师怎么样了？”

“状况不太好。”女人叹道，“记着，《造孽人》是不能再演了，你一定要听话，别犯浑。”

安平应下，不禁又叫了一声：“师姐。”

“怎么？”

安平看看木葛生，又看看眼前的女人，犹豫半天，还是问了出来：“师姐，那天你在台上演了《造孽人》，当真只是演岔了吗？”

女人看着他：“为什么会这么问？”

安平不敢再说下去。

档案室里陷入短暂的寂静。

太阳沉了下去，月光泛着死灰般的白。吊扇旋转，摊在桌子上的报刊档案被呼啦啦地吹开，墙上用来进行全校广播的喇叭已经落了不少灰，此时却突然传出一声尖厉的杂音。

啪的一声，木葛生打开了电灯。

与此同时，女人的声音响了起来。她看向安平，道：“你猜得没错，我确实是故意演《造孽人》的段子。”

“为什么？”安平追问。

“你可能不知道演出隔天是什么日子。”女人道，“第二天其实是我拜师的周年，我原本是想好好地把《八扇屏》演下来，作为谢礼送给老师的。

“听起来确实很奇怪，《造孽人》是闹过妖的段子，怎么看都不合适，但这个段子之所以会被挂起来，归根结底，是因为当年失踪的师伯。

“其中纠葛太多，一时间很难说清，我只先告诉你一件事——其实当年失踪的师伯就是我的母亲。”

安平其实已经知道了。他看着师姐，等待着对方接下来的话。

“我娘在我离开村子之前便去世了。我想了很久，才从小时候她唱过的歌里还原《造孽人》的唱腔……她是没机会再见到老师了，我想着把这段子重新唱出来，也算是一家团圆。”

“一家团圆？”安平蒙了。

“没错。”女人的嗓音里似乎缠绕着一层雾，“我之所以会成为老师的学生，是因为我娘去世前曾经偷偷在纸上写过一个地址。她说，纸那头的人，是我的舅舅。”

师姐离开之后，安平后退两步，木葛生拉开一把椅子，他直接坐了下去。

“先等一会儿。”他用手捂住额头，“我得缓缓。”

师姐方才讲给他们一个故事，故事里有一个女人，在20世纪80年代被塞进装红薯的蛇皮袋，坐绿皮火车，一路被卖到西南深处的某个村庄。那里不像个庄子，有瘫痪的男人、吃人的窗户和蛇一样的山路，灶火会流血，浓痰里藏着猩红的舌头，但那里的确是一个庄子，因为庄子之外还有无数同样的村庄。话本里的鬼故事都是这么讲的，进入深山的人会变成鬼，庄子的河边有许多这样的鬼，它们是猪，是狗，是蛤蟆，比庄子里最疯狂的疯子还要疯狂，没日没夜地号叫。老人们说，鬼会带来生机——猪肝色的生机。后来，一只鬼生下了女儿，这个女孩儿排除千难万险走出深山，试图重新成为一个人。

“我一直没敢和老师相认。”师姐说，“我也说不清楚是什么原因，可能是害怕吧，万一他不是我的舅舅呢？”

鬼怎么会有人一样的亲戚呢？

只要不说出来，就不必去确认那个答案，就可以在是与不是之间心怀侥幸。

“可我也没有想到，结果居然是这样。”她最后道，“老师的状态很不好，我不知道我还能不能等到一个清醒的回答。”

许久，安平道：“怎么会这样？”

木葛生：“你问的是什么？”

“我说的是老师。”安平喃喃道，“好不容易可以有一个好结局，老师怎么就突然疯了呢？”

“是啊，好不容易。”木葛生闲闲道，“这人怎么就疯了呢？”

安平察觉到这人语气不对，抬头看着他：“半仙儿，你什么意思？”

木葛生只是笑笑，整个人往后一靠，盘腿坐在桌子上。他拿起旁边的报纸，哗啦啦地翻开：“安瓶儿，我刚才问过你，你有没有想过，你师姐最大会是多少岁？”

“这我怎么知道？”安平叹了口气，“我说，半仙儿，有什么话能直说不？”

“好说，一口价三万，谢谢惠顾。”

“哎，我说你这人——”

“我是奸商。”木葛生泰然自若地补上了下半句。

树不要皮必死无疑，人不要脸天下无敌。安平和木葛生的脸皮显然差了不止一个段位，他只得认栽：“行吧，三万就三万。”

“得嘞。”木葛生屈指一弹，一枚硬币在半空中翻转，“我可以给您个准数，贵师姐今年三十有六。”

“所以？”

木葛生拎起那一大沓报纸，把其中一页举到他面前：“看清楚了，这上面写着的，1988年元月，女演员在城隍庙失踪。”

“所以？”

“因为所以，科学道理。要想知道，请拿钞票。”

这都哪年哪月的老掉牙段子了？安平无可奈何：“半仙儿，您幼儿园毕业啊？”

“哪儿的话，我家倒是有个幼儿园学历的。”木葛生笑笑，“我都把答案放到眼前了，安瓶儿，你还看不出来吗？”

什么答案？安平难以置信地盯着眼前的报纸，确定就是他之前和木葛生一起看的那张《人间日报》。1988年元月女演员失踪于城隍庙，林先生应该就是林教授，婚仪服务，冷光爆竹，1988年女演员失踪于城隍庙，1988年……

等一下。安平突然想到，现在是2023年。如果师姐的年纪真如木葛生所说是三十六岁……

“你师姐的确是三十六岁，我亲眼看过面相算的，不会有错。”木葛生一抛硬币，“三十六岁，那么她的出生年就是1987年。”

“但是师伯是在1988年失踪的！”安平立刻反驳，“难道老师不是师姐的舅舅？”师姐真的寻错了亲？

这回不等木葛生开口，安平马上道：“我加钱！加钱！半仙儿，您能不能给算算，老师到底是不是师姐的舅舅？”

木葛生比了个“三”的手势。

“还是三万？”安平问。

“是OK的意思啦。”木葛生见钱眼开，“这个我倒是可以直接告诉你，老林的确是贵师姐的亲舅舅。”

“那为什么师姐的年龄——”

“而且，”木葛生笑眯眯地打断安平的话，“如果我没有料错，老林不仅和贵师伯是血亲，更有可能的是，他们是龙凤双生。”

龙凤胎，双生子。

夜晚的灯光下，木葛生的脸显得尤其白，他和颜悦色地俯身，朝安平轻声细语：“报纸上都写着呢——‘据林先生所说，师姐近一年都在外地参加演出’，按照你师姐的年纪算，贵师伯早在一年前便失踪了，为什么会说成‘在外地参加演出’？你不觉得奇怪吗？”

“可是——”

“先别急着可是，我们不如来做一个假设。”木葛生声音里带着笑，“贵师伯在1987年便失踪了，但无论是次年的社戏录像带还是报纸报道，都记载着她参加了1988年的城隍庙会，还表演了《造孽人》。”他说完打个响指，“那么请问，她是怎么参加这场演出的？”

气氛刹那死寂。

“……她参加不了这场演出，人贩子不可能把她送回来。”安平听到自己说，“但是，老师可以。”

龙凤双生。林教授可以扮成她。

“聪明！”木葛生闻言拍起了巴掌，“龙凤胎的相似度虽不如同性双胞胎，但只要加以修饰，想要瞒天过海并不难，更何况这是庙会，艺人都会涂脂抹粉，于是1988年的老林扮成了自己的胞亲，替她在台上演了这出《造孽人》——”

“那么，请问——”木葛生话音一转，高声道，“老林为什么要这么做？”

还是有别的可能的。安平下意识地想，即使老师要隐瞒血亲失踪的消息，也可能是为了保住她的名声——

“那他为什么要在接受报纸采访时说‘师姐近一年都在外地参加演出，不清楚生活中是否存在感情纠葛’？”木葛生贴在安平耳边，轻声打断他的幻想，“又为什么见到你师姐表演了《造孽人》的唱段，竟然疯了？”

“善恶有报，因果轮回，别挣扎了，安瓶儿。”木葛生慢悠悠道，“事实正如你所想——当年贵师伯之所以会被拐卖，罪魁祸首就是老林。”

安平仿佛又看到了那个站在戏台上的女人，她正如泣如诉地唱：

美人有骨无处埋，
看透了贪嗔痴苦人间百态，

嗬嗬笑笑地造孽千载，

不知悲哀，不知悲哀。

“老林动歹念的原因可能有很多，我猜，大概是贵师伯风头太盛，人之本性尤善妒，血亲亦然。”木葛生道，“这作案手法其实很简单，提前一年就把人卖出去，再找个外地演出的名头，所有人都会以为贵师伯在这一年中并未失踪。可惜当年通信网络和监控都不发达，这才有了大大的空子可钻。

“一年后，在城隍庙会上由老林扮成女人，演上这么一出本就奇诡的《造孽人》，真真假假，神神鬼鬼，下台后换回身份，贵师伯自然‘就此失踪’了。这事儿要查也大多是从1988年查起，谁能想到其实一年前人就被卖了呢？

“手段虽劣，奈何世事本就是劣中取高明。”木葛生摇头感叹，“虽然这事儿发生后《造孽人》这段子就被挂起来了，但是老林想必因此受益不少，当年报纸上全都在讲这件邪乎事儿——年轻貌美的女演员、失踪案、闹鬼的传统曲艺，这新闻热点算是齐活儿了，当然值得大书特书，还得添油加醋，再杜撰点儿桃色绯闻，比如红拂夜奔。你们师门当年应该是大大地出了风头，至少不愁卖票了。”

安平想反驳，却无话可说。他不得不承认，《造孽人》这段贯口至今是他师门压箱底的功夫，虽然邪门儿，却自带奇异色彩。

他随即想到黯然离开的师姐：“那师姐她——”

“贵师姐应该是不知道的。”木葛生道，“甚至，贵师伯大概也不知道真相，她不知道自己到底是被谁卖了，可能只会以为是自己命不好。”

所以她才会在地狱一样的处境中让女儿去找舅舅，当作逃出生天的光。

三十多年后血亲重逢，遗孤唱起故人的旋律，等来的却不是圆满，而是被吓疯的造孽人。

造孽人，祸殃身。

安平久久沉默，木葛生等了一会儿，道：“心结如牢，囚己囚人。小小年纪就别想那么多了，容易头秃。”

“你跟我也差不多大吧，什么小小年纪？”安平看着木葛生，欲言又止，“半仙儿，您到底是干什么的？”他觉得这话不该问，奈何实在忍不住，今天经历的事儿加起来几乎能颠覆他的三观了。

“读书留级，混吃等死。”木葛生大手一挥，“兼职算命，回头客打折。”

“真不能说？”安平犹不死心，“我加钱呢？”

“那好说了，老板大气。”木葛生低下头，从桌子上方看着他，笑道，“安瓶儿，你记不记得你刚从幻境中醒来的时候，我往你嘴里塞了一枚硬币？”

“啊？”好像是有这回事。

房间里的灯突然啪地灭了，月光透进来，木葛生的脸显得尤其白。他依旧是那副笑眯眯的样子，咧嘴道：“那你有没有想过，你嘴里的硬币怎么突然就不见了呢？”

安平一声大叫，从桌子上睁开眼。

只一个动作，安平立刻意识到，他还被困在幻境里，因为他的嘴里依然什么都没有，木葛生也消失了，原本的档案室变成了截然不同的空间。

周围的装潢是仿古样式，他被四扇屏风围住，正中一张四仙桌，头上一盏走马灯，空气中弥漫着有些冰凉的气味，像梅花香。

安平很确定眼前这场景绝对不是唯物的玩意儿，四下安静，他心中天人交战了一会儿，惊吓这事儿一回生二回熟，他这次倒是没有吓得理智全失，同时觉得木葛生大概率不会把他坑死，毕竟他还没给钱。

想要的真相已经得知，那么眼前发生的事说不定是正常现象，这里可能是中转站一类的地方，说不定打开哪扇门他就能回去了。

安平傻站片刻，察觉这房间大概不是全自动的，没什么原地传送功能，想出去还是得主动出击。于是他将屏风推开一点儿，发现外面居然是一条走廊，红烛高照，两边是长长的花窗。

此情此景实在很像闹鬼的地方，安平头皮一麻，下意识就想扭头快跑，然而四下无门，找死、逃跑都只有一条路可走。他咬了咬牙，心一横，踮着脚站到走廊里，吊着一口气蹿了过去，一路又跑又跳，像只瘸腿的蚱蜢。

走廊尽头是一扇门，安平没敢停步，否则肯定又要在门外犹豫很久，干脆一鼓作气撞了过去。

他难得猛这么一回，然而还没等热血上涌便中道"崩殂"，他瞪大眼睛看着房间中的情形，尖着嗓子发出一声怪叫。

放眼望去，案上明烛，红罗斗帐。这……这是……

满目大红简直触目惊心，喜气洋洋兼鬼气森森。安平当机立断就要往后退，却一脚被门槛绊倒，平地一摔，碰到了门边的供台，瓶瓶罐罐噼里啪啦砸了一地。他摔得眼冒金星，心想，完了完了，千万别冒出个女鬼来勾魂索命。

他摔得七荤八素地躺在地上，勉强撑开眼皮往里看——只见远处帘幕被吹开，描金绣彩的衣袖层层堆叠，一路往上，隐没在一片大红色中。

安平这才发现这房间里坐了个人，看那人的打扮，毫无疑问不是个唯物的。他心说，得，怕什么来什么，这回算是彻底玩儿脱了。

一日奔波，又惊惧交加，满目红色逐渐变得朦胧，安平一口气没上来，眼皮一翻，彻底晕了过去。

等安平再一次睁开眼，窗外已经天光大亮。

依然是在地下档案室，木葛生不在，电视机已经关闭，桌子上放着有“为人民服务”字样的搪瓷缸。安平认得，这是木葛生的缸子，下面压着一张字条。

上面写着：

这次是真的回来啦，回家好好睡一觉吧，没事儿来城隍庙找我玩儿哈。

缸子里是红糖水加糖桂花，安神养气，妇女专用。

安平感觉自己像熬了个大夜，浑身酸痛。他看了看窗外的天色，有些恍惚地想：“我真的回来了？这里真的是现实世界？”

他打开搪瓷缸，温热水汽扑面而来，让人清醒不少。安平忽然感觉嘴里有什么东西——吐出来一看，是一枚平安扣。

这是他自小带着的护身符。安平记得当时木葛生是将硬币塞进了自己嘴里，怎么吐出来反而成了平安扣？

平安扣，罗汉眼，出入皆太平。

他将玉扣放在手心焐热，塞进贴身的衣袋里，然后喝了一口木葛生留下的红糖水，掏出手机，信号已恢复正常。

此时距离他去城隍庙给木葛生送剧本，已经过去整整一夜。

安平静静地坐了一会儿，盯着眼前落灰的老电视机发呆。片刻后，他忽然朝电视机开关伸出手，又在下一秒停住。

半晌，他像是做了一个决定，将红糖水一饮而尽，带着搪瓷缸走出档案室。

上楼的脚步声越来越远，一楼响起图书馆大门的开关声，想来安平已经离开了。

地下室拐角处用来放清扫用品的工具间传出一阵杂音，房间门从内被推开，木葛生靠在门上，笑着叹了一声：“这小子，还成。忙活了这一宿，可累死我了。”

他说着伸了个懒腰，也慢悠悠地上了楼，一边走一边哼着一支短调：

此后鬼集常开，好景难在，十二重案上美人画皮来。黄泉多有魂销处，梦里偶时登雀台，有道是童子散财，太岁迎灾，美人有骨无处埋，看透了贪嗔痴苦人间百态，啼啼笑笑地造孽千载，不知悲哀，不知悲哀……

木葛生溜溜达达地走出校门，手里抛着他的铜钱。

此时已是第二日清晨，上午太阳不大，但木葛生还是嫌弃地看了看天，从门卫室借了把伞，一路拣着阴凉处走回城西街。

城西街是老街区，已经有老人在街边支起了棋摊，木葛生站在旁边看了一会儿，撺掇着赢了一局，接着走进一家门店：“有人吗？”

这是家火锅店，门面很大，装修古色古香。火锅店少有大早上开门的，偌大的两层楼里无人应声。

然而木葛生丝毫不见外，自己进后厨调了锅底，满满当当地摆了一大桌子菜，又拿搪瓷缸泡了碧螺春，然后打火开锅，蒸汽腾了上来。他配的是鸳鸯锅，半阴半阳，一边青山绿水，一边满江红。

屋子里的蒸汽越来越浓，锅开的时候，他拿筷子荡开桌边的白烟。鸳鸯锅对面出现一道身影，不知对方是何时坐下的，正在往辣锅里涮猪蹄。

“烦不烦啊你，叫我回来又有什么事儿？”那人啃着猪脚口齿不清，嗓音听起来是个少年，“闲得没事儿就找死去，别天天使唤人。”

“最近干什么去了？”木葛生笑眯眯地抱着搪瓷缸，“收房租？丰都最近地皮涨价没？”

“别和我凑近乎！”对方炸了，“跟你不熟！”

“小小年纪怎么天天跟吃了炸药似的。”木葛生和颜悦色地换了个话题，“最近都在忙啥？”

“我干什么关你什么事儿？”

“听话，哪儿来这么大火气。你这个年纪该犯的是‘中二病’，不是更年期。”木葛生呷了口茶，“今儿不光是来打秋风的，听我说正事儿，别耽误你爹我回去睡觉。”

“你——”对方看起来气得想把桌子掀了，刚站起身，木葛生便眼疾嘴快地道：“市艺专出现了三岔间。”

“三岔间？那东西不是遍地都有吗？阴阳裂隙到处都是。”对方一顿，“你是什么意思？”

“那个三岔间是我开的，进去找点儿陈年旧事。”木葛生道，“哦，对了，我还带了个人进去，市艺专的学生，活的。”

对方的声音猛地拔高：“什么？！”

“你这一惊一乍的毛病真得改改。”木葛生抬起手，“别慌，市艺专这地方原来是做什么的，你再清楚不过。老图书馆地下室本就煞气重，他自己身上又有因果，所以才进得去。”

“那你也不能把活人带进去啊？！”少年简直要破口大骂，“你是老糊涂了还是终于得失心疯了？”

“听我说完——虽然他身上有因果，但也不该这么容易就进得去。”木葛生还是那副优哉游哉的德行，自顾自往下讲，“三岔间很常见，但是禁止活人通行，如今出现例外，只有一个可能，就是三岔间的力量变强了。三岔间位于阴阳之间，不受其他干扰，本应是最稳定的存在，如今却出现波动——你应该明白这意味着什么。”

少年沉下嗓音：“山鬼镇松动了。”

“那玩意儿镇了快一百年，年纪不小了。”木葛生道，“放轻松，你收完房租记得顺道去看看，出毛病就修，实在不好用了就换一个。”

“动动嘴皮子当然轻松，这又不是换下水管道！”对方咬了咬牙，“你怎么什么都说得这么轻巧？”

“不然呢？我要一把鼻涕一把泪地叮嘱你千万小心吗？”木葛生话

说了一半，恍然大悟，“哦，我懂了，你想撒娇就直说嘛。”说着张开双手，“来，让爹抱抱，心肝儿，想死我了。”

那少年浑身僵硬，嘴巴张开又合上，最后挤出一句：“无耻！”

“不让抱就算了，怎么跟你爹说话呢？”木葛生行云流水地往少年头上拍了一巴掌，转身下楼，“上菜后给我打包，送个锅到城隍庙去。”

那少年想躲却没躲开，被木葛生拍得一趔趄，愤然道：“你做梦！”

“我订了外卖，你爹我是白金会员。”木葛生的声音从楼下传来，“爱送不送，不送就给你打差评。”

少年像终于被木葛生气炸了，站在原地破口大骂了三分钟，然后硬邦邦地弯下腰，从桌子底下掏出一沓打包盒。

卷二 少年行

梦中的所有人都与一个存在有关，我们将其称为『诸子七家』。

第三章

『药家柴氏，柴束薪。』

安平打车回了家。家政阿姨已经摆上早饭，葱油小面上卧着溏心蛋，还有一碗糯米南瓜粥。

安平父母常年在国外忙生意，安平已经习惯了一个人生活，他将早饭放进微波炉加热，站在窗前发呆。天色将明未明，黎明在玻璃上流转出一种金红映象，无端让人想到剧院幕布，大幕拉开前，刀光剑影都在幕后。

加热时间是三分钟，机器发出叮的一声，像敲响细小的铙钹。安平走到流理台边，发现微波炉仍在运转，出声的是他的手机——屏幕上弹出一条消息，有快递。

快递被放在门外，同城快送，城隍庙寄来的。安平将泡沫板拆开，里面是一盒录像带。

盒子上粘着一张便利贴，他不认得木葛生的字，不过对他的语气倒是很熟：

> 毕业大戏剧本我瞧过了，这部《不看观音》是市艺专的老戏，不过你这个本子应该是修改多次后的版本，我这儿有个原版，比你那个好玩儿，闲得没事儿了不妨看看。

安平现在不敢随便拿木葛生的东西，何况经过前一夜，他着实对录像带这种老物件生出不少心理阴影，左思右想后从储物间里找出一台播放器，连上电脑快速过了一遍，最后发现这好像真的就是一盘普通带子，里头的内容也不复杂，好多句子他听着都耳熟——正是《不看观音》里的台词。

正如木葛生所说，《不看观音》是市艺专的老戏，艺专历史悠久，据说地基可以追溯到百年前，剧本的作者是艺专第一任校长。不过这本子改过很多次，连学校的老教授都不知道原版究竟是什么样。

安平将视频拉回开头，场记打板，上面写着“市艺专一届毕业生毕业大戏排练”。

如果视频是真的，那么正如木葛生所说，这里头就是《不看观音》最早的版本了。

这东西哪儿来的？不会是半仙儿从档案室偷的吧？安平无端觉得心里发毛，他坐在书房里环视一周，最后又起身把房门反锁。好不容易重新坐定，他下了决心，点击播放键。

屏幕由明转暗。

一卷珠帘打起，光影流转，像泛黄的旧宣，游廊深处有朱红大门，婉转唱腔隐隐传来——

“……盼乌头马角终相救。置此札，君怀袖。我亦飘零久……”

民国，长街。

车马往来，街上人声鼎沸，突然有嘈杂声由远及近，一声清脆的吆喝平地而起：“让一让啊，麻烦让一让！正打架呢，别误伤着您！”

只见远处有一大帮人飞奔而来，个个灰头土脸，神色狼狈，而那吆喝居然是从人群最后方传出来的：“老二！到长眉桥了！给我一招带走！”

喊话的人是个少年，神采飞扬，手脚轻捷，几句话间就跃到了长街尽头。那里有一座桥，和对街隔着一道浅水湾。

少年站在桥头另一边，将想要过桥的人通通掀翻入水，然而人群依然源源不断地拥上前，个个都是逃命的神色，仿佛即使打不过桥头少年也要硬着头皮上，因为后边尾随着什么更恐怖的东西。

眼见桥上越来越拥挤，长街突然涌起一道疾风，哗啦啦席卷而过，直奔桥头而去，桥上人群瞬间炸开，天女散花般被掀上半空，接着砸入水中，扑通扑通的声音此起彼伏，没多久浅水湾里就落满了人，像一锅拥挤的饺子。

“出刀如风，落花流水。”桥头少年拍了拍手，笑道，“老二，你今天要是早点儿动手，咱俩也不至于一个伤了胳膊、一个崴了脚。”

“先生说了，近日无事，三天只能拔一次刀。”长街上有人走来，怀里抱着一把朱红长刀。

也是个少年，生了一双丹凤眼。他抱着一把刀，气质也像一把刀，皮相惊艳而骨带杀伐之气，背挺得很直，如同刀上泼了酒，刮骨燎香。

路人絮语传了过来：“松少爷从山上下来了？”“今儿初五，书斋停学。”“果然这几位哥儿下山就喜欢打架。”“少年郎嘛……”

被叫作老二的少年看着不似凡俗，开口却很接地气：“可算他娘的打完了，找地儿喝酒去。”

“稍候。”桥头那边的少年从水里捞出个人，笑嘻嘻道：“这位大哥，麻烦给您家少爷带个话，这次他被我揍了，我让他叫我‘爹’，下次他就要叫我‘爷爷’，下下次他就能带着他祖宗牌位一起来给我磕头了。他强占民宅，我见一次揍他一次，让他动手前先看看自家祖坟有没有刨干净。”

老二听得不耐烦：“老四，你在那儿废什么话？有完没完？”

“来了来了。”老四一扬手，再次将人丢回水中，“三天出一次刀？那你昨天拿刀杀猪是怎么算……”他刚走到桥中央，却听到脚下噼啪一响，接着轰隆一声，整座桥塌了下去。

“……老二，你太狠了。”老四从水里冒出头，“不就说你拿刀杀猪嘛，至于把桥劈了？”

“你好意思说自己没吃？”老二冷哼，“我杀猪喂狗吗？”

“哟，生气了？”老四做个鬼脸，“汪——”

“汪你祖宗。”老二撇撇嘴，将人从水里捞了出来，“看你这熊样，别去喝酒了，找个大夫缝你的胳膊。”

“不碍事不碍事，再去晚点儿关山月的第一支曲子就要开唱了……欸！你咋又这样？！”

“别给我扯淡。”老二直接将人拎了起来，手里提着对方的腰带，“先去找大夫，下次把关山月包下来。”

“那我要赵姨陪我搓麻将！”

“你他娘的是不是不知道蹬鼻子上脸怎么写？！”

这两人一路吵吵闹闹，最后停在一座宅邸门前。那门庭建得很气派，深宅大院，朱红大门前挂着两盏宫灯。老二没有走大门，而是拐进了一旁的偏巷，对着角门哐哐哐一通猛敲：“姓柴的！在不在？”

“你在敲门还是打劫？”老四掀了掀眼皮，“这是谁家？哪家大夫这么有钱？”

“药家，柴氏。”老二道，“咱俩出门都没带钱，这里大概可以赊账。”

“你快放我下来！卖了我都请不起柴氏大夫！”老四被人提着腰带，闻言一阵挣扎，“你什么时候认识柴氏大夫的？别是被人骗了！”

“不认识，但是柴府有济民药堂，无论贵贱，皆可入内求诊。”老二道，“刚刚那一架还没打完，那孙子肯定贼心不死，我回去把他爹也揍了。你在这儿住一晚，明天回山。”

“你要揍他爹？放我下来！我也要去！”

两人僵持间，角门吱呀一声打开，一个小厮打扮的人走了出来：“二位少爷，敲门可是为看诊？”

“给他看。”老二一扬手，直接将老四扔进门里，“明儿我来上门取货。”

“少爷放心。”小厮拱手施礼，“今日天色已不早，请明日来接人吧。”

“老二，你给我站住，我也要去！”话音未落，对方已一脚踢上了门。

小厮见怪不怪地笑了笑，躬身道：“这位少爷，请吧。”

柴府很大，庭院幽深。老四似乎是第一次来，一路被小厮领进了一间药室。

一个正在捣药的小童站起身：“少爷，晚上好，请问是要看什么伤？”

“一点儿擦伤，麻烦小大夫了。”老四将袖子卷起来。

这人半条胳膊上全是血，皮肉模糊，惨不忍睹。难怪老二会硬把他押来。不知这衣服是什么料子，从外面居然一点儿都看不出异样。

“伤口有刀片残留。”药童端着灯看了看，拿来一只木盘，里面是镊子、针线，“取出来时会很疼，少爷要麻醉吗？”

“不用，小大夫直接缝就行。”老四摆摆手，“话说，柴府这儿管饭吗？有没有酒？”

“柴府戌时后禁用餐。”药童下手很快，言语间已经开始穿针引线，“缝合之后，七天内忌酒及荤腥。”

老四对皮肉伤没什么反应，药童后半句话却让他苦了脸：“七天？”

“您的伤口很深，七天已经是最低时限，还请务必遵照医嘱。”药童动作很麻利，取刀片、清理、包扎一气呵成，“少爷年纪尚小，须注意保养，方是长久之计。”

“小大夫说话倒有意思。”老四听得笑了起来，“医术如此精湛，看着比我还小，怎么说起话来比我师父还显老？”

“少爷过奖，小子只是外门童子，并未得柴氏家学。”药童收好药盘，端端正正行了个礼，“若论医术，不及我家公子万一。”

“我听说过你家公子。”老四闻言来了兴趣，“柴氏柴束薪，年少悬壶济世，妙手回春，据说是个妙人。”

“公子少年仁心，是医者典范。”药童却不肯再多说，规规矩矩将人送出门。

“多谢小大夫。”老四也笑着回了个礼，接着伸手在药童头上揉了一把，“看着你年纪不大，早点儿睡，这样才长得高。”

药童愣了愣，脸上突然浮上一丝怒气：“不劳少爷费心。”话音未落，药室门被砰地关上。

老四还没来得及问自己住哪儿，只得和大门面面相觑。“生气了？”他摸了摸鼻子，“嫌我说他小，还是长不高？”

老四敲了敲门，然而再无回音。这倒是有意思，他起了兴致，刚好给他理由在柴府转悠。

他提身跃上房檐，四下打量：“这些年城里都兴建洋公馆，居然还能看见这么古的院子，真是难得。”

柴府是标准的山水园林，花木幽深，回廊曲折。老四从房梁上取下一盏灯，又在不知哪个房间拿了一个点心盒子，一边溜达一边嗑瓜子。“药房、书房、茶室、药房、药房……”他一连转了十几个屋子，“这柴府是个大药铺子吗？怎么全是药房？”

他最不耐烦吃药，转来转去，不是找药房，而是找厨房，他和老二打了一天的架，早饿得前心贴后背了。

“柴府的人都是药罐子吗？不吃饭，天天吃药？……有了！”终于找到厨房，里面锅碗瓢盆一应俱全，老四往菜篮子里看了看，“我去，不会吧……肉呢？！”

他把厨房翻了个底朝天，最终确认，柴府厨房只有素菜，心想，这不是一府大夫，这是一窝和尚。

老四想了想，出门左拐。不远处就是池塘，他三两下捞上一条鱼，洗净刮鳞，填料入锅。他又从隔壁药房拿了几味药材，掺在鱼汤里滋补提鲜，顺手捞上一瓶药酒，拍开封泥，满室都是清冽的酒香。

片刻，鱼熟，老四将砂锅端下灶，抄起一双筷子朝外掷去：“兄弟，你站那儿看半天了，鱼已入味，可要尝一碗汤？”

“柴府戒备森严，你是怎么进来的？”厨房外出现一道身影，“居然还过了九折回廊。”

“那个不难。话说，你们家瓜子还挺好吃的。”老四叼着勺子，“别紧张，我是被寄存在这儿的，明儿一早就有人来取。”

他笑眯眯地将砂锅举到对方面前，相当自来熟，丝毫没有反客为主的自觉：“你们柴府很少沾荤腥吧，我的手艺，可要尝尝？”

“……此为何物？”

“红枣洋葱锦鲤汤。”老四得意扬扬道，“刚从池塘里捞的鱼，我特意挑了个花色好的，看这一锅花红柳绿，多漂亮。”

对方退了两步，廊下灯火照亮其身形，是个和老四差不多的少年，眉眼冷峻，垂眸看着老四手里的砂锅。

沉默片刻，对方抬眼看向老四：“锦鲤不可食用。”

“啊？”

“戌时后不宜进食。”

“什么玩意儿？”

“不可擅闯膳房。”

“这话题跑哪儿了？”

“不可擅动药材。”

“你怎么这么抠呢？”

“锅中之物不可入口。”

“啧，你不想吃就算了。”老四摆摆手，自己喝了一勺子鱼汤，“我觉得味道不错，你是没口福了……欸欸欸，你干什么？！”几道银光闪过，直冲着老四手里的砂锅而去，被他堪堪避开，“这锅和你有仇吗？”

对方不答，反手又是几枚银针甩出。

老四在厨房里上蹿下跳：“你想吃你就说啊，干吗不好意思？拿锅撒气算什么事？欸，你会错手驭针？你是柴氏本家人？”

老四一边躲一边吃，身形极其灵活，没一会儿工夫，一锅汤就见了底：“你别扎了！我吃完了！”

对方闻言一顿："……你吃完了？"

老四打了个嗝。

"饭后不宜剧烈运动，你是医者，要有仁心，咱们先缓缓。"老四说着打了个暂停的手势，不料又是一枚银针掠鬓而过，"怎么还动手？！来者皆是客，这就是你们柴府的待客之道？"

"胡搅蛮缠。"

"要不这样，你家这鱼多少钱？我赔给你，行吧？"

"丹顶锦鲤，一条抵得上一座酒楼。"

老四一口气卡在嗓子眼，噎了半天，诚恳道："……那你还是把我当贼吧。"

对方皱了皱眉，不再说话。老四眼见说不通，立刻跳窗翻了出去。

两人一个跑一个追。

"我说你这人怎么这么死板？我还是伤患，你的医者仁心呢？还是说你别有所图？怎么，趁着夜黑风高就想强抢民男？看不出来你小小年纪就如此居心叵测——我的天，救命啊！"

老四是常年打架练出来的身手，其上诛心，其次揍人，故而一边撒丫子狂奔一边喋喋不休，只等对方恼羞成怒，露出破绽。越正经的人往往脸皮越薄，更何况这少年看着就一身清贵，想必受不住。

果然，他身后传来一声怒斥："住口！"

银针铺天盖地而来。老四等的就是这一刻，反手甩出一把铜钱将银针击落，接着不退反进，欺身而上，趁着对方愕然的刹那，一脚横踢扫出，直接将他踹进了湖里。

"刚刚那一脚是军营里老兵的把式，土而实用，对付你这种人正合适，你的身手路子太正，防不住。"

老四坐在房檐上，不知又从哪里掏出一把瓜子："我说，这位兄弟，你说说不过我，打也打不过我，要不咱就算了，就此一别两宽，你看，行吗？"

湖面平静片刻，接着哗啦一声，对方出了水，走进湖中心的凉亭，声音隔着湖传过来，平静中透着寒意：“你最好快逃。”

“逃？我要是能逃得过你，我至于在这儿讲道理？”老四看了对方一眼，嗑瓜子的动作突然停住，“我去，不是吧？你那是什么眼神？你要杀人？”

他自小在战场摸爬滚打，对这眼神可太熟悉了，这要是动起手来，轻则有人缺胳膊断腿，重则丧命，也不奇怪。

“这位大兄弟，我胳膊还伤着呢。”他试着打个商量，“你这样胜之不武。”

少年拧干衣服上的水：“士可杀，不可辱。”说着摘下白绸手套，“你若是能杀了我，就尽管走出柴府，不会有人阻拦。”

药家柴氏，历代医术卓绝，而医者悬壶济世最大的倚仗就是一双妙手。问脉、施针靠的都是手上功夫，柴氏历来注重双手的养护，平时柴氏医者都会戴着手套，能让他们摘掉手套的情况通常只有两种——要么救人，要么杀人。

老四闭了嘴，看这架势，不打一架是走不了了。这人也忒小气，不就是湿个衣服嘛，又不是姑娘，至于这么大动干戈？不过这话他没再说出来，免得对面那位又气炸了。他心想，打就打呗，反正拆的不是自家园子，怕什么！

“行吧，你要打，我奉陪。”老四从房檐上起身，负手而立，“动手之前，请教姓名。”

两人隔湖而对，一轮明月高悬于上，夜风微凉。

少年看着他，淡淡道：“药家柴氏，柴束薪。”

老四一怔，随即笑道：“原来阁下便是药家公子，久仰。今日幸得一战，足慰平生有缘。

“在下木将军府，天算门下，木葛生。”

视频播放到这里，安平按下暂停键。

木葛生？这人叫木葛生？是他认识的那个木葛生？半仙儿木葛生？

先前他就看这个老四有些眼熟，但并未多加留意，这少年十三四岁，而他所熟知的那个木葛生留级三年，最少也是二十出头。二人或许五官相像，但气质实在天差地别。就像旧剑与新雪，一个风华内敛，另一个清白焕然。

这盒录像带绝对不是普通东西，安平可以确定，不过经过前一夜，木葛生这位半仙儿寄给他什么他都不觉得奇怪……就算屏幕里突然爬出个披头散发的女鬼，安平觉得自己大概也能整理一下情绪用客服人员专业的语气问："小姐，您好，请问您是迷路了吗？"

算了，安平摁了摁太阳穴。事已至此，他彻底被这场怪力乱神的经历勾起了好奇心，就像被钓饵钩住嘴的鱼，想要抽身已是不能。

既来之则安之吧，安平心想。戏已鸣锣，从头看到尾是观众的基本素质。

他再次按下播放键。

银光乍起，两人很快战成一团，湖面上一轮明月碎开，水花四溅。

木葛生和柴束薪的身手似乎不相上下，一池湖水硬是被两人掀出了惊涛骇浪的气势。

"我说这位小大夫，"木葛生扬声道，"咱俩动静这么大，不会有人告你扰民吧？"

"柴府九折回廊，神鬼不入。"柴束薪冷声道，"回廊之内有进无出，不可能有声音传出去。"

木葛生闻言掏出一枚铜钱，甩手掷向湖畔长廊："那这样呢？"铜钱穿墙而过，噼里啪啦一阵巨响，长廊顿时塌了一半。

"好了，现在就是八折回廊了。"木葛生拍了拍手，"如此隔音效果必然减弱，深夜扰民非君子所为。我听说柴公子向来持重，确定还要继续打？"

柴束薪先是一愣，随即勃然变色：“天算门下历代亲传四十九枚山鬼花钱，你就拿它砸墙？”

“千金难买我乐意。”木葛生这会儿倒是显得挺大方，“这叫砸钱买平安。”

柴束薪一甩长袖，似是觉得和这人再无话可说，银针落如暴雨。木葛生却不肯再和他正面交战，扭头便跑。

片刻后，再次传来一声巨响，又塌了一间房。

两人一直从深夜打到天亮，一个跑一个追，短短几个时辰，木葛生一共拆了三条回廊九间房。

早上，来接人的老二看着柴府光秃秃的门楣，道：“贵府大门哪儿去了？”

“给您请早。”小厮弯腰，“被木少爷拿钱砸了。”

“胡扯。”老二想也不想便道，“老四没那么大方。”

小厮：“……”

老二被小厮一路领进门，停在一座小筑前，还是昨天的那间药室。他推门进去，只见木葛生正躺在榻上上药，浑身上下被包成了半个粽子。

“哟，老二，早啊。”这人倒是不嫌疼，一身青肿，依然嬉皮笑脸，“我饿了，东门那家馄饨摊子开业没？”

“我送他来治伤，”老二顿了顿，看向一旁的小厮，“贵府这是又把他打了一顿？”

“哎，没有没有，你别为难人家。”木葛生咬着绷带，含混不清地道，“是我和别人打了一架。心疼啊？那请我吃饭呗。”

“打得好。”老二干脆道，“你就是欠揍。”

“这你可就想错了。”木葛生得意扬扬道，“那小大夫伤得比我还重，刚才被人从瓦砾堆刨出来，他被砸得不轻，怕是够呛。”

“小大夫？”老二挑眉，“你打了谁？”

“你猜？”

“你……不会是把柴束薪给打了吧？”

窗户啪地打开，一阵大笑传出，惊得廊外鸟雀四起。

“哈哈哈哈哈哈哈，你是没看到当时那个小大夫的脸色！”木葛生拍桌狂笑，“冷得活像腊月三九天，哈哈哈哈哈哈，这人太好玩儿了！”

“打便打，你拆人家房做什么？”老二坐在对面，一声冷哼，“出息。”

“我们身手差不多，若认真打起来，速战可以，消耗战不行。”木葛生笑得东倒西歪，“平时打架，我自然不在话下，可那小大夫出身药家柴氏，药家虽不是武家，但错手驭针之术根本不是普通招式防得了的。我手里只有十七枚山鬼花钱，他袖中银针何止成百上千，硬碰硬岂不是找死？只好变着法子给他添堵喽。”

“歪门邪道，胜之不武。”

“我一个伤患，他追着我打才是胜之不武。”木葛生倒在榻上，“罢了，反正谁也没讨到好。不过，这小大夫挺有意思的，下次有机会还来找他玩儿。”

“你拆了半个柴府，还想有下次？”

“天无绝人之路，大不了来之前算一卦，看看走哪个门。”木葛生掏出一枚铜钱，放在手里抛来抛去，“对了，老二，要是让那小大夫和你打，他能走过几个回合？”

“不用刀，二十回合之内。”

“那敢情好啊！”木葛生一拍大腿，“下次你和我一起来，他就不敢和我打了！”

“做你娘的春秋大梦。”老二拒绝得干脆利落，“不打。”

“啊？”木葛生一愣，奇道，“这倒是稀罕，这世上居然还有你松问童不敢打的人？”

“他是药家人，诸子七家禁止内部动武。”

“你这会儿别给我端你那墨家墨子的派头，平时你追着我揍时怎么没见你这么团结友爱？”

“那是你欠揍。”松问童道，“你知道柴束薪的身份吧？”

“知道啊，诸子七家之一，药家柴氏，他是柴氏家主，也就是这一任灵枢子，执掌药家之位，名列诸子之一。”

松问童闻言冷哼：“诸子七家，久存于世的一共六家——天家天算子、仙家长生子、朱家星宿子、药家灵枢子、阴阳家无常子、墨家墨子。其中，柴氏医术卓绝，三千年前领药家之尊，从此历代柴氏家主都位列诸子之一，先生见了他也要称一声‘灵枢子’。你他娘的就这么把他给打了，你道先生不会罚你？”

“你用不着叽里呱啦说这么一堆，不就是想说他来头很大？七家诸子，别的不说，天天和我鬼混的就有俩。”木葛生浑不论道，“再说了，你堂堂墨家墨子不也总被师父罚？你怕？”

“我打得过柴束薪，也不怕先生罚。”松问童道，“但整个银杏书斋，除了你，没人会招惹他。”

“为啥？”

“推翻君王事小，打死药家事大。没那么硬的命，就别去招惹能救你命的人。”松问童一巴掌拍上木葛生脑袋，“你几次从鬼门关捡回一条命，你以为谁有能耐把半死不活的你救回来？”

木葛生僵住，难以置信道：“前几次救我的人是那小大夫？真的假的？”

松问童冷眼以对。

木葛生思索片刻：“我是不是完蛋了？现在道歉来得及吗？”

“晚了。”

“我要是抱他大腿求他呢？”

“他应该会再把你暴打一顿。”

“那便罢了，我何必上赶着找揍？以后有机会，给他赔礼道歉便是。”木葛生倒也不坚持，大大咧咧地站起身，“扶我一把。”

“就你娘们儿兮兮的娇气，别碰我。”松问童退后一步，将手里的刀递过去，“自己拄着。”

“唉，你说我这爹不疼娘不爱的，兄弟面前也不招待见。”木葛生闻言抱着刀唉声叹气，“在外招惹了人，还得千里迢迢回山跟师父诉苦。”

“你废话说完了没有？”

“没说完，爱听不听。”木葛生翻了个白眼，“你最好赶紧找棉花把耳朵堵上，等回山见了师父，我废话更多……喂，你要干什么？我警告你啊，我可是伤患！”

“把你嘴堵上。”

所谓一山更比一山高，两人身手根本不在一条水平线上，在柴府撒野半宿都无人能奈何的木葛生被松问童一招掀翻，拎行李似的拎了出去。

松问童拎着木葛生，步履丝毫不见减缓，一路出了城。

城外有山，山上有寺，寺内有书斋。

庭院内栽满银杏，古木高枝，遍地金黄，朱门匾额上题着四个字——银杏书斋。

书斋从外面看着不大，然而门内游廊幽深。松问童七拐八绕，最后停在一间水榭前，隔帘行礼道：“先生，学生回山。”

“平安便好，此番下山，又闯了什么祸回来？”一个带着笑意的嗓音传来，“哟，这么大的行李，可是从城里买来的土产？”

竹帘半卷，水榭中有白衣人临水而坐，风姿皎然，有如谪仙。

可惜这神仙是个半残。

人无完人，长得好看的都有致命缺陷。松问童脏话连篇，木葛生见钱眼开，柴束薪生人勿近，而眼前这位银杏斋主看起来不过而立之年，却发白如雪，身坐轮椅之上。

松问童跪下行礼：“老四犯错，带来请先生责罚。”

木葛生被人五花大绑，发出一阵含混不清的抗议声。

“得啦，你们几个总爱轮番告状。”斋主笑了笑，“看来这次是葛生被抓了把柄。倒是难得看见你倒霉，说吧，犯了什么错？”

木葛生对松问童怒目而视。

松问童喊了一声，给他松绑。

木葛生掏出嘴里的布条，直接飞起一脚，又被对方横刀挡了回去。他顺势跪下，变脸变得飞快，做出个委屈的小媳妇儿样：“给师父请安。”

“既然犯了错，就先跪着吧。”斋主笑道，“这次捅了什么娄子？”

木葛生难得老实，跪得规规矩矩，一五一十地将事实说了：“徒弟知错，师父怎么罚都可以，只要别让我赔钱。”

“哦？我若让你赔钱呢？”

“那徒弟也没辙。”木葛生老老实实道，“只好偷了老二的刀拿去当了。”

话未说完，松问童咔地出刀一寸，面无表情。

“……所以为了避免同门相残的惨剧，还请师父三思。”木葛生泰然自若地补上下半句。

“不是好法子，问童的舐红刀固然好，但不比他的脸值钱。”斋主笑着摆摆手，“你若是有本事将他卖进关山月，那才是一本万利。”

安平听得哑口无言，果然是有其师必有其徒，上梁不正下梁歪。

松问童像听惯了此类说辞，臭着一张脸：“先生说笑。”

“不是什么大事，柬薪也不是不讲理之人，找机会说开便是。”斋主挥手，“葛生去香堂跪十个时辰，跪完了去起一卦。”

“徒弟明白。”木葛生低头领罚，“请问师父，要起什么卦？”

“算个缘分，卜个时间出来，看看什么时候合适，你去给人家道歉。”

“柴府还塌着呢，先生不怕老四被乱棍打出来？”

“那要看葛生的卦准不准。”斋主笑道，“天算门下，算不准卦，该打当罚。”

三更半夜，木葛生还在香堂跪着。说是香堂，却不供神佛，四面用白纸糊墙，正对大门的墙上贴着一副对联，上联“小卦十文”，下联“中卦二两”，横批“掏钱”。

窗户悄然打开，松问童跳了进来：“你还没跪完？”

“妖孽快滚，”木葛生眯着眼睛打瞌睡，“休要扰了贫僧的清梦。”

“看来你是还没跪够。”

“承您好意，还有半个时辰。”木葛生伸了个懒腰，“师父罚人可真不含糊，开口就是十个时辰，我都睡醒三回了。”

“该。”松问童看着墙上的对联，“这对联他娘的是你写的？先生怎么没把你打死？”

“新挂的，气派吧？这叫发家致富从我做起。”

“小卦十文，中卦二两，大卦呢？”

“大卦不算。”木葛生打个呵欠，“我说，你就是这么来看望人的？也不带点儿东西孝敬一下？”

“带了。”松问童打开背后的包袱，浓郁的香气顿时散了出来，“我特地托人下山买的，有城东馄饨摊的牛肉煎水饺、尖笋馅儿的豆腐皮包子，还有百味居最后一锅酥炸鸭舌……”

“不错不错，难得老二你这么懂事。”木葛生神色愉悦，说着就要伸手去拿。

松问童一下退开，慢悠悠地走到另一边：“不是给你带的。”

“啥？”

“我站着吃。”松问童说着拿起一个包子，“你跪着看。”

“……松问童，”木葛生和颜悦色道，“你大爷的。”

转眼已是深秋。银杏叶黄，在午后的光影里显得越发灿烂，古寺中有钟声响起，流云漫天。

房门吱呀一声被推开，木葛生披着衣服走了进来：“老二，早饭吃啥？”他睡眼惺忪，满脸倦色，一看就是刚醒。

松问童正围着围裙炒茶。深秋是最后一茬收银杏叶的时候。这几天他天天围着灶台打转，闻言一铲子扇过去：“你自己看看几点了，好意思吃早饭？”

“有什么要紧，又不耽误做功课。”木葛生半闭着眼，轻车熟路地躲过，接着从橱柜里摸出一笼点心，“你看你，明明给我留了早饭，非得这么口是心非，上赶着做坏人，何苦来哉？”

松问童拎着锅就要摔过去：“老子留着喂狗！爱吃不吃！”

“我吃我吃，汪汪汪。”木葛生叼着糕饼扮个鬼脸，脚底抹油地溜了出去。

松问童哪肯善罢甘休，拎着锅铲就追了出来。两人在游廊上大呼小叫，漫天茶叶纷飞，惊起一片鹊鸟。

安平看得入迷，只想说银杏书斋的房子建得真是结实，换作柴府被两人这么折腾，早不知道塌了多少回。

如今他将录像中的情形摸了个七七八八，这大概是民国某年某月，一座东南古城。

城外有山，山上有白水寺，寺中有银杏书斋，书斋里住着一个残疾神仙，这神仙领着三个妖孽，没有大闹天宫的志向，也没有降妖除魔的气节，简而言之，每日混吃等死，可谓十分舒坦。

这座东南古城是军事重地，城中驻防司令姓木，平民百姓不懂军衔，叫他什么的都有，有的叫“木大帅”，有的叫“木司令”，还有叫“木将军”的，连带着木府的称呼也是乱七八糟的，有木将军府、木公馆、木帅府……搞得安平至今也没搞懂这木司令到底是个什么职位，只知他大概是个不得了的官，横竖称他一声“军爷”。

最令安平感兴趣的是，这位木司令是木葛生的爹。

木葛生是木司令独子，十岁入白水寺银杏书斋，在此之前却是在军营混大的。司令夫人早逝，木府放养式育儿，木司令在儿子三岁时就把他往军营一扔。木葛生从小把兵野之气沾了个够，十岁后修身养性了几年，修出了几分画皮似的涵养，像个知书达礼的混世魔王。

走廊上的两人一个跑一个追。松问童的颜值和凶悍程度成正比，木葛生从不与他硬杠，每次招惹了人，跑得比谁都快。只见他眼明手快地钻进一个房间，喊道：“老三救我！老二要杀人啦！”

满室案牍，一个人从堆积如山的书卷中抬起头，无奈道：“你又怎么招惹他了？”

满窗的金黄银杏。书案后一人执笔持卷，眉眼温润，是个玉面少年郎。

最吸引人的是对方一副流水般的嗓子，一句话就缓住了他人的心神：“老二，你这是……为何拿着锅铲？要征用我的书房来炒茶？”

松问童来势汹汹，一脚踹开房门：“老三，你别和稀泥，再说我就把你俩一块儿揍了。”

“英雄饶命。”老三说着看向木葛生，摊手，“你看，我救不了你。”

“没事儿没事儿，你借地方给我躲躲就行。”

“你给我滚出来！”松问童站在门口指着木葛生的鼻子叫骂，“别躲着当缩头乌龟！”

“我不。”木葛生扮个鬼脸，“老三这地儿挺好，大爷我今儿就睡这儿了。”

“你刚起来又睡？！木葛生，你是猪吗？！”

木葛生捂着耳朵，权当听不见，手里拿着糕点笼子，照吃不误。松问童气得七窍生烟，把房门踹得咣咣直响，眼见就要把大门踹塌，老三开口道：“老二，你先别管他了，炒茶不能离火太久，你出来又没熄火吧？待会儿厨房该烧了。”

松问童炸了：“乌子虚，你又帮他说话？！”

“哪里，岂敢岂敢？”被称作乌子虚的少年笑了起来，“老四肯定是不会乖乖出去的，你要抓他，尽管进来抓，就是别再把书房掀个底朝天。这个月的账，我还没算完呢，你们这一闹腾，又不知要收拾到猴年马月。”

之前松问童和木葛生作妖掀了书房，被罚跪不说，还得跪着帮人算账。俩人一边算一边也不消停，算盘珠子漫天飞，第二天都是满头包。

乌子虚出身诸子七家之一的阴阳家乌氏，是这一代的乌氏家主，执无常子之位。他年少有为，温雅有礼，可惜天生劳碌命，每天为了家族中事忙前忙后，得空还得帮两位同窗和稀泥。

录像带看到这里，安平对大致情境都掌握得七七八八，唯独对众人口中的“诸子七家”依旧云里雾里。目前他统共见了其中三家：墨家松氏家主松问童，位列墨子；阴阳家乌氏家主乌子虚，位列无常子；药家柴氏家主柴束薪，位列灵枢子。还有银杏斋主口中的什么“天算门下”，也不知和这七家有没有什么瓜葛。

这三个家主，个个年纪不大，来头不小，偏偏其中两位还在银杏书斋求学，大概这书斋也有什么特别的名堂。然而安平看来看去，只见斋主每日焚香煮茶，木葛生睡觉算卦，松问童练刀打架，除了乌子虚因为家事时常出门，这儿简直就像个退休老干部棋牌室。

尤其是木葛生，在外面端得人五人六，人后瞬间原形毕露，站没站相，坐没坐相，没有少爷脾气，并非娇生惯养，单纯懒得人鬼共愤。只要不是有意思的事，谁也没法将他拽出书斋一步，他活像个大门不出、二门不迈的闺秀，除了和松问童打架，基本走到哪儿躺到哪儿，一把软骨头简直要酥塌了司令府的铮铮英名。

其中，安平对乌子虚的好感度最高，这人嗓音太好听，为人又温雅，世上大概没有他讲不通的道理，也没有他办不成的事，唯一的例外大概就是夹在木葛生和松问童之间，像猪八戒照镜子，里外不是人。

松问童两眼喷火地走了。

乌子虚合上书，无奈地笑道：“看来老二一时半会儿不会消气，你的晚饭怕是要泡汤了。”

银杏书斋位于白水寺中，双方日常并不干扰，书斋的人用饭时可以去寺内，有清淡的素斋。但没哪个少年能喜欢白粥、咸菜，银杏书斋也不反对自给自足，三人中唯独松问童的手艺端得上台面，木葛生每日蹭吃蹭喝，一日三顿，还有下午茶和夜宵。

木葛生拍干净手上的点心渣子：“无妨，我前段时间算了一卦，今日要下山去。”

“这倒难得，又有什么有趣的事了？”

“我给人赔礼道歉去。”木葛生迤迤然道，“顺便打秋风。”

夕阳西斜，木葛生下山进了城，一路拐到柴府外，翻墙跳了进去。

上次两人拆掉的屋舍已经修好，园林深深，格局井然。木葛生掏出花钱算了一卦，接着跃上屋檐，一路走进一座别馆。馆分两层，屋顶铺着黛瓦，四面皆是雕花长窗，灯光隔着细纱漏了出来，还有隐隐的人声。

木葛生躺在房顶，侧耳贴着砖瓦，掏出一把刚刚顺到手的瓜子，边听边嗑。

“北平那边已经催了许多次，一直在问这批药材什么时候能到，几大药局都已经断了货……”

“快年末了，年底有的分家来请安，脸色怕是不会太好看……”

“毕竟还是年轻……”

房间里坐满了人，他们在絮絮低语。

木葛生听了一会儿，捋清前因后果——江岸戒严，柴氏几批货卡在港口运不出去，来往供应断了一月有余，据说北边已经有柴氏病患因为断药而病重。

“这是砸招牌的大事。”房中有长者起身道，“药家柴氏，悬壶济世，有药材却无力供给，乃医者之责。断货事小，性命为大，还请家主尽快转圜。”

柴束薪坐在主位，白衣清冷："二伯放心，已经从东北紧急调了药，半月之内足可补上。"

"如此甚好，但有的药材是南方特产，水路运送不可断，港口一事，你须得多多费心。"

"我明白。"柴束薪淡淡道，"大伯喝茶。"

木葛生看了一会儿，嗑着瓜子，啧啧有声："深宅大院果然比戏折子里写的还精彩。"

这事儿不大不小、可轻可重，柴束薪名义上是柴氏家主，然而满堂叔伯明里暗里敲打他，少年高坐主位，形单影只。

安家也是做生意的，这情形，安平眼熟，和逢年过节时各路亲戚上门打秋风的架势异曲同工。但他家好歹还有一番真真假假的热闹，楼下就只有咄咄逼人的客套。

木葛生吐出一个瓜子皮："有钱也不是什么好事儿，这小大夫活得比老三还累。"

木府不兴惯孩子，木葛生每月的零花约等于无，和其他两个年纪轻轻就当家主的同窗不同，他一穷二白，但胜在逍遥自在。松问童似乎在做什么生意，偶尔下山照看，平时也是个甩手掌柜。最忙的是乌子虚，乌氏似乎有干不完的活儿，这人几乎天天都在批公文和出差，偶尔还得腾出手来处理书斋的账务。木葛生吃饱了撑得没事干的时候就给他送黑芝麻糊，说是防止少年早秃。

乌子虚还有忙里照镜子的闲愁，柴束薪却没有这份幸运，毕竟如今看来，他身边连个能照应的人都没有。楼下一屋子大概都是柴氏宗亲，个个长辈架子端得很足，却并无几分亲近。

一件不大不小的事被几圈车轱辘话越滚越大，一屋子人从傍晚说到深夜，总算有几个年纪大的撑不住了，拱手道："言尽于此，家主好自为之。"

柴束薪的脸色倒是没怎么变，他起身行礼："三叔慢走。"

对方一捋长须，转身走了：“天色已晚，不必相送。”

“真有教养。”木葛生打着呵欠道，“这狗玩意儿，还给他行礼，不是个东西。”

安平头一回如此赞同木葛生的话。

房中人陆陆续续散去。柴束薪坐在主位上，垂眸看着桌上的茶杯，不知在想些什么。

木葛生从房檐上倒挂下去，敲了敲窗：“那茶早凉了，喝了对身体不好。”

柴束薪倒茶的手一顿：“谁？”

“寒夜好心人，特来慰风尘。”木葛生推开窗，笑眯眯道，“你要喝红枣洋葱锦鲤汤吗？”

第四章

得遇淑人，柳暗花明，大吉。

“别绷着脸啦，我是来为上次的事道歉的。”木葛生翻进室内，“上次是我唐突，小大夫别记仇啊。”

“赔礼道歉？”柴束薪冷着脸，“擅闯他人家宅、窃听他人家事——这便是木少爷赔礼道歉的方式？木府真是好家教。”

“嗐，我爹是个粗人，你要是打不过他，他压根儿就想不到这些礼数……”

“那便罢了，木府高名远扬，柴氏不敢惊扰。”柴束薪一指大门，“请滚。”

“哟，小大夫，你居然会骂人？”木葛生乐了，“这么喜欢我？”

柴束薪难以置信地看着木葛生，像是不理解天下怎会有如此厚颜无耻之人。

“你看，刚刚满屋子嫌恶之徒，你反而彬彬有礼，眼下来了个为你好的，你却出口赶人。”木葛生给自己倒了杯茶，振振有词道，“所谓亲近者不拘礼数，你这不是喜欢我是什么？”

安平觉得柴束薪连把木葛生暴揍一顿的心都有了，果然对方开口道：“木少爷，我今晚很忙，你若有事，改日我们可另择地点，要打要战，我奉陪到底。”

“我今晚来确实有事，但我也说了，只为道歉赔礼，并无其他。”木葛生不请自坐，自顾自喝了一口茶，道，“别那么绷着，吃人的都走了，现在这儿没人害你，放轻松。”

“你刚刚听到的是柴氏私事！”

“那又如何？木将军府，我还懒得要呢，你这吃力不讨好的家主，真当谁稀罕？”木葛生眼看柴束薪就要暴起，忙道，“慢着慢着，我刚刚听你们讲话，北平等着用药的那位怕不是普通人吧？”

柴束薪摘手套的动作一顿。

“果然。”木葛生了然，“医者不是神仙，治不好的病患何其多，若仅仅是缺了药材就能砸了柴氏的招牌，想必是等着用药的患者中有家大势大的……拆得了柴氏的台，必然不是普通的权贵，而你刚刚又说‘从东北紧急调了药’，旧时皇城脚下，又与东北相关，难不成生病的那位……与前朝有什么联系？”

他抽丝剥茧，娓娓道来，柴束薪看起来也有些意外，随即便道：“与你无关。”

“慢着，我还没说完。”木葛生道，“药家柴氏，无论如何也是诸子七家之一，就算有人欺你年少，数代经营的底子还是有的。但今天你家那群穷亲戚如此咄咄逼人，你是不是有什么把柄落在他们手里？”

柴束薪抬眸看了他一眼。

“不对。”木葛生摆摆手，自言自语，“那帮老家伙色厉内荏，明面上数落你的不是，实际还是借了药材运送这件事的势……如此说来，你的把柄是握在北平那位手里？”

柴束薪：“……”

“可你能有什么把柄？你这人看着比和尚还清心寡欲，还是柴氏有谁犯了什么事儿？”木葛生琢磨了一会儿，猛地一拍大腿，“我知道了！你是不是看上人家闺女了？！”

柴束薪沉默片刻，上上下下把他打量一番，开口道：“如此探听别人家事，非君子所为。”

“我？君子？”木葛生像听了什么笑话，“你这是夸我还是骂我？”

“你该走了。”

“别忙着转移话题啊，小大夫，你还没回答我呢，你到底犯了什么事儿？”木葛生似乎非要做个不识趣的人，掏出一把山鬼花钱，“你说不说？不说，我自己算了啊？”

“木葛生！”

“哎，听着呢。”木葛生反手一抛，花钱四散，在桌面上落成一卦，他正要抬手去翻，一只茶盏就飞了过来。

“你不要得寸进尺！”

“要打架？奉陪到底。”木葛生挑眉，“你家新房这次有没有修得结实点儿？”话音未落，银针呼啸而至，木葛生踢起凳子砸了过去，直接砸穿了对面的花窗。

安平看得哑口无言，这俩人凑在一起，差不多能建个拆迁办。

柴束薪似乎真的气急，招招都下了狠手，比上次两人对战有过之而无不及。不过，这次木葛生倒是没发挥他的逃跑神技，也没再用什么老兵油子的损招，两人你来我往，对招拆招，花钱与银针碰撞，锵然作响。

安平旁观了一会儿，觉得那天木葛生大概说了实话，他和柴束薪的身手确实不相上下。

不过，木葛生也说过他打不了消耗战。安平隐隐猜到木葛生今夜言行的原因，不知这人会不会选择速战速决。

事实证明他想错了，两人这一打便是一个多时辰，然而招式精微，除了一开始被砸坏的花窗，整座别馆无一处损坏。

两人一路从室内打到屋顶，木葛生一个侧身，被对方抓住空隙，柴束薪一掌拍出，木葛生结结实实受了这一掌，整个人砸穿房顶，噼里啪啦一阵巨响后，他躺在一地桌椅的残骸中。

“可惜了，枉我处处小心留意，这房子用的是黄杨老木，你倒真舍得。”木葛生吁了一口气，“小大夫果然财大气粗，你赢了。”

“你还有一枚花钱没出，而我的银针已经用尽。”柴束薪纵身跳下，冷声道，“你是故意的。”

木葛生笑了笑，没接腔，看着房顶上的洞："这地方适合看星星。"

安平大概明白了木葛生方才嘴欠的原因，两人打完这一架，柴束薪明显冷静了不少。

少年气盛，有事儿憋在心里，郁结不平，打一架确实是最快的纾解办法。

"别那么绷着，天天像个七八十岁的小老头儿，白瞎了你那么好看的一张脸。"木葛生爬了起来，"得了，歉道了，架也打了，我该找地儿吃晚饭去了。对了，修房子的账别往银杏书斋送，我可没钱。"

柴束薪却率先走到他面前，然后推门而去，撂下一句："跟我来。"

木葛生跟着柴束薪七拐八绕，最终停在一座阁楼前，柴束薪敲了敲门："阿姊。"

阁楼门打开，一个女声传了出来："束薪来了。"

珠帘下的女子穿一身鸦青旗袍，鬓边别着一支玉兰白簪，长眉雅致，一双眸子很有些烟波浩渺的美感："这位是？"

木葛生弯腰行礼："在下天算门下木葛生。"

柴束薪转向他，介绍道："这位是我阿姊。"

安平看着门前的古典美人——原来这就是柴忍冬。

最近木葛生做了不少关于柴府的功课，对这位久居深闺的柴氏大小姐也有几分了解。药家前任灵枢子早逝，只留下一双儿女，其中，柴忍冬身患顽疾，历来体弱，一直在柴府中疗养，素有美貌之名在外，却很少出府见人。

"原来是木小少爷。"柴忍冬回礼一笑，"难得见束薪带人来，倒是赶巧，小厨房正热着菜。"

木葛生一愣："菜？"

"家常小炒，不知合不合木小少爷的胃口。"柴忍冬抿嘴一笑，"快进来吧，外面风寒。"

八仙桌上摆着小炉，支着一口铁锅，热腾腾地冒着烟，香气扑鼻。

“原来你是要请我吃夜宵。”木葛生拿着筷子，笑道，“真是难得。”

柴束薪咽下一口米饭，淡淡道：“食不言。”

木葛生不搭理他，笑嘻嘻地看向柴忍冬：“果然美人都有巧手，姐姐好手艺。这一锅饭要是放在军营里，怕是为了尝一口都能打起来。”

“喜欢便好。”木葛生嘴甜，一会儿就逗得柴忍冬笑语连连，“束薪吃饭素来默不作声，今日难得热闹，喜欢就多吃点儿，灶还热着，不够的话还有。”

柴束薪显得有些无奈：“阿姊。”

“没和你说话。”柴忍冬点了点他的脑袋，“吃你的饭。”

木葛生头一回见柴束薪吃瘪，憋笑道：“这菜色倒是别致，不知叫什么？”

“这是绩溪特产，我平时在家里做，手艺比较简单。”柴忍冬给他加了一筷子菜，笑道，“名为一品锅。”

铁锅里荤素杂烩，层层叠叠，第一层是笋衣，第二层是香煎鸭块，第三层是炒鸡块，第四层是油豆腐，第五层是肉圆。锅边点缀着蛋饺、对虾，最下面铺着火腿、花菇，文火慢炖，味厚而鲜。

木葛生和柴束薪年岁相仿，柴忍冬直接把他当成了半个弟弟，眉梢眼角都透着亲切。木葛生只要愿意，很容易讨人欢心，两人片刻之间便言谈甚欢，反倒柴束薪默默吃饭，像个玉树临风的背景板。

“姝丽牌的刨花水改配方了，新加了一味香白芷……”

“姐姐说的那家点心铺子，我去过，是附近顶好的一家，他们新近做的柿团是一绝，有机会我带给您尝尝看……”

“关山月的新曲子！您还没听过？据说是新电影的配乐，还要灌制唱片……”

“再来一碗？”

“姐姐辛苦！”

…………

“我吃好了。”柴束薪放下碗筷，“阿姊，晚安。”

木葛生明显还没吃饱，一双眼盯着铁锅。

柴束薪面无表情地看着他：“夜深了，该走了。”

柴忍冬身体不好，深夜打扰确实不便，木葛生只得起身，行礼道：“姐姐晚安。”

“不急，我给你打包些带回去。”柴忍冬笑着站起身，“有空常来玩儿，陪我摸骨牌。”

“阿姊！”

“怎么？难道你有空来陪我？来了也是个锯嘴葫芦。”

柴束薪满脸敢怒不敢言。

木葛生忍笑忍得快要憋出内伤，他接过柴忍冬手中的食盒：“那便多谢姐姐了，定不负好意。”

柴束薪哐地甩门，走了出去。

柴忍冬看着自家弟弟的背影，轻叹：“束薪难得带朋友来，他平日事忙，很少去书斋旁听，我还担心他没有说得上话的同龄人。”

“姐姐多虑了。”木葛生抱着食盒笑道，“柴兄实在是个妙人，我带他玩儿，您尽管放心。”

柴束薪走得并不快，木葛生随即追了上去：“小大夫，你要怎么谢我？”

柴束薪看了他一眼，神色仿佛在说：“你为何如此自恋？”

“柴姐姐心里惦记你天天像个小老头儿似的，没人陪你玩儿。”木葛生道，“我可是大包大揽，帮你说尽了好话，不值你一声谢？”

“巧言令色，纨绔手段。”

“这可是冤枉，我一不挥金如土，二不拈花惹草，三不欺凌霸市——怎就算得上纨绔？”木葛生说着就用胳膊去撞柴束薪，“还有，我刚说的话都算数，你尽可以来书斋找我玩儿，随时奉陪。老二养了两只大公鸡，天天叫得让人心烦，我们可以宰了煲汤。”

柴束薪侧身躲过，像是完全不想搭理他，直接选择无视。

两人一路走到柴府大门口，柴束薪才总算开口：“慢走，不送。”

大门推开，木葛生走到门边，想了想，又回头。“哎，小大夫，问你个事儿。”他摸了摸鼻子，斟酌道，“你的把柄……或者说软肋，是不是柴姐姐的病？”

柴束薪闻言就要关门。

“慢着慢着！”木葛生赶紧去拦，“世间鲜有药家难医之症，今天那帮人一直拿药材之事敲打你，难道柴姐姐的病是缺了什么关键药材？”

柴束薪依旧冷着脸：“不劳费心。”说着上上下下将木葛生打量一番，“你是不是觉得今天来的那些长辈很讨人厌？”

“可以这么说。”

“我也这么觉得。”柴束薪居然也点了点头，“所以，我在他们的茶里都下了泻药，我亲自配的，谁也尝不出来。算算时辰，差不多是发作的时候了。”

木葛生的脸色瞬间变得极其精彩。

柴束薪：“你有没有觉得肚子很疼？”

安平头一次见木葛生吃瘪，他还没来得及幸灾乐祸，腹部突然传来一阵绞痛，疼得他大叫一声，整个人从椅子上滚了下来。

接着，他就被摔醒了。

安平摔得七荤八素，好半天才反应过来，这儿是他家书房。

他居然睡着了。

屏幕上的录像内容早已播完，安平将进度条往前拉——然而之前的视频内容仿佛被无形的手一键删除，屏幕上只有黑白色的雪花噪点。电脑右下角显示着时间，已经过去了整整一夜。

安平坐在原地愣了一会儿，突然反应过来，发出一声惨叫。今天他有早课！上的还是每节必点名的专业课！

这个学期原本没有早课，甚至连课都很少，但是他们要排毕业大戏，学校特意返聘退休教师回校拆讲剧本。天大地大，学分最大，安平当即顾不得再管梦里的纷纭，匆匆洗了把脸，抓起书包夺门而去。

他到门口打了辆车，一路上都在试图亡羊补牢赶上点名，手机却被群消息震得快爆炸。

“班委，这回我得给我们宿舍三个孙子答到，帮不了你了，对不住啊。”

“班委也迟到了？难得啊！”

“兄弟帮忙带个早饭呗！”

“我×谁在教室吃大葱味儿的包子？”

“班委你录个音，点名的时候我给你外放！”

“哪个脑子有坑的出这主意？上次那个谁用录音外放，假得跟放屁一样！”

好不容易赶到教室，已经是九点，正是课间，安平犹豫着要不要补个假条，却被同学眼明手快地拉住：“欸，班委，不用去找老师说情了，今儿没点名！”

没点名？安平一愣。

对方朝前门口努努嘴：“那个谁来了，老师上半节课注意力全在他身上，说什么不学无术、败坏校风，训得那叫一个惨……”

安平望过去，只见木葛生靠在门边，正和一名女生聊得欢快。仿佛注意到安平的视线，木葛生转过头，朝他眨了眨眼。

“欸，不过，以前我倒没发现那个谁这么好说话。”同学窃窃道，“他平时都不来上课，难得来一次也是在最后一排睡得昏天黑地，看着就很不好惹。今天不知道吃错了什么药……你看没看见他刚笑了？”对方表情跟看猴戏似的，“我去，他居然还会笑？”

安平无语，心说：“你那是被表象骗了，这人就是条为老不尊的大尾巴狼。”他正在腹诽，却突然察觉身边一阵安静，抬头发现木葛生不知什么时候站到了他面前，神情那叫一个和颜悦色：“身体如何？”

同学捂着嘴，发出一阵掐住喉咙似的气音。

“还行，没吃早饭，有点儿饿。”安平一时间不知道该说什么，斟酌道，“那什么，看录像带看睡着了。”

“那怎么行，这年纪可不能饿着。”木葛生道，“走，我请吃饭。”

话音未落，上课铃声响起，这人直接无视刚进班的老师，堂而皇之地走了出去。

“……班委，我知道你家有钱，是我浅薄，是我低估了有钱人的快乐。”同学惊悚而敬佩地看着他，压低嗓音道，“你居然把木葛生收为小弟了？”

安平心说：“我求求你，别脑补了，行吗？”

他确实有很多话想问木葛生，坐立不安了一会儿，实在没忍住，借口上厕所，从教室里溜了出去。

木葛生拎着保温杯，正在走廊尽头接水，听到他的脚步声，随口道：“这寒冬腊月的，市艺专校服薄得能冻死人，还是年轻好。”

安平一下就听出了这人是什么意思，惊讶道：“你知道我知道了？”

“这话说的，学绕口令呢？”木葛生拆了一袋枸杞，放入保温杯，“一晚上不算短，看到哪里了？”

走廊里不方便说话，安平跟着木葛生走向顶楼天台。木葛生听着安平叙述，时不时发出几声轻笑。

“梦里花落知多少。”木葛生靠在栏杆上，拧开保温杯，热气弥漫在半空中，“算来安瓶儿你也知道不少事了，感想如何？”

“说不上来。”安平沉默片刻，道，“我明明一开始是在看录像带，为什么后来会做梦？还在梦里梦到了你？”

“梦到我这个好解释，”木葛生老神在在，一句话差点儿把人噎死，“因为你喜欢我呗。”

“半仙儿，我求求你了，咱说句人话，成吗？”

这大概是木葛生的言谈习性，非要先把人涮个一溜够，方能好好讲话。他拧开保温杯，水雾漫出：“当初你在地下室里经历的那些魑魅魍魉，其实并不是在现实世界发生的，录像带是媒介，它会把你带到一个独立空间——一个叫作‘三岔间’的地带。

“老城区有上百年历史，市艺专附近有很多古建筑，这一代在民国时就人烟阜盛。同样，当年打仗的时候，这里死的人也最多。有的冤魂几十年内难以消散——这里虽然阴气重，但人气也盛，两者相冲，很容易在阴阳之间撕开裂隙——这种裂隙被叫作‘三岔间’，位于天上、人间、地下三条岔路之间。

“你初入三岔间，精神状态不稳定，情急之下我在你嘴里塞了一枚硬币。”木葛生道，“录像带是引子，硬币是媒介，你从中获得我的记忆并不奇怪。”

“……你为什么要这么做？”安平下意识觉得，这说不通，如果不是有极特殊的原因，木葛生大可在城隍庙当日便将他打发走，为什么要如此大费周折？难不成真是单纯的好心吗？可若只是想帮他得知老师发疯的真相，又为何还要再给他寄另外的录像带？

从录像带引出的梦境，梦中种种光怪陆离，安平感觉自己在走一条异乎寻常的岔路，他站在岔路口，下一步就要踏出去。

落子无悔，他有一种预感，此去将没有回头路可走。

木葛生吹开保温杯上的热气，打断他的思索：“对了，安瓶儿，你在梦里应该还没有看到那个地方。”

他徐徐道：“其实我死过一回。

“想必你已经知道了，梦中的所有人都与一个存在有关，我们将其称为‘诸子七家’。

“你不妨将它看作一种传承。千年之前，有七类人聚在一起，建立了一个组织，沧海桑田，经历朝历代而不倒。这七类人中有的是家族，有的是门派，抑或是一脉单传的师徒，每一类为一家，一家之主执掌诸子之位，故而被称为‘诸子七家’。

“你在梦里已经见过了四位——药家柴氏柴束薪，执掌灵枢子之位；

墨家松氏松问童，执掌墨子之位；阴阳家乌氏乌子虚，执掌无常子之位。七家中有四家都是家族传承，柴氏、松氏、乌氏便是其中之三。”

“这三家，我已经清楚了。”安平想了想，道，“你说我见过了四位，还有一位呢？”

“见过我师父了吧？”木葛生笑了起来，“他老人家是天算子。”

“天算子？”

“天算门下历代一脉单传，收徒不会超过三人，一旦确定了继承人选，其他人都必须退出师门。”木葛生道，“因为人丁稀少，一人便是一家，故不以‘天算家’之类的名号统称，天算子即天算家。”

安平思索片刻，道：“有一件事我一直想问，所谓诸子七家，到底都是干什么的？”

木葛生一愣，随即笑道：“也是，难怪你不知道，你是只看见我们几个打架了。”

安平心说：“哪里哪里，除了打架，还有鸡毛蒜皮、吃喝拉撒。”

“诸子七家，每家皆有专攻——药家专攻医药，医术卓绝，可活死人肉白骨；墨家擅于天工之术、机关冶炼，有绝世名匠之能；阴阳家天生半冥之体，可御神鬼，来往于阴阳之间；至于天算子，顾名思义，就是算命的。”

最后一个说得未免太草率，安平不禁追问：“算命的？”

“天算天算，天算子历代传承四十九枚山鬼花钱，算的是天命。”木葛生道，“历史记载中，山鬼花钱在元明时期才出现，但天算子手里的山鬼花钱可追溯至上古时期。当年我师父说是伏羲亲手所制，不知道是不是在吹牛。”

信息量太大，又从木葛生的嘴里说出来，怎么听都像这人神乎其神地扯了个大谎。但安平这几天经历的事情实在非常识可解，思绪完全深陷其中，而且他有种莫名其妙的直觉，木葛生虽然看着云淡风轻，但此时此刻，这人说的都是实话。

“天算子，算天命？”

“不错，诸子七家以天算子为首。上古时期，三皇五帝相继离世，有圣人预感天地生变，故而召集志同道合者，行天命以匡正道，这便是最初的诸子七家。而当初的那位圣人便是第一代天算子，他手中四十九枚山鬼花钱可算天命，七家便以天命为旨，在重大时刻做出抉择，引导世人，如此传承历朝历代，可以说每一次江山易主、人间骤变，背后都有七家的影子。”

安平难以置信：“真有这么准？”

木葛生掏出一把零钱：“要不要我算算这学期期末考能考第几名？”

安平当即改口：“我信。”他消化了一会儿脑内的信息，问道，“目前我只见了四家，剩下的三家呢？”

“家族传承的还有朱家，家主执掌星宿子，是朱雀血脉，大概算个神仙；门派传承的是仙家蓬莱，门主执掌长生子，走的是求仙问道的路子，姑且算个半仙；最后是罗刹子，非大乱之世不出，无传承，随机生成。”木葛生说了个大概，“你回去接着往下看就见着了。”

安平把这游戏攻略似的势力分布记了个七七八八，突然想起一件事：“慢着，你刚刚说过什么来着？你死过一次？”他后知后觉反应过来，即使已经知道木葛生是个老不死，还是起了一身的鸡皮疙瘩。

“可算回过味儿来了。”木葛生看着他，似笑非笑，“不错，或者换个更准确点儿的说法——我是已死之人。”

话音未落，安平瞬间后退一丈远。

“用不着这么生分，我不吃小孩儿。”木葛生慢悠悠道，“看过电视剧吗？”

话题转换得太快，安平一时间没反应过来：“你说什么？”

“算命先生有一句很常见的台词——天机不可泄露。有的更花哨些，说得比较详细，什么‘泄露天机，天打雷劈’，诸如此类。其实都是一个意思，天命不可擅自测算，否则必遭其殃。”

“你怕这个？”安平将信将疑，“你不是很牛吗？”

“多谢夸奖。”木葛生面露无奈，“天算一脉固然神机妙算，除了每一代天算子天赋异禀，还借助了四十九枚山鬼花钱之力。诸子七家有一个信条：只要是天算子推演之卦，就不会有失。”

“所以呢？”

“正因为不会出错，故而算的事情越大，算的结果越准，天算子遭受的天罚也越重。”木葛生道，“天算子大都难以善终，所以每一代收徒弟都收得早，像我师父，年纪轻轻照顾仨，又当爹又当妈……”

眼见这人又开始满嘴跑火车，安平赶紧将话题拉回来：“这和你的死因有什么关系？”

木葛生喝了一口枸杞茶，耸耸肩：“我当年算了不该算的卦。”

“什么卦？”

“忘了。”

安平一脸“你莫不是在耍我？”的表情。

“骗人是小狗。”木葛生道，“我是十八九岁死的，睡了快一百年，前几年刚醒。醒来不知人间事，留级一留就是三年，真的，谁家艺专还开物理课啊？你把三大定律拿给蓬莱那帮人看，怕是神仙要和牛顿打起来。”

“你记性这不是挺好？怎么会忘了那么重要的事儿？”

“我当年算了不该算的卦，招致天罚，寿数尽失，魂魄不可入轮回，本应落个形神俱灭的下场，但有朋友帮我锁住了魂，在尸身里温养数十年，后来醒是醒了，但记忆残损不少。毕竟年纪大了，脑子不好使是常事儿。”

安平将他上下打量一番：“那你现在还能记起多少？”

“也就年轻时的一些事儿，不过，我也没来得及老。”木葛生哈哈一笑，“不是大事儿，脑子不好使不代表坏了，记忆能找回来。”

“怎么找？”

“我当年死的时候，山鬼花钱四散，根据我们的推测，花钱上或许附着了一些记忆，找到花钱就能找回记忆。”木葛生道，“我的钱丢得七七八八，不然安瓶儿你以为我干吗天天玩儿钢镚儿？穷疯了？好吧，确实挺穷的。”

“……行吧。”安平勉强接受现实，“最后一个问题：为什么说自己是已死之人？你不是活过来了吗？”

“我确实有意识，但已逝之魂、已死之身的魂魄不归三界，五脏不再运转，二者勉强相容，半死不活罢了。”木葛生打了个比方，“有点儿像僵尸，但我没那么蠢，也没那么凶。”

安平听得有些不是滋味：“……辛苦你了。”

木葛生大手一挥：“不辛苦不辛苦，安瓶儿，你请吃早饭就行。”

安平心说：“……说好的你请客呢？”

安平还是第一次在这个点去食堂，早饭差不多都卖完了，只剩下半凉的包子和粥。木葛生倒是不介意，掏出一只瓷瓶，往饭里撒了什么作料，吃得津津有味。

安平拿起一个包子，三口咬不到馅儿，忍不住道：“我记得你不是很挑嘴吗？这你也吃得下？”

“能讲究就讲究，不能讲究就将就。”木葛生理所当然道，“毕竟生于乱世，见过饿殍遍野，尝过军中饮食，自然明白一餐一饭来之不易的道理。”

安平想起木葛生对泡面的热衷，心想，这人倒也不算刁钻。随即他又想到那锅红枣洋葱锦鲤汤，觉得，大概不是刁钻不刁钻的问题，而是这人味觉有毛病。

他看向木葛生手边的瓷瓶：“这是什么？”

“香灰。”木葛生叼着勺子，“尸体不能消化，但死人得供奉。这香灰是丰都特产，放了就能使阳间之物为逝者所用，吃啥都得来点儿。”

安平顿觉没了胃口，只好找些别的话题下饭：“你刚刚说的丰都是什么？”

“鬼国京都，这块归阴阳家管。”木葛生边吃边道，“诸子七家涉三界之事，仙家蓬莱上达天听，阴阳家乌氏下辖地府，你不是知道老三——就是乌子虚——老是外出嘛，他一半时间都在地底下忙活。”

“他好惨，熬夜比上学还苦。”安平第一反应就是这个，“他家里人不能帮帮他吗？”

“阴阳家乌氏，天生半冥之体，可凭活人之躯在阴阳之间来去自如。但凡事都有代价，乌氏中人大多早逝，到老三这一代人丁稀少，活着的乌氏血脉，除去隔了不知多少代的旁亲，嫡系就剩了老三一个。”

“这么惨？”

“别急。”木葛生慢条斯理道，“乌氏中人去世后有特权，可选择不入轮回，定居丰都。老三在地底下有一大堆七姑八姨，每次出差都顺带探亲。”

“……怪不得他年纪轻轻就当上家主。”

“无常子之位责任重大，又只有活人才可担任。”木葛生又想起一事，补充道，“对了，你最近可能会贪睡多梦，这是正常现象，不必担忧。”

“这样大概会持续多久？”安平问。

“大梦一场，数载炎凉。”木葛生笑了笑，“放心，很快。”

安平发现木葛生说得没错，自己确实越来越嗜睡，连着三天错过点名后，同学都开始觉得不对劲：“班委，你是不是毕业压力太大了？”

安平含糊着带过。不过他最近确实很忙，下了课还要排戏，晚上到家已经将近十点，他连晚饭都懒得吃，眼皮重得几乎睁不开，匆匆洗漱后便又倒在床上。

如今安平再看到银杏书斋已经很熟悉。历代天算子大都喜自在独行，到了银杏主这一任却是个例外，此人精通六艺，八雅俱全，设书斋以传道授业，城中百姓都喜欢把子弟送往银杏书斋求学。

书斋主张有教无类，每周设有大课，求学者皆可入内旁听，但正式的入室学生只有两个——松问童和乌子虚。

至于木葛生，他拜入的并非银杏书斋，而是天算门下，故称银杏斋主为“师父”，而非“先生”。他上头还有个师兄，已经到了入世的年纪，常年周游在外，平时很难见上一面。

柴束薪站在书斋门外，叩下门环，手里拎着药箱。

银杏书斋外表看着其貌不扬，内里却别有乾坤，庭院布局出自上代墨子之手，亭台楼阁错落有致。好处是清静，前院上大课时书声琅琅，木葛生照样能在后院睡得昏天黑地；坏处是路远，门前有客来访，往往要等上一炷香工夫才有人应声。

来开门的是乌子虚，他见到来人，躬身一笑：“原来是柴兄，下次直接进来就好，大家都是同窗，不必拘礼。”

两人互相问候，柴束薪跟着他走进院子，缓声道：“银杏书斋乃先生居所，先生是长辈，礼不可废——”

“老四，我今天不剁了你，我就跟先生姓！”平地乍起一声暴喝，只见两道身影飞速掠过。

正是木葛生和松问童，后者杀气腾腾地拎着菜刀，还提着一只屁股没毛的鸡。

“你有本事先抓到你爹再说！”

“不孝子！枉老子一把屎一把尿把你喂大！”

两人一阵风似的卷走了，对骂中夹杂着尖细的打鸣声，留下一地鸡毛。

“柴兄见笑，老四今天宰了老二养的一只鸡，说是嫌吵。”乌子虚笑了笑，“还有一只刚拔了一半毛，不料被老二发现，两人就这么打了起来。”

柴束薪面无表情地提着药箱，看着乌子虚从怀里摸出一只算盘：“无常子这是做何？”

“待会儿去劝架，先算清书斋这个月的账。”乌子虚显得轻车熟路，“免得他们又要拆房。”

银杏斋主常年抱恙，柴束薪每月前来已是惯例，然而今日水榭里多了一个人。

临水摆着一个棋盘，银杏斋主正在与那人对弈。

执白子的青年笑道："师父，这一子落下，便成定局。"

"不错，周游几年，你的棋艺又精进了。"

柴束薪上前行礼："见过先生。"接着微微一转："林兄。"

安平恍然，原来这位便是木葛生的师兄——天算门下大弟子林眷生。

他青衫落拓，芝兰玉树。安平看着眼前的青年，觉得银杏斋主若是华发换青丝，重新起身，再灌两袖风流、浇一瓢红尘，便该是眼下林眷生的模样。这才是师徒。

同是一个师父教出来的徒弟，师兄如此风姿俊逸，木葛生那是什么妖魔鬼怪、什么美女画皮？

"几年不见，束薪长大了不少。"林眷生看着柴束薪，笑道，"已然是翩翩少年郎。"

"是长大了不少！证明你也老了！"一道身影突然从水底冒出，湿淋淋的，溅了林眷生一身，"大师兄救命！"

"小师弟，也就你能喊救命还喊得如此牙尖嘴利。"林眷生无奈一笑，把他从水里捞了起来，"天寒，当心着凉。"

"着凉是小事，大师兄，你先救我。"木葛生一捋额发，指着水对岸怒发冲冠的松问童，"这家伙为了一只鸡和我同门相残。"

"问童的鸡是个宝贝。"银杏斋主闻言笑道，"早上叫你早起，晚上给你打牙祭。"

"师父！"

"好了好了，师父在这里，问童不会造次。"林眷生递过一杯热茶，指着盘上的残局，"救你可以，和我下了这局棋。"

木葛生听得一抖："大师兄，你上个月才赢了国手。"

"就是因为赢了国手，才回来找你对弈。"

柴束薪闻言一怔，不禁看向乌子虚。

“老四和大哥下过九盘棋。”乌子虚还在算他的账，一边拨算珠一边轻声道，“两局和，七局胜。”

“谁胜？”

乌子虚抬头一笑：“你说呢？”

柴束薪沉默片刻，将视线转回水畔。

安平不通棋艺，只见水榭中人个个围观沉思，一盘棋从上午一直下到黄昏。

乌子虚看了一会儿就忙着回去批公文了。

银杏斋主在午后推了轮椅去小憩，悠然地留下一句：“若是赢了你师兄，我就让问童下厨把他的鸡宰了。”

“师父，您别坑我了。”木葛生苦着脸，“您这残局太难救。”

“路漫漫其修远兮，再接再厉。”

唯独柴束薪始终站在一旁，垂眸敛目，身形端正，数个时辰丝毫不见倦色。安平一直等到黄昏将尽，水榭里已点上了灯，柴束薪才总算是动了。

安平看着他一路出去，却发现他居然去了厨房。

松问童正在院子里练刀，看见他道：“你怎么来了？”

“帮厨。”柴束薪淡声道，“杀鸡。”

银杏书斋，小厨房，柴米油盐，一盏明灯。

松问童一刀剁掉鸡头，将花椒放入锅爆炒，顿时香气四溢：“倒是没想到，你居然会做饭。”

“药家有许多关于药膳的方子。”柴束薪挽着袖口，正在煲汤，“我的厨艺不如阿姊，只是粗通。”

“你打算做猪肚鸡汤？”松问童扫了一眼灶台，掀动锅铲，“两只鸡，拔丝做五碗汤面，剩下的做一道豉油鸡腿、一道酸辣凤爪，鸡叉骨下锅炸了，再调个红油辣子……你怎么又来了？滚！”

“我来悼念一下鸡兄弟。”木葛生趴在窗台上，抬手接住松问童扔来的苹果，咔嚓咬了一口，“当初它早上打鸣的时候我就说过，扰我清梦者，必将其挫骨扬灰。”

“你今年贵庚？还要报复一只鸡？”

“哎，你那毛记得给我留点儿，扎个毽子。”木葛生迅速转移话题，看向柴束薪：“小大夫居然洗手做羹汤？我们今天这是走了什么大运？”

“猪肚鸡汤，加了胡椒和党参，补虚健脾，”柴束薪淡淡道，“对先生身体有益。”

“小大夫，你若得空，教教老二做一品锅呗。”木葛生得寸进尺，不要脸道，“上次在贵府尝了一次，念念不忘，可这人非说他不会。”

“一品锅是阿姊的拿手菜，做法，我亦不知。”柴束薪道，“你若想尝，下次再去便是。”

松问童听得一愣一愣的，狐疑地看着柴束薪：“你俩化干戈为玉帛了？老四给你灌了什么迷魂汤？”

木葛生把果核朝他扔过去：“狗嘴里吐不出象牙，不说话没人把你当哑巴。”

眼见这俩人又要打，柴束薪走到窗边，看着灯下的木葛生，微微点头：“上次之事，多谢。”

木葛生一愣：“啊？什么事儿？”

柴束薪：“……”

“哦哦哦，我想起来了，码头走货那边，我就是去打了个招呼，举手之劳，小大夫不必挂心……小大夫！欸，你别走啊！留下来吃个饭！我真不是为了刷碗才留你的——”

一餐饭罢，木葛生刷碗刷到了半夜。

“我决定了，我以后不叫他‘小大夫’了。”木葛生甩干手上的水珠，跳上房檐，扔给松问童一壶酒，“我要叫他‘三九天’。”

松问童抬手接过：“你又搞什么幺蛾子？”

“你看他冷冷清清一个人，就没见他笑过，像被雪糊了脸似的，可不就是三九天嘛。”木葛生振振有词，“夏天谁要往他身边一站，肯定解暑降温。”

这是大实话，柴束薪从头到脚都透着冷淡，大概是家教很好的缘故，并不让人觉得被冒犯，但他确实是个礼貌而疏离的模样，眉眼生凉。

“你少给人找麻烦。”松问童道，“药家是七家中入世最深的一家，他身为家主，忙得很，也就你天天吃饱了撑得去添乱。”

“我就见过他三回，好吧？怎么就成添乱了？”木葛生挑眉，“我可是从老三那里听说了，你当年刚被师父收养时，没少和他打架，据说还被揍掉了乳牙。”

“去你的，你怎么不说我把他打得半个月下不来床？”松问童灌了一大口酒，“那时候，我妈刚死，我烦得很，整个银杏书斋没我没打过的人。”

松问童的母亲是上代墨子，是个快意恩仇的性情中人，当年行走江湖时与关山月的花魁一见如故，奈何那花魁红颜薄命。木葛生听师父说过，当初那花魁去世，上代墨子单刀闯丰都，踩着阴司大堂的公案要判官放人，搅得整个冥府上下不得安宁。乌子虚的爹去劝架，结果被一脚踹回阳间。后来多方斡旋，总算折中找了个法子，阴司特许那花魁在奈何桥头停留五年，而上代墨子则要留下后人，继承墨家一脉。待新墨子五岁时，两人可一道投胎，来生再续前缘。

“五岁那年我去送她，看见那花魁坐在桥头弹琵琶。”松问童道，“她扔了刀，提着裙子跑过去，整座奈何桥的人都在看她俩。”

“一开始我挺不理解我妈的，为了那花魁不惜性命。”松问童抓了抓头，“但那时我抱着刀站在那儿时看呆了，觉得能与那花魁那么美的人惺惺相惜，不愧是我妈。”

“不愧是伯母，不愧是你。”木葛生听得笑喷，“我听大师兄说，你当初刚来书斋时天天找人打架，还拿刀把他的书桌劈了当柴烧。”

上代墨子去世前将松问童托付给银杏斋主照顾。墨家血脉单薄，家风奇异，素来不置家产，只有一把舐红刀历代相传。

“那时候，我太闹腾，大哥实在没法，就拜托柴束薪给我下药。但他下的分量不够，被我发觉，我俩打了一架。之后，先生收了我的刀，让我把我妈留下来的东西学透了，再去找他要。”

“结果我十岁来书斋的时候，你已经拿着刀杀猪了。”木葛生笑道，“行啊，老二，那年你才十二岁吧？七年就学有所成，怎么办到的？”

“先生教得好。”

“师父是天算子，怎么教你墨家的东西？”

“先生给了我一封信，让我去了一趟蓬莱。蓬莱剑阁有铸剑宗师，得前辈指点，我学得很快。”

“你还去过蓬莱？”木葛生来了兴趣，“怎么样，好玩儿不？”

“规矩太多，有一次我杀了一只白鹤烤来吃，一堆童子追着我打。”松问童想起一件事，“明天书斋有客造访，似乎就来自蓬莱。”

“这倒不稀奇，师父的客人，什么样的都有。”木葛生躺在房顶翻了个身，懒洋洋道，“你明天不是要下山吗？说不定来的是旧识，不见见？”

“没兴趣，那帮修士都是事儿精，一见面就让我赔他们的鹤。”

“一只鹤而已，赔就赔呗。”

“三百年的灵鹤，你让我怎么赔？我顶多赔他一只三个月的鹅。”

“……那你还是下山躲债吧。”

第二日，木葛生照例睡到日上三竿，打着呵欠路过水榭，忽然一愣：“师父？您今天不是有客？”

银杏斋主坐在水边，正在糊一把伞：“问童告诉你的？”

“对，他忙着躲债，昨儿半夜就匆匆下山了。”木葛生上前行了个请安礼，“您这是在糊伞？最近要下雨？”

“要立冬了，晚来天欲雪。”银杏斋主道，“此伞不避雨，避雪。”

“避雪不避雨。”木葛生乐了，“师父风雅。”

“附庸罢了。”

“是我说错话了。”木葛生一拍脑袋，“师父不是风雅，是风骨——上次来的那个诗家怎么说的来着？‘白衣临水畔，风骨映寒窗。’”

“知道你今日要去关山月，这是先拿为师练嘴皮？”银杏斋主有些好笑地看着他，“还是又没钱了？找你大师兄要去。”

“大师兄一早就给我留了钱啦。”木葛生掏出一只钱袋，“老地方，我一找就找到了。”

“正南离位？他又把钱给你留在了灶台底下？”

木葛生动作一顿：“师父，您怎么知道？”

离卦是林眷生最喜欢的卦象，离为火，焰上有火，明上有光。

“离为火，人心亦为火；离取明，人心亦取其明。”银杏斋主随口道，“给个零花钱都不忘循循善诱讲道理，你这个师兄比我这师父都用心。”

“哪里哪里。”木葛生舌灿莲花，“比不得师父才学盖世。”

“口才倒也是天算一脉传下来的本事，我不曾教你，你却颇得其精髓。”银杏斋主将手边的鱼食倒入水中，递给木葛生一只碗，“既然学会了，那不如发扬光大。”

“啊？”

“这碗是前代遗物，不可摔了。”银杏斋主道，“你今日带它下山，摆摊算命，什么时候钱把碗装满了再回来。”

木葛生：“……”

“莫慌，前代执此碗走街串巷，靠的就是巧舌如簧。”银杏斋主悠然道，“算不出来就忽悠。”

关山月是城中最有名的乐楼，门前贴着一副描金彩联——“关山一月，皆为同路之人；萍水相逢，尽是春宵之客。”楼外开着花店、鞋店、旗袍铺子，养活了一整条街的产业。

顶楼是雅间，天字号房最贵，轻易不待客，今日却坐满了人。

“十三幺，我和了！”淡妆妇人笑着拍手，“小童儿，掏钱！”

房间正中开了一张麻将桌，周围坐满莺莺燕燕，任谁看了都会以为这是富家少爷一掷千金的阔气，然而众人的对话完全两样：“小童儿最近长高了不少啊，有没有按时吃饭？”

“一顿不少，赵姨放心。”

“小童儿上次送我的那支簪子倒是别致，她们都看着眼馋，不知是在哪儿买的？”

“自己做的，姑姑们若喜欢，我再多打几支便是。”

“童童有没有用胭脂铺子新出的雪花膏？”

“用了，太油，不过冬天倒合适，三姐可以买来试试。”

“童哥哥，你看我这指甲做得如何？”

“这花色，你用着太艳了，待会儿给你画个新的。”

“还有我还有我……”

松问童坐在麻将桌下首，在花丛之中对答如流，神色却并不狎昵。

安平曾听木葛生说过，松问童是天生的人生赢家，当年先代墨子与那花魁义结金兰，满楼上下始终惦念着当年的缘分。后来墨子不会带孩子，松问童被众人抢着养，五岁之前是在脂粉堆里长大的。如今他来关山月等于探亲，满屋子都是他的姐姐妹妹、三姑六姨。

松问童生得极漂亮，据说小时候曾被裹在锦绣里当女孩儿养，如今房间里还有乐姬拿旗袍往他身上比画：“来帮姐姐试试，看看上身的花样！”

松问童倒不反感，他素来坦率，对自己的长相并不避讳。墨家对民间杂学皆有涉猎，聊起护肤、妆容也头头是道，不似人生赢家，倒像妇女之友。

不过，更搞笑的是他旁边那位。

乌子虚被一群人围在正中，哆哆嗦嗦地打出一张牌：“和……和了……”

“哟，乌少爷赢了？”赵姨笑吟吟地拍手，“可巧小童儿这儿输光了，赢钱拿来，刚好补上！”

“输光了。”松问童朝乌子虚伸手，“给钱。”

乌子虚一张脸涨得通红，借着拿钱的机会拽过松问童，竭力小声道：“老二，你要钱可以直接找我要！你把我带到你家来做什么？！”

“改改你那破毛病，一见女人就吓得半死。”松问童一边数钱一边道，“你打理乌家产业少不了和女人打交道，上次是谁被请去喝花酒，结果吓哭了跑回来的？”

乌子虚平时进退从容有度，是银杏书斋中最稳重的一个，若论能言善辩，乌子虚可谓与木葛生不相上下，只是木葛生歪理成灾，开口经常把人气个半死，一条舌头能杀人，而乌子虚却是温润委婉，循循善诱，一副流水般的嗓子娓娓道来，令人如沐春风。

只是如今这玉面少年成了煮熟的西瓜，平日里的温文尔雅都被拿去喂了狗，他的神色不知是气还是急：“我待不下去了！你你你……我们快走！”

“走什么走，钱还没输光呢。”松问童打个响指，接过一支烟，“话说，你学会抽烟没有？”

乌子虚看起来要疯了：“你饶了我吧！”

松问童不理他，自顾自叼着烟打牌去了：“照顾好咱家老三，别让他下牌桌。”

乌子虚这里苦不堪言，木葛生那边倒是如鱼得水。

银杏斋主命他算卦，这人倒没有投机取巧，还真认认真真摆起了地摊，一边晒太阳一边招徕顾客。

他这地方选得很妙，就在月老庙前，摊位旁是个卖香烛供品的小店，门口挂满了大红的姻缘线。他生得俊俏，又妙语连珠，不一会儿，摊子前就聚了不少人。

“小先生，这是我刚从庙里求的签，你看看能解吗？”

“恭喜姐姐，姻缘天成，下回媒人再来，不妨松口去看看。”

“小先生能不能帮我算个平安？我未婚夫最近要出远门……”

“庙里有平安符，灵验得很，姐姐可以去求一枚，记得贴身携带，可保一路顺遂。”

“小先生也帮我瞧瞧……”

生意好红火，来客大多是女子，算一卦桃花姻缘。有姑娘红着脸问自己的如意郎君会是什么模样，木葛生不知看见了什么，笑着一拍桌，遥指前方：“姐姐快看，您未来夫婿生得和他一样俊！”

人群唰地扭过头去，只见路中央站着一个少年，他手提药箱，神色如雪，眉眼几乎可以入画——正是柴束薪。他听到这边的响动，微微侧身望过来。

算卦的姑娘顿时红了脸。

木葛生支着下巴，朗声笑道：“好俊俏的小少爷，要不要来算一算姻缘？”

柴束薪看他一眼，不发一言，转身进了对面的宅院。

“真可惜，是个不爱搭理人的脾气。”木葛生倒也不生气，笑眯眯看着眼前人，“姐姐放心，您未来夫婿比他热情得多。”

木葛生摆摊一直摆到临近黄昏，人群渐渐散去，他也不急着收摊，优哉游哉地坐着抛铜板。

远处，夕阳西下，街对面的宅院大门吱呀一声打开。柴束薪看见他，脚步一顿：“你还没走？”

“这不等着最后一单生意嘛。”木葛生将花钱排开，“三九天，算一卦？”

柴束薪微微皱眉：“你叫我什么？”

“嗐，反正我叫你什么你都不搭理，就不要在意这个了。哎，你别走啊！”木葛生扯住对方袖子，“算一卦呗，我在这儿白算一下午了，好歹让我挣个晚饭钱。”

“放手。”

“我就不。”木葛生一脸“你奈我何，你敢走，我就原地撒泼”的表情。

两人僵持片刻，柴束薪开口道：“为何不收钱？”

“懒得算，看看面相大概卜个凶吉，八九不离十，但是不全准。”木葛生道，“天算门下有规矩，不准之卦，不可得酬——不过没什么人遵守就是了，我们这一脉本来就没多少人。”

柴束薪看着桌面上的山鬼花钱，沉默片刻，道：“算什么？”

“这倒是稀奇，求卦的问算命的算什么。”木葛生听得笑了起来，“不遇大事不求大解，那便小算个运势吧。”

说着反手一抛，他动作随意，却又像一掷千金。花钱在桌面上哗啦啦散开，落成一卦。木葛生拈起一枚，笑道：“得遇淑人，阴霾可去，大吉。”

柴束薪神色未变，掏出钱袋，放进碗里：“语焉不详。”

“已经说得够明白了，是个吉卦。”木葛生看起来很满意，“今儿运气不错，卜了两卦，都挺吉利。”

“还有一卦是什么？”

“和你的差不多。”木葛生打开钱袋，“得遇淑人，柳暗花明，大吉。”说着哗啦啦一抖，铜板落入碗中，不多不少，刚好填满一整碗。

“今儿是个好天。”木葛生笑道，“黄道吉日，宜出行。”

第五章

诸子七家有上古盟誓，当在风云骤变之时为众生掌舵。

那一日蓬莱来客为的是上门求人，最后带走了林眷生。

“不知所为何事，师父起了一卦，决定让大师兄过去看看。”木葛生跷着二郎腿数他的钱，“还是大师兄好，走前还记得给我留零花钱，哪像我爹，几年都不给我一个子儿。哎，老三，你每次去丰都，你家那群长辈会不会给你塞体己钱？”

一阵惊天动地的咳嗽传来，乌子虚边咳边道：“有是有，但都是冥钞，再多也花不出去。”

“老四，你少和他说两句吧，不知道的还以为这屋里住了个痨病鬼。”房门被一脚踹开，松问童端着一只汤盅走了进来：“老三，你省着点儿咳，再咳你那嗓子就废了。”

“我有什么办法？”乌子虚捏着一个烟杆，无奈道，“谁知道抽烟居然这么难学？”

“姑妄烟杆是阴阳家历代相传之物，和老二的舐红刀一样，是每代无常子的身份象征。不说别的，单是点烟召阴差，你总不想每次都被人看见呛得死去活来。”木葛生道，“长此以往，难免招致流言蜚语。听说现在丰都已经有人说这一代无常子是个不会抽烟的奶少爷了。”

“去他的奶少爷，老子一刀给他剁了。”松问童将汤盅揭开，“润喉的，喝完接着学。”

“老二，你熬了雪梨银耳羹？”木葛生眼睛一亮，刚要下手就被拍开。

“滚，没你的份儿。”

“偏心。”木葛生撇撇嘴，转头看向乌子虚：“话说，昨天老二带你去了关山月？怎么样，感受如何？”

他不说还好，乌子虚顿时一口梨卡在嗓子里，呛得半死不活。

“闭嘴，有完没完？”松问童一巴掌拍上木葛生脑袋，“厨房锅里还有，想喝自己去盛。”

“看来是不怎么样。”木葛生了然，“不过，这次老二你居然没输个底儿掉？赵姨怎么放你回来的？”

“输光了，老三钱也不够。”松问童的脸黑如锅底，“赵姨让老三唱一曲，唱完就放人。”

木葛生一惊：“老三唱了？！”

“唱了。”

“太阳打西边出来了——唱的什么？”

“哭丧词。”

“……啥？”

乌子虚听不下去了，辩解道：“我是阴阳家人，历代无常子只学这个，还不是老二你非要我唱？”

“那你就大晚上唱哭丧词？”

“这是最轻的了，无常开口鬼见愁，我再唱点儿别的怕是会招来什么东西。”

“你这会儿倒是能说，昨晚怎么不见你这么淡定？”

木葛生听着两人拌嘴，忍了半天，最终发出一声大笑，随即就被开门扔了出去。

木葛生闲来无事，找了两棵看起来结实的银杏树，撑起吊床，蒙头大睡了一觉，睡得不知今夕何夕。就在他在梦里数钱数得正高兴的时刻，有什么东西一巴掌扇到了他脸上，他迷迷瞪瞪地睁开眼，以为又是松问童在闹他：“老二，你找死啊……”

接着他就清醒了，因为面前的人不是松问童，而是一只色彩斑斓的雉鸡。

双方大眼瞪小眼片刻，木葛生眼明手快地抓住鸡脖子，直接提了起来：“老二什么时候又养鸡了？”说着上下晃晃，“这么时髦，还给你做了染烫？”

雉鸡发出一阵断气似的尖鸣，木葛生不以为意，先一股脑将鲜艳的尾羽拔了个精光，接着幸灾乐祸地站起身：“又有一个毽子了，带你去给老二看看。哈哈，气死他。”

结果松问童看着他手里的鸡，摇摇头：“这不是我养的。”

“不是你的？难不成是白水寺的僧人养的？不对啊，他们不是忌荤腥吗？”木葛生有些意外，提着鸡脖子上下看看，“难道是野生的？这年头野鸡都这么花哨了吗？”

“它和普通雉鸡长得也不太一样，雉鸡虽艳丽，但颜色没有这么……别致。”乌子虚斟酌着用词，“像被谁丢进了染缸里。”

木葛生手里的鸡浑身彩色，红、橙、黄、绿、青、蓝、紫一样不少，仿佛它祖宗七代是七仙女，方才配出这个颜色的杂种。

“吃吗？”松问童打量着木葛生手里的鸡，“可以做一锅鸡公煲。”

“吃。”木葛生当机立断，“我来拔毛。”

话音未落，雉鸡尖叫一声，狠狠啄了木葛生一口，接着撒丫子逃出门去。

木葛生哪里肯罢休，抓着松问童就追了出去，结果没跑两步，迎面撞上一人。

“师父？”

“先生！”

银杏斋主看着脚下的鸡，弯腰抱了起来：“你们这是在做什么？”

“抓鸡。”木葛生道，“今晚吃鸡公煲。”

银杏斋主看着屁股没毛的雉鸡，神色一言难尽：“你们要吃它？”

“不能吃吗？”松问童神色一变，“这鸡是先生您养的？”

“是我疏忽，你们昨日不在书斋，未见蓬莱来客。”银杏斋主无奈道，“昨日蓬莱有贵客至，除了请眷生，还有一件事，就是拜托我照顾星宿子。”

“星宿子？”木葛生一愣，“朱雀血脉，朱家家主星宿子？”他反应极快，难以置信地看着银杏斋主手里的鸡，“您的意思是——”

“嗯，你想的不错。”银杏斋主道，“你们刚刚准备吃的这个，是新来的老五。”

松问童：“……”

“朱家身为朱雀后裔，位列诸子七家之一，但朱雀乃祥瑞，乱世不出，如今华夏战事四起，朱家须隐而避世。但诸子七家有上古盟誓，当在风云骤变之时为众生掌舵，所以每当乱世时，朱家都会派星宿子出世，为七家助力。”

水榭中，银杏斋主抱着怀里的雏鸡，看向面前三人：“这便是当代星宿子——朱饮宵。”

“什么？”木葛生没听清，“煮夜宵？”

“先生说话，不要乱打岔。”松问童踹了木葛生一脚，“不是，先生，为什么星宿子会是只鸡？朱家这是没人了吗？”

“我记得朱雀年幼时无法化为人身，形态、习性与雏鸡相似。”乌子虚沉吟道，“所以星宿子的年纪还很小？为什么不长大些再出世？人间浊气重，并不利于朱雀成长化形。”

“乱世纷纭，时不我待。”银杏斋主梳理着雏鸡的羽毛，“我数月前算了一卦，已到星宿子出世之时。”

“原来如此。”三人闻言齐齐躬身。

天算子推算天命，七家皆唯其卦象是从，银杏斋主亲算之卦，不会有人有异议。

“那么这便是老五了。”木葛生显得很满意，“太好了，我终于不是老幺了。”

“无谓之争。”松问童道，“先生，您身体不便，老五还是交给我们照料吧。”

“也好。”银杏斋主将一摞符篆递给松问童，“这是化形符，朱雀幼时灵脉不稳，可能会化作人身，但维持人形消耗甚巨。饮宵要是什么时候化作人形，两个时辰之内若变不回去，就用此符。”

“会用吗？”乌子虚探头，“阴阳家也略通符篆之道，我可以教你。”

“会。”松问童接过符篆，面不改色道，“别小看了墨家传承。”

养鸡并非易事，养孩子更不轻松，而又养鸡又养孩子，那可谓深刻诠释了何为鸡飞狗跳、鸡犬不宁。

乌子虚太忙，木葛生太不靠谱，基本上带老五一事被松问童全权包办，松问童每天除了给木葛生开小灶，还要给老五加菜。几日后，木葛生对日渐减少的菜品表达了深刻的不满：“老二，你别折腾着给老五熬奶糊了，它是神兽，用不着吃得这么娇贵。”

松问童看着这人把一罐牛奶喝掉一半：“你想怎样？”

“我知道它吃什么，明儿我带老五去吃饭，你不用瞎操心了。”

第二日，松问童在白水寺菜园找到了晒太阳的木葛生，那雉鸡被这人丢到了菜田里，正满地啄虫。

两人照例打了一架，然后达成共识，隔天饭桌上加了一道菜——炒蚕蛹。一盘熟，一盘生，木葛生吃菜，朱饮宵吃虫。

木葛生有半夜翻厨房的习惯，他睡得晚，天天少不了夜宵。自从老五来了，那雉鸡就成了他的重点食材候补，松问童不得不夜夜搜查厨房：“老四，你怎么又把它扔进砂锅里了？！”

“没啥，给它洗个澡，今天在菜地里滚得太脏了。”

“你洗澡在砂锅里洗？”

“有什么不可以？”

“那为什么锅里还放着葱、姜、蒜、花椒、桂皮？！”

“这叫药浴。”

朱饮宵第一次化形时，银杏斋主不在，松问童一脸镇定地将符箓贴满了小孩儿全身，然而并没有什么用。松问童不慌不忙，点香火、打手鼓，甚至开始念什么乱七八糟的符咒，最后连乌子虚的姑妄烟杆都被他拿来点上了。

被召出的阴差和他大眼瞪小眼：“墨子可是有什么吩咐？”

“没事儿。”松问童依旧一脸镇定。

“……您这是？”

“跳大神。”

还有关于朱饮宵的称呼，松问童和木葛生争论了不止一次——“你能不能不叫老五‘煮夜宵’？”

“那叫什么？猪淫笑？”

“……”

一日，乌子虚照例熬了个通宵，提着灯笼走出书房，却看见朱饮宵流着哈喇子趴在门外。

“老五？”他将光屁股小孩儿抱了起来，“怎么跑出来了？饿了吗？”

半大孩子眨巴着眼睛看着他，吸吮着手指，片刻后，一张小嘴里发出一阵悠长的啼鸣。

木葛生在房间里顿时炸了：“老五，你能不能有点儿出息！身为朱雀，天天学公鸡打鸣，你丢不丢人？！”一句话带了三个身份，朱雀幼崽形态模糊，众人也是天天瞎叫。老五小小年纪身兼数任，着实是个大忙人。

乌子虚捏了捏朱饮宵的脸，一大一小看向远处，少年笑了起来：“天亮了。”

十二月十五，冬至，木葛生提着食盒，照例没走柴府大门，一路飞檐走壁跳上暖阁，敲了敲窗：“三九天，在不在？”

窗户打开，柴束薪皱眉看着他：“你怎么来了？”

白雪纷飞，木葛生打着一把红伞，笑眯眯地扬起手中的食盒：“今儿冬至，老二带着老五去关山月玩儿了，书斋不管饭，我来蹭一顿饺子。”

“下去。”

“别呀，我又不白吃你的，我带了菜来的。老二刚研制出的新花样，我费了老大劲儿才从老五嘴里抢出这么点儿。看在我这么惦记你的分儿上，让我蹭顿饭呗。”

“下去，走正门。”柴束薪转身回房，“进来之前，扫净肩上雪。”

柴束薪虽住在暖阁，但室内并无多少暖意，四壁素净，白纸屏风前放着一张小案，案上有一盆清水，还有一瓶修剪了一半的梅花。

“不是我说你啊，三九天，你这屋子比白水寺的僧房还冷清。”木葛生四下打量，“看此处布局，应该装了地暖吧，为什么不烧？”

“此时梅花正好。”柴束薪手里拿着花剪，“温度高，花落得快。”

“这就是你家的八重寒红？”木葛生眼前一亮，“我听师父说过，柴氏好梅，柴府梅花可在寒冬之季傲雪凌霜。难怪你家园子今日暗香浮动，原来是花开时节。”

红梅不比蜡梅，并不耐寒，柴府八重寒红是数代精心培育的上品花种，可在雪中盛放。柴氏素来喜梅，以其品性高洁自喻。据说，柴府的梅花树都是拿珍材施肥，自带药性，捣炼后更是稀有药品，独具奇效。

“难得见你喜欢什么东西。”木葛生乐道，“怪不得前几日书斋收到几盆梅景，是你送的？”

“那是今年长得最好的几株。”柴束薪坐在桌案前，咔嚓修去一枝，“八重寒红是珍品，价值连城，那几盆是送给先生的，你不要拿去卖钱。”

“你说晚了，全被老二薅去做了梅花饼。”木葛生坐在对面，打开带来的食盒，“喏，你的钱。”

柴束薪一剪子剪歪，原本亭亭玉立的梅花顿时成了吊脖子树。

“你别瞪我，我这回可什么也没干！”木葛生赶紧澄清，“老五最近磨牙，差点儿就把那几株梅花生啃了，现在整个书斋到处都是口水印，老三账本上都有他的哈喇子。”

柴束薪半晌才吐出一句：“牛嚼牡丹。”

“那有什么办法？总不能和小孩儿计较。”

“朱雀幼崽五十年才能化形，若论年长，或许先生也不及他。”

“难得见你这么较真。”木葛生稀奇道，“怎么，难不成把他打一顿？”

“我不会做这种事，但你干得出来。”

“……行吧，我是把他打了一顿，然后老二就不给我饭吃了。他现在跟老五亲妈似的，我就是街上捡来的。”木葛生面露无奈，“老五最近挑食，无论老二做什么他都挑三拣四，我天天捡他的剩饭吃。”

柴束薪似是不信：“你会吃他人残羹？”

“总不能倒了，横竖是老二的手艺，不会难吃。”木葛生叹气，“最近老五和老二杠上了，不论老二做什么，他都不吃。天天摆一大桌子，我负责收拾残局，连带着胖了不少……不说这个了，你尝尝我带的梅花饼，这是老二下午刚蒸好的，还热着。”

食盒中放着一笼白色糕点，雕成梅花样式，表皮极薄，微微泛出内馅的绯红，确实是鲜妍诱人。

柴束薪看了看，放下花剪：“稍等。”

“你不吃吗？”

“先泡茶。”

红泥小火炉，雪水煮清茶。

“总算是暖和了点儿。”木葛生提起茶壶，注入沸水，“你这屋子现在才算是有点儿人气，终于不像个修仙的斋堂了。”

柴束薪坐在对面捣药，桌上放着一只白石臼，剪坏的梅花被他摘了下来，加入药材后混合捣碎。

木葛生看着他忙活：“你这是干什么？”

“稍后是未时三刻，按药家作息，此时须泡手凝神。”桌上放着一盆清水，柴束薪将捣好的药材倒入水中，水色慢慢变深。

木葛生听说过，药家柴氏对自己的手宝贝得不得了，不仅天天戴着手套，每日还要泡手，今日他算是见识了：“你就用凉水泡？寒冬腊月的，这样更伤手吧？”

“药家方子，四时用药用水皆不同。”柴束薪捣完了药，看了木葛生一眼，似乎有些犹豫，“你若吃好了，就先出去。”

“出去？去哪儿？”

“阿姊今日会做一品锅，你可去看看。”

“这倒是稀奇，三九天也会赶着我去你家园子撒野？”木葛生挑眉，“我就坐这儿，哪儿也不去。”

“你刚刚吃了太多梅花饼，须慢走消食……”

“你不也吃了？要去一起去。”

若论口舌之争，柴束薪显然不是木葛生的对手。两人车轱辘话说了一圈，柴束薪不得不放弃，抬手推开窗户：“随你。”

木葛生还没来得及开口，就被扑面而来的雪花糊了一头一脸。

“三九天，我发现你这人有时候相当坏心眼。”木葛生狼狈地关窗，“小孩儿似的，冷不丁就给人使绊儿……噗。”暖阁里爆出一阵惊天大笑。

“我错了我错了，你别生气，哈哈哈哈哈哈哈哈哈——”木葛生边笑边认㞞，颇长记性地跑到了房间对面，捶墙笑道，“三九天，这也是你们药家的习俗吗？每个人都必须涂指甲？”

方才柴束薪摘掉手套，木葛生险些一口茶喷出来。前几次他们打架时夜深了，看不清颜色，眼下他才算是看了个真切，对方一双手骨节分明，十指蔻丹。

怪不得柴束薪想把他支开！

“其实也没什么。”木葛生喘口气，笑道，“老二对香啊粉啊这些东西也相当精通，你们应该有共同语言。”

柴束薪冷着脸不说话，看着木葛生笑得几乎抽过去，大有泡完手就提刀把他砍了的架势。

少年眼底浮着冷冷的怒气，双手泡在瓷盆之中，骨节通红，像明火舔舐指尖，梅花在水中沉浮，映着他白衣胜雪，几乎逼出一点儿艳色。

“木小少爷有所不知，束薪用的是药家古方，并非寻常蔻丹。柴氏人素来惜手，护甲亦然，家中行医者都是如此。”轻缓的嗓音传来，一道窈窕的倩影上了楼，“我说今日暖阁怎么这么暖和，原来是木小少爷来了。”

木葛生顿时止了笑，端正地站好：“柴姐姐。”

柴束薪正在泡手，不便起身，低头问候：“阿姊。”

“你们慢聊，今日府中人少，不必拘着。”柴忍冬抿嘴一笑，“我来只是问一句，晚饭想吃什么？”

木葛生当即道：“一品锅。”

“好说好说，饺子和一品锅都少不了。”柴忍冬笑道：“束薪呢？”

“阿姊做的都很好。”柴束薪道，“在厨房久站伤身，阿姊别太劳累。”

“柴姐姐近来身体如何？”木葛生闻言道，“要不我帮您打下手吧？”

“我也就偶尔做一做，不妨事。”柴忍冬轻轻摆手，促狭道，“至于下厨——我也听说过木小少爷的红枣洋葱锦鲤汤。”

柴束薪：“呵。”

“哪里哪里。”木葛生的语气颇不要脸，“那便有劳柴姐姐了。”

柴府占地甚广，园林中心以九折回廊围出一片安静的区域，药家虽族人众多，但居住在回廊之内的只有柴氏嫡系，也就是如今的姐弟两人。

柴束薪和柴忍冬两人居住的暖阁相隔不远，入夜后回廊上点起了灯，廊外白雪簌簌，一枝梅花探檐而入，疏影横斜。

木葛生与柴束薪一前一后地走着，木葛生反客为主，大大咧咧地走在前面，回廊七拐八绕，这人走起来却轻车熟路。

柴束薪道："你认得路？"

"不认得。"木葛生摘下一盏灯笼提在手里，"但饭菜香气老远就飘过来了，我在书斋就是靠香味辨认老二在哪里摆饭，跟着嗅觉走，不会有错。"

果不其然，两人很快出了回廊，来到柴忍冬居住的暖阁前。两座阁楼虽格局相似，柴忍冬的房间里却是暖意盎然，束腰圆桌上摆满饭菜，正中围着一只精致的黄铜炉子，上面煨着的正是木葛生心心念念的一品锅。

柴忍冬正在布菜，见两人进门，先一人塞了一个橘子："饺子马上就出锅了，你们先吃点儿零嘴垫着，竹筐里还有红柿。栗子焐在炉子里，拿出来吃的时候慢点儿，小心烫。"说着，她担心炉火，匆匆转身回了厨房。

柴束薪把自己的橘子递给木葛生："糖盒里有松子，要吃自己拿，别吃太多，马上开饭。"说着也去了厨房，"我去帮阿姊，你别跟过来。"

木葛生抱着橘子、糖盒和一筐红柿，眨眨眼，感觉自己头一次体会到朱饮宵吃饭的待遇。虽然幼稚，但当大龄儿童是真爽。

木葛生素来不知脸皮为何物，痛快地往软榻上一靠，一边烤火一边喝茶，将橘子皮剥成了一朵花。

然而他还没吃上两口，茶几上的电话响了，他不好接，等着柴忍冬从厨房出来拎起话筒，正要起身回避，却被人拦下。

“是松氏少爷。”柴忍冬捂着话筒，轻声道，“找你的。”

“老二？”这才半日不见，松问童有什么事找他？木葛生接过话筒：“喂？有事儿启奏，无事儿跪安。”

松问童的电话应该是从关山月打来的，背景音夹杂着琵琶旋律和洗牌声：“老四，你看见老五没有？”

“煮夜宵？他不是跟着你去体验温柔乡了吗？”

“我去端个饺子的工夫，这小子就不见了！”松问童暴躁道，“今天赶上他化形，我怕这倒霉玩意儿再被人拐了，他没有跑你那儿去？”

“柴府和关山月隔着半座城，要拐早被拐了。”木葛生看热闹不嫌事儿大，“我就说你不该带他去，他才多大，鸳鸯红罗在他心里比不上鸡窝。”

“我在跟你说正事儿！”松问童嗓音高了一个八度，“你赶紧过来，帮我找人！”

“我拒绝。”木葛生答得干脆利落，他往嘴里塞了一整个橘子，撑得整个脸颊都鼓了起来，含混不清地道，“尼阔以布给窝饭次，但不阔以布囊窝次饭（你可以不给我饭吃，但不可以不让我吃饭）。”

“木葛生！现在是老五丢了！”

“尼布给窝饭次（你不给我饭吃）。”

“老五是星宿子！”

“尼不四嗦捞务比窝强么（你不是说老五比我强吗）？”

“你有完没完？！”

“尼还熊窝（你还凶我）。”

“……”

电话对面传来一阵巨响，接着是一片死寂。

木葛生估摸着松问童气急攻心，正在砸东西泄愤。他不慌不忙地把橘子咽了，口音总算变得正常，慢悠悠道：“老五还没学会走路吧？放心，爬不远。在床底下找找，关山月那么多张床，慢慢来。”

话音未落，柴束薪端着汤盅走进房间。

“我要吃饭了，天塌下来也等我吃完饭再说。”木葛生不等对方答复，挂了电话，又顺手拔了电话插头。

柴束薪放下汤盅：“出什么事了？”

“没事儿，老二祝我冬至快乐。”

柴束薪看着他，显然不信这人的随口瞎扯，却没说什么。

柴忍冬回房换了一身松烟色旗袍，笑着入座，拎起酒盏：“今日过节，不必守膳时，你们也别站着了，开饭吧。”

倾酒入杯，一室暖意。

一顿饭一直持续到夜深，大雪初停，柴束薪将木葛生送出回廊，方才问道：“墨子找你做什么？”

木葛生挑眉：“我还以为这事儿已经过去了，怎么又想起来问？”

“我难得陪阿姊吃饭。”

“原来如此。”木葛生点点头，倒也没再遮掩，“一个多时辰前老二从关山月打电话过来，说老五丢了。”

柴束薪眉头一皱：“星宿子丢了？”

“怎么一个个都这么大惊小怪？”木葛生摆摆手，“放心，我们下山前都和师父报备过，如果不是好日子，师父不可能放我们出来，老五不会被谁逮去下锅的。”

“无论如何，星宿子失踪都不是小事。”柴束薪明显不放心，“我和你一道去找。”

“你和我一道去？”木葛生听着笑出声，“你确定要陪我去关山月？药家家主深夜造访烟花柳巷，你家那群长辈怕是要炸了窝吧？”

柴束薪顿住，神色难得透出一丝纠结。

木葛生把这人脸色瞧了个够，这才迤迤然道：“行了，不逗你了，我带了山鬼花钱出来，待会儿算一卦，就能知道老五到底跑哪儿疯去了。”接着他脚步一顿，“不过，在那之前，我要拜托你件事儿。”

“什么事？”

话音未落，柴府大门被猛地踹开，门外杀气腾腾站着一个人，正是松问童。

木葛生迅速蹿到柴束薪背后，将他推了出去："帮我把这一架打赢。"

柴束薪当然不可能掺和他俩打架的事，拢袖朝松问童施了一礼，淡声道："他方才说了，可用花钱算出星宿子的方位，墨子不必心急。"这话不疾不徐，却说到了点子上。

松问童脸色缓和了些，拿刀指着木葛生："你别当缩头乌龟，赶紧给我算！"

"我不见的时候也没见你这么积极过。"木葛生白眼翻上了天，踏出柴府，一路走到大路口，掏出一枚花钱开始掷硬币，一边掷一边走走停停。

松问童见过木葛生起卦，却没见过这种架势，狐疑道："你这是在算什么？"

"算老五在哪儿。"木葛生一脸"你怎么明知故问"的表情，"跟着硬币走，正面左拐，反面往右。"

三人走到了一个十字路口，木葛生弹指抛开花钱，然而铜钱在半空中数次翻转，最后却笔直地立在地上，非正非反。

柴束薪见状道："此为何解？"

"就是这里了。"木葛生捏起花钱，抬手排开一卦，掐指飞快地算，片刻后道，"有一个好消息和一个坏消息，你们想听哪个？"

松问童懒得跟他耗，立刻道："好消息。"

"好消息是，老五就在这里。"木葛生指指脚下的水泥路。

"你在逗我玩儿？"松问童骂了一声，环视四周，"这儿连一根鸡毛都没有！"

"坏消息是，"木葛生不搭理他，继续道，"老五不在这里。"

松问童看起来马上要提刀砍了木葛生，却被柴束薪抬手拦下，他沉吟道："你的意思是，星宿子身在此间，但并非阳间？"

“不错。”木葛生抬手鼓掌，“不愧是三九天。”

身在此间，并非阳间，那剩下的可能性就只有一个。松问童动作一顿：“老五跑到丰都去了？”

丰都——鬼国京都。十殿阎罗镇守城中，辅以十大阴帅与四大判官，丰都是所有因果的最终归处，同时也是阴阳家的半个老家。

“是老三把人带走了？”

“不是。”木葛生摇摇头，“今日是十五，地脉不稳，阴阳之间容易出裂隙。老五本就是星宿子，朱雀有穿梭三界之能，估计是误打误撞栽了进去。”说着看向松问童，“老二，看你了。”

墨家虽不像阴阳家有半冥之体，可在两界来去自如，但墨家炼器，松问童手中的舐红刀是上古神兵，一刀可劈开阴阳。

木葛生甩开四枚花钱，定下方位。松问童一跃而起，一刀扎在四枚花钱交错之处。刹那间有风吹起，形成一道旋涡，松问童顺势一搅，风向下沉，地表开裂，露出一道台阶。

松问童还刀入鞘，径直走了下去。

“仔细算算，我有三四年没下去过了。”木葛生探头看了看，拉着柴束薪，“走，三九天，带你去丰都夜游。”

台阶一路下降，雾气湿浓。

“阴阳梯很长，以常人脚程，大概要走一天一夜。”三人已经走了许久，松问童在前面领路，不知从什么地方掏出三盏小灯，遇风自燃，分别飘浮在三人头顶。

“这是小天灯。”木葛生解释道，“可以遮掩活人的阳气。”

从上上代墨子开始，墨家家风变得横行无忌，松问童是不屑在丰都遮掩身份的。但柴束薪身为灵枢子，药家医术起死回生、强续寿元，在阴司添了不少糊涂账，双方关系尴尬，再加上他们此来是为找人，还是低调为上。

柴束薪明白这一层用意：“多谢。”

“不谢。”松问童显然心情不快，“老五那杂毛就会给人找憋屈。”

“那你还不是养得跟亲儿子似的？”木葛生戏谑道，“回头再让老五在关山月认个干娘，你能白捡一个大便宜。”

“少说两句能憋死你，是吧？”

柴束薪被夹在中间，听着两人一前一后地斗嘴，有点儿体会到乌子虚的日常处境了。双方说着说着就要动手，远处却突然传来了水声——不是滴水声，也不是溪水潺潺，而是缓慢而浩大的长河流动声。

漫长的台阶戛然而止，三人踏上平地。

木葛生指向远处：“是忘川。”

长川徐徐，青灯流水，光影幢幢。

木葛生注意到柴束薪的目光：“三九天，你是第一次来丰都？”

“嗯。”

“通常去投胎都是跟着忘川走。”木葛生抬手一指，“前面就是鬼门关，也是丰都城门，忘川水穿城而过，阎罗十殿依次坐落其间。常人入丰都，都是跟着忘川从头走到尾，循序接受审判，最后在第十殿前喝孟婆汤、过奈何桥，经最终一判后入六道轮回。丰都是一座大城，除去中轴线上的阎罗十殿，其他区域则与阳间城镇类似。虽长夜无尽，但这里依旧热闹非凡。”

松问童脚步一顿，像刚想起了什么：“今日是十五。”

“对，居然忘了这个。”木葛生也反应过来，“子时已经过了，现在应该是十六。”

柴束薪看着两人：“发生何事？”

“没什么，刚好赶上一桩大热闹。”木葛生笑道，“我们赶上了忘川河畔的天光墟。”

天光墟，意为“天亮即完结的特殊集市”。忘川在丰都城中有数条支流，其中一条流经三生坊和阴律司，是丰都最繁华的地带之一。每逢阴历初一、十五便有天光墟开市，但集市并非设在河畔，而是船舫群聚，开在忘川水中。

三人走上码头。木葛生租了条船，将船桨扔给松问童，手里抛着一枚山鬼花钱：“开船，往前划。”

橹声杳杳，水中舟楫如云，首尾相接，不是一般的热闹，每艘船前都挂着一盏莲灯。

“光墟莲灯，灯火各不相同，不同的颜色做不同的生意。”木葛生道，“红灯做的是钱财生意，有金子就能买；白灯做的是无常生意，只能用阴钞或是香火购之；青灯做的生意最不寻常，要拿寿数或是修为去换。”说着让松问童停船，在一只挂着红灯的小舟前买了一副面具。是个吊梢眼的狐狸。

木葛生戴上面具，抬头朝柴束薪画皮似的一咧嘴：“你要吗？”

“不必。”柴束薪道，“为何要戴面具？”

“因为他在这儿仇家太多。”松问童冷哼，“老四当年第一次入丰都，也是赶上天光墟，这人开局赌钱，几乎赢下了半座丰都，也差不多得罪了半个丰都的人，最后被满城通缉，现在丰都茶馆里还有关于他的话本子。”

“为何？”柴束薪虽然不近赌局，但也知道愿赌服输天经地义，因为赢钱太多就被追杀，未免欺人太甚。

“因为他是天算门下。”松问童道，“山鬼花钱算无遗策，他闭着眼睛都知道怎么赢。”

“你别光顾着损我，也有你一份儿。”木葛生买了一碗不知道什么东西，边吃边道，“当年我坐庄，抵押的可是舐红刀。”

柴束薪看着木葛生手里的碗，里面绿莹莹，泛着诡异：“……这是何物？”

“长命汤，孟婆汤做的汤底，混着忘川水中的青莲子熬的。”木葛生呼噜呼噜地喝完，“不过，这是家黑店，招牌上虽这么说，但其实就是白水煮莲子，还挺甜。哎，老二，你拐个弯，我想去吃僧嬷那家的凉粉。”

“吃屁！赶紧找老五在哪儿。”

“在僧嫽的凉粉摊。”

木葛生嘴里的凉粉摊开在一艘大船上，摊位众多，灯火通明。船上还有百戏表演，梳着双髻的少女折腰并足，在十二重案上戏耍两只花球，白脸朱唇，看不出是人是鬼，周围呼啦啦聚了不少观众，也看不出是人是鬼，总之，一片叫好声。

木葛生端着一碗凉粉，还没吃就被松问童提着领子从人群中拎了出来，对方快气炸了：“你就知道吃——我都看一圈了，老五呢？”

“难得你也有眼神不好的一天。”木葛生伸手一指，“不就在那儿呢！”

两人朝木葛生指的地方望去，只见不远处一张大桌上摆满饭菜，桌边一只鸡毛掸子正在大快朵颐。只见这玩意儿人模鸡样，一头花红柳绿的杂毛，吃得狼吞虎咽、风卷残云。桌子旁摆着一块招牌，上面是明晃晃八个大字——百戏之饿死鬼进餐。

难怪松问童一时间没认出来，朱饮宵尚未完全化形，堪堪化成幼童形态，却总是带着一身杂毛，说不上来他是披了鸡毛的人还是披了人皮的鸡，估计是被当作什么畸形种抓了来，混在一群妖魔鬼怪之中，像个画风清奇的充数滥竽。

柴束薪：“……”

堂堂星宿子在天光墟讨饭，还打着饿死鬼的名号，可真是太长脸了。

“估计是饿坏了，毕竟没吃晚饭。”木葛生看着乐了，“老五被拐的这地儿不错，管饭包伙食。”

“被卖了还帮人干活儿，有这么傻的吗？”松问童怒了，“在家挑食挑到地下来，这玩意儿有我做的好吃？”

这俩人关注点都不太对，柴束薪只得开口提醒：“诸位，当务之急是把星宿子带走，此事须——”

话未说完，一道罡风平地暴起，呼啸着席卷而来，百戏摊子瞬间被掀翻一半。

等众人回神，只见松问童拎刀站在废墟正中，手里提着叼着鸡腿的朱饮宵。

“……低调为之。”柴束薪补上没说完的话。

人群一下子爆开：“这人是谁？居然敢砸天光墟的场子？”

“看不出来历……活的死的？”

“脸生得比女人还漂亮，这皮囊倒是值个好价钱……”

“老二从不知低调为何物，当年我们大闹丰都，其实本可等老三周旋解决，结果这人愣是提刀砍翻了半座城的鬼差。”木葛生吃完凉粉，擦了擦嘴，“别闲着了，准备打架吧。”

“你要动手？”

“砸了天光墟的场子，必不可能善了，但他们拐了老五在先，我们打人也不理亏……”

木葛生刚挽起袖子，只见人群散开，方才折腰戏球的少女走了出来：“你是哪家娃娃，为何在咱家太岁头上动土？”

木葛生顿时变脸，拉着柴束薪后退一步：“走了走了，这架不打。”

柴束薪手套摘了一半：“为何？”

“太岁大爷，美人造孽。我不认得这女孩儿，但丰都敢自称太岁者只有一号人物——太岁爷乌孽。”木葛生连连摇头，“惹不起惹不起，打了回去会被师父骂死。”

“这姑娘是先生旧识？”

“旧识算不上，她比师父大了不知几百岁。”木葛生道，“她姓乌，名为乌孽，是阴阳家人，九百多年前定居丰都，是如今乌氏辈分最高的长辈之一，也是老三姨奶奶的太奶奶的祖姥姥的……他奶奶的数不清了，总之，是老三的祖宗十八代，不能冲撞。”

木葛生说着就要上前去拦，却看见乌孽走到松问童面前站定，正要开口，朱饮宵却猛地一弯腰，哇地吐了对方一身，将这位绝对不能得罪的太岁爷吐成了一只腥气四溢的痰盂。

完了，救不回来了。

木葛生拉着柴束薪扭头就跑。

第六章

朱雀衔灯，金吾不禁，
黄泉春来，阎罗结亲。

木葛生对乌孽的来历说得头头是道，松问童却似一无所知，拎着朱饮宵后退一步：“你是哪位？”

“这不重要。”乌孽脸上涂着油彩，看不出表情，始终是个惨白的笑面，“小娃娃想问什么，先和咱家打过再说。”说着扔开外衣，一掌向前劈去。

这正合了松问童的意，两人对掌，生生荡开一圈劲气，掀得四周人仰马翻，连没跑多远的木葛生他们二人也被波及，一头栽入水中。

“老二这个不长眼的，就会祸害自家人。”木葛生浮上水面，吐出一口水，“得赶紧走，墨子战太岁，怕是又得来一出大闹丰都。”

柴束薪拽住一条船，将他推了上去：“星宿子还在那边，你不帮他？”

“老五堪比刘阿斗，老二也有赵子龙的身手，长坂坡七进七出不是问题。”木葛生将柴束薪拉上船，“当务之急是找老三来劝架——”

话音未落，一个不明物体当空飞来，不偏不倚地砸在木葛生怀里，鸡毛人身的朱饮宵看着他，打了个长长的嗝。

这祖宗还不会说话，平时不是打鸣就是打嗝。“赵子龙”扔了“刘阿斗”，木葛生瞬间觉得头大：“煮夜宵，你到底是怎么做到又吐又打嗝的？”

柴束薪：“消化不良，很正常。”

“华佗，现在不是诊脉的时候，再这么敬业，当心被曹贼砍头——

妈啊，说曹操曹操到！”

只见乌孽凌空一跃，落脚点正是他们这条小船。松问童紧随其后，也不顾船上众人，径直一刀劈下，船体瞬间四分五裂，刀劲儿不散而反弹，众人如天女散花般飞上了天。

这一刀惊天动地，木葛生抱着朱饮宵，朱饮宵拽着柴束薪，三人像一条绳上的蚂蚱，被刀风掀飞了十万八千里，最后不知一头撞在哪里，几乎摔成了三张烙饼。

木葛生疼得龇牙咧嘴：“我不该说《三国》，我该说《西游》——老二真是个猪突豨勇二师兄。”

柴束薪站起身，四下环视：“这儿是何地？”

木葛生疼得不想动弹，瘫在地上一动不动：“附近有没有什么标志物？”

“有，我们在一座城门边。”柴束薪道，“城门上刻着三个字——城西关。”

木葛生瞬间爬了起来，一把抱起朱饮宵：“走，马上走。”

柴束薪紧随其后：“这是什么地方？”

“这是丰都西城门，也叫城西关，若按八卦方位排布整座丰都，你会发现鬼门关是生门，而城西关是死门，是个凶得不能再凶的大煞之处。”木葛生脚步飞快，“城门后是阿鼻之地，是个聚集了众多冤魂厉鬼的古战场，进去就是九九八十一难，没有斗战胜佛那样的本事，很难活着走出来。”

两人走着走着，雾气越来越浓，木葛生察觉不对，脚步一顿，却看见一只魑魅张牙舞爪地扑了上来。

柴束薪脚步一顿：“这是什么？”

木葛生撒开一把花钱，生生将魑魅镇住：“……三九天，你确定你刚刚在城门处看到了‘城西关’？”

“确定，不会有错。”

“你听我说，”木葛生深吸一口气，“我们方才可能不是在城门前，而是在城门后，老二的刀可劈万物，破开城头封印，将我们扔进来也不奇怪。”

柴束薪：“……”

“所以我们一路匆忙，可能已经深入阿鼻之地了。”木葛生道，“现在我们急需一只大圣，你会七十二变吗？”

“没有猴子。”柴束薪面无表情道，“只有一只鸡。”

朱饮宵相当配合地打了个鸣。

雾气一滞，接着有哭声拔地而起，一呼百应，成功将四面八方的魑魅魍魉都引了过来。

“……您可真是大鸡大利。”木葛生看得脸绿，从衣摆上撕下一条长布，一半用来堵住朱饮宵的嘴，一半将他五花大绑地缚在自己背后，接着四下环视，捡起两把锈迹斑斑的古剑，又把其中一把扔给了柴束薪，“这玩意儿，我用着没有枪称手，但枪对这些东西不管用，习过剑吗？”

“略通一二。”柴束薪抬手接过，看着逐渐靠近的骷髅群，“你可有把握？”

“阿鼻之地众鬼相戮，这些都是被吃光之后剩下的空壳，你我还能应付，但要多加小心——”

话音未落，柴束薪直接冲了出去，剑气所至，白骨碎裂如雪。

木葛生看了一会儿形势，拍了拍身后：“老五别瞎闹，听话就给你讲个睡前故事。”

“九九八十一难，第二十难，”少年抬手举剑，一剑霜寒，“三打白骨精。”

阴风怒号，刀剑锵鸣。

地面在微微震动，骷髅群涌如潮水，柴束薪被围在正中，剑气凛然。

这些骷髅行尸原本只是空壳，却也因此更加难缠，只有砍去其头颅，再剁掉其四肢，才能阻止其行动。柴束薪运剑如庖丁解牛，剑气所到之处，白骨肢解而碎，他侧身避开身后的一道攻击，一剑刺去，剑锋直入行尸胸腔正中，骷髅在半空爆成一朵骨花。

小天灯飘浮在柴束薪头顶，但是火光减弱了很多，并不足以完全隐蔽他身上的活人气息，这个时候，他就是靶子，行尸一批批倒下，复而拥来，似乎无穷无尽。

自己撑不了很久，柴束薪心里明白。药家本就不是武家，他在剑道上的造诣远称不上精绝。如果是普通的肉体凡胎，他有成百上千种办法让对方在瞬息间倒下，但此间是阿鼻之地，无论银针还是毒药，都派不上用场，以一己之力强撑，他没有胜算。

柴束薪屈膝下蹲，右腿侧踢而出，整个人在原地荡开一圈，剑锋画出一个巨大的圆弧。

他现在是整个尸群的圆心，而在尸群的最外围，木葛生拖着一柄重剑，边跑边念念有词："实不瞒师父说，俺老孙五百年前居花果山水帘洞大展雄姿之际，收降七十二洞邪魔，手下有四万七千群怪，头戴的是紫金冠，身穿的是赭黄袍，腰系的是蓝田带，足踏的是步云履，手执的是如意金箍棒，着实也曾为人……"

剑锋入地一尺，刻而勾画，而木葛生身形丝毫不见滞缓，绕着整个尸群跑了一大圈，画下一个大圆，接着踏上一只骷髅凌空跃起，踩着白骨一路疾奔："三九天！"

木葛生从袖中掏出一物，奋力掷出。柴束薪凌空一跃，一剑刺下，先是贯穿了一只骷髅的头颅，剑势不减，却在地上撞上一物，发出叮的一声。

只是很小的声音，却绵延不绝，复而如潮水般汹涌，夹杂着某种悠远的余音，形成浩大的声浪。但那声音并未传出太远，在木葛生画下的剑痕处便收势，接着如水流般循着剑痕流动成圆，生生不息，将整个尸群包裹其中。

行尸纷纷停止了行动，继而骨肢分解，重归入后土之中。

木葛生将重剑一扔，一屁股坐在地上，长出了口气，他拾起一根白骨，当作醒木，拍案道：“他是个潜灵作怪的僵尸，在此迷人败本，被我打杀，他就现了本相。那脊梁上有一行字，叫作白骨夫人。”

朱饮宵趴在背后瞅着他，眨巴眨巴眼睛，也不知听没听懂。

“不多不少，刚好讲完一折，配合得不错。”木葛生扔开白骨，“辛苦了，没伤着吧？”

柴束薪提剑走来，将手里的东西递给木葛生：“你的钱。”

木葛生接过，反手一抛：“多谢。”

他们两人都不是正统习武出身，硬拼毫无胜算，柴束薪负责集中火力，木葛生在外围画了一个大阵，接着以山鬼花钱为阵眼，从中借力，这才平复了这一大批行尸。

“山鬼花钱相传为伏羲所制，承载天地命理，刀枪不入，神魔不侵，你那一剑下去，不过是震些余波，对付这群虾兵蟹将却足矣。”木葛生拍了拍身上的尘土，“我来算怎么走。先回城门处，然后再想办法出去。”

阿鼻之地大煞聚阴，腥风阵阵，遍地都是青色鬼火。

“这里也算是流放地，十殿阎罗判不清的悬案、执念过重而不肯入轮回的怨魂，或是修为了得连罚恶司也无法惩戒的凶煞，大都会被镇压在这里，互相残杀，永无止境。”木葛生重新将朱饮宵抱在怀里，一边说话一边揪他尾巴上的毛。

朱饮宵一向不太敢闹他，只好不停地扭来扭去，像只色彩斑斓的蛆。

柴束薪看不下去：“我来抱吧。”

“不必，你的手金贵，他咬你，我可赔不起。”木葛生摆摆手，“而且我爹说过，小孩儿不能惯。”

小孩儿是不能惯，但小孩儿也不能玩儿啊。

柴束薪看着朱饮宵在他手下惨遭荼毒，最终没说什么，他问：“此处距离城门多远？”

“不算很远，但这一路相当危险。”木葛生摩挲着一枚山鬼花钱，

“若是方才的行尸还好，尚能武力破除，假如来个惹不起的，咱俩一没有阴阳家的能耐，二没有墨家神兵，这里的东西可不和你讲什么算命、治病，真遇见了就一个字——跑。”

“你体力消耗得很厉害。”

“彼此彼此。”木葛生笑笑，“山鬼花钱一共四十九枚，我迄今为止从师父那儿继承了十七枚，平时用来算卦还好，若真是拿来打架拼命，其中蕴含的浩瀚之力，我怕是还不够格驾驭。所以咱们这一路能避就避，再用一回山鬼花钱，三九天，你怕是得拖着我出去。”

话音未落，柴束薪唰地拔剑。

“这么不客气？”木葛生一惊，“这就嫌我是个累赘，要原地解决了？那死也做个饱死鬼，决一死战前我们先把老五煮了，行不行？”

“闭嘴。”柴束薪掷剑而出，接着一把带过木葛生，拽着他飞速退开。

木葛生后知后觉扭头一看，发现不远处有一只怪物追来，数不清有多少胳膊多少头，无数双眼睛正死死盯着他们，狰狞可怖。但最诡异的是，它虽然上半身体积庞大，下半身却只有一双腿，如人般直立行走，而且那是一双女人的腿，小腿细长，还有一双三寸金莲。

柴束薪那一剑扎中了正中一张脸，怪物所有的嘴都在尖叫，聒得人耳膜生疼。

木葛生捂着朱饮宵的耳朵拔腿狂奔：“老五，你长长记性！别天天早上扰人清净！你打鸣的声音比它还难听！”

朱饮宵嘴里的布条被颠掉，口水横流。

这怪物虽然生着一双小脚，速度却异常快，双方之间的距离越来越短。

“抵达城门之前我们就会被追上，而且这一路会惊动更多东西。”木葛生将一枚花钱扔给柴束薪，“分开跑。”

柴束薪一把抓住他：“你什么意思？”

“把花钱扔进你的小天灯里，它会给你指路。记得拿好，回头还我。”木葛生扒开他的手，“两个人一起跑迟早会被追上，至少要有一个人能去搬救兵。”

“那你把星宿子给我。”柴束薪果断道。

“这是我家老五，你别想着乘人之危诱拐小孩儿。”木葛生道，“而且你收拾不了他，这小孩儿咬人。”

“你抱着他跑不快！”

“那你就跑得快了？”

两人一边狂奔一边争论，木葛生懒得再继续说服柴束薪，脚步一拐就要往另一个方向跑去。柴束薪眼明手快地追上前去，不料一步侧过，刚好绊住他。

木葛生一双手捂着朱饮宵耳朵，本就重心不稳，趔趄得一摔，怀里人直接飞了出去，不偏不倚地落在那怪物面前。

两人瞬间都是面色一变，立刻就要起身拼命，结果腿绊着腿，再次摔成一摊。

柴束薪把自己的腿剁了的心都有了，眼睁睁看着那怪物在朱饮宵面前停步，四肢乱舞，仿佛下一秒就要将其吞吃入腹，却见朱饮宵张开嘴，发出一阵嘹亮的长鸣。

这声音，木葛生一听就神经性胃痛，或许朱雀肺活量异于常人，每天朱饮宵在书斋打鸣，能连续一刻钟不带喘气。据说白水寺养的报晓公鸡都被他刺激得不轻，吊着一口气和他比嗓门儿，最后自己把自己憋死了。

朱饮宵长鸣不止，难以置信的事发生了——只见那怪物在鸣声中渐渐缩小，如同皮筏子漏气般，最后只剩下一个女身，轻烟般飘浮在半空中。

朱饮宵张开嘴，几口便吞了下去。

柴束薪：“……”

木葛生：“……”

两人好一阵才回过神来，木葛生的表情一言难尽：“我知道朱雀有神祇血统，可镇凶邪，但没想到还有这种操作……怪不得老五最近总是挑食，估计是化形将近，需要灵力补养，他要吃的压根儿不是五谷油盐。”

朱饮宵坐在地上打了个嗝，接着回头看着木葛生，朝他伸出双手。

木葛生：“这是要和我打一架？”

柴束薪：“……星宿子似乎是想要你抱他。”

木葛生没再抱朱饮宵，而是在他脖子上拴了根绳，开始遛鸡。

“三九天，你别这么看着我。”木葛生摆摆手，“现在老五就是咱俩的保命符，只要他走在前面，无论魑魅魍魉，来啥吃啥，保证能一路平安地出去。管他什么阿鼻之地，不过是一桌满汉全席。”

话糙理不糙，还真如木葛生所说，两人一路前行，遇到的大小鬼魂都被朱饮宵几口吃了个干净。

柴束薪看着他囫囵吞咽，不由得皱眉道：“我们还是找僻静处走吧，这样下去，星宿子可能会吃坏身体。”

“不碍事，老五能吃得很，自从书斋添了他的伙食开支，老三算账算得几乎年少早秃。”木葛生说着晃了晃绳子：“老五，你别光捡着怨气大的吃，怨气小的就咬死吐出来，小孩子吃饭要荤素搭配。”

“此地阴气过重，虽可补充灵力，但都秽而不净，星宿子年纪太小，不可多吃。”柴束薪拦住他，将朱饮宵抱了起来，“我们还是尽快找到出口，离开此地。”

木葛生立刻道：“三九天，你把他放下。”

柴束薪不为所动：“星宿子年纪尚小，孩子不是拿来玩儿的。”

“你放下，赶紧放下。”木葛生一把拎过朱饮宵，“老五好像确实吃多了，他似乎要吐。”

柴束薪不了解朱雀的习性，但这一代星宿子似乎异常暴饮暴食，不禁让人怀疑朱饮宵是不是混血儿，他的长辈里说不定有只饕餮。

“三九天，你站远点儿。”木葛生揽着朱饮宵，正在帮他拍背顺气，“不知道朱雀的消化系统怎么样，天晓得老五会吐出什么东西。”

柴束薪看不下去，木葛生手劲儿大得仿佛要把朱饮宵拍死。“你下手太重。”说着，他按上幼童脊背，点了几个穴位。对方喉咙里发出一阵咕哝，接着哇地呕了出来。

木葛生捏着鼻子，刚要开口，却发现朱饮宵呕出来的不是食糜，而是一块鸽子蛋大小的东西，光泽温润，像玉石。

木葛生一愣：“老五这是胃结石了？”说着看向柴束薪，“三九天，你给看看这是个什么症状——”却发现对方愣在原地，眼神显出几分震惊。

“怎么了？”木葛生第一次见他露出这样的神色，顿时有些慌，“不会吧，老五没事儿吧？难道他吃多了要死了？”

柴束薪捡起地上的白色玉石，好半天才开口道：“此物名为白玉噎。”

“白玉噎？”

“古籍有载，上古曾有神鸟吞玉而死，白玉噎在喉头，温养千年后成为一味仙药，可治愈万疾。”柴束薪难以置信道，“此药极为难寻，我翻遍药家典籍，也只有蓬莱曾收藏过一味，已在百年之前用掉……怎么可能……”

“一切皆有可能。”木葛生拍了拍柴束薪的肩膀，“这只能说明一件事，就是你们药家收了本假书。”

或许是过于震惊的缘故，柴束薪许久不曾开口。

木葛生蹲在地上和朱饮宵对视：“如何？感觉好点儿没？”

朱饮宵点了点头，又摇了摇头，咿咿呀呀说不清话。

木葛生把他抱起来：“都是老二把你惯的……慢着，老五，你怎么掉毛了？”

木葛生抱着他抖了抖，哗啦啦掉下一堆色彩斑斓的羽毛：“三九天，你看看这是怎么回事，老五这是要完全化形了？”

柴束薪回过神来，看着满地的羽毛：“或许是灵力滋补充足，此时化形并不奇怪。”

突然没毛，朱饮宵显得相当不习惯，仿佛小媳妇儿被人扒了衣服，在木葛生怀里扭来扭去，捂着自己的屁股羞羞答答。

木葛生看得发笑：“这会儿知道现眼了？别捂了，你来银杏书斋头一天就被我拔了屁股毛拿去扎毽子，大老爷们儿害什么臊？”

他说着把朱饮宵塞给柴束薪，将地上的羽毛一个不落地捡了起来：“老五，别躲了，大不了以后你陪着老三喝芝麻糊，专治少年早秃。”

朱饮宵掉下的羽毛极多，几乎扎成一捆，木葛生提在手中：“继续走吧，此处已离城门不远，当务之急还是尽快离开此处。”

柴束薪褪下外袍，将朱饮宵裹了起来，正要开口，远处突然传来一阵梆子声。

两人一路走来，目之所及皆是青色鬼火，然而此时一阵浓雾由远及近，所到之处，鬼火皆变为猩红。

沙沙风起，夹杂着低而模糊的絮语，浓雾深处传来了马蹄声。

木葛生立刻捂住朱饮宵的嘴，将两枚山鬼花钱分别投进两人的小天灯中，压低声音道：“站在原地别动，不管看到什么，千万不要出声。”

柴束薪明显感觉到四周的变化，远处的鬼哭尖号都消失了，空气变得湿重，梆子声逐渐靠近，有什么东西从浓雾深处走出。

马蹄声如潮水，白衣漫天——

柴束薪无法形容眼前的场景，这像一支军队，一眼望不到尽头，马上的人头戴盔甲，看不清脸庞，胸前一只护心镜，半臂罩着白衣。铁蹄声势浩大，地面都在震动，然而梆子声依旧清晰可闻。鬼火迎风而涨，满目猩红。

两人站在千军万马之中，铁蹄从他们身边踏过，却对两人熟视无睹。空气极冷又极热，火势烈烈，阴风森森。朱饮宵难受得想要缩身子，却被木葛生死死按住。

铁蹄奔涌，震耳欲聋，梆板声声，忽然有祭歌拔地而起。

魂兮归来，长离殃而愁苦。

魂兮归来，舍君之乐处。

魂兮归来，陈钟按鼓。

魂兮归来，君无下此幽都。[1]

不知过了多久，梆子声戛然而止，整支军队立刻凭空消散，半臂白衣化作漫天纸钱，几乎将两人吞没。

木葛生抱着朱饮宵，拽着柴束薪，拔腿便跑，狂奔许久才终于跑出纸钱飘洒的范围。木葛生喘了口气，不等柴束薪开口便道："是阴兵出关。"

"阴兵出关？"

"敲梆不见点灯客，原是畲夜官兵来。若有生灵造下的杀业过重，就会化为阴兵，阴兵通常都在阿鼻之地深处沉睡，只有当数量过多时才会苏醒、出关，将所到之处全部清洗，于是阿鼻再度空旷，等待下一批流放者入内，如此循环往复。"木葛生吁了口气，"幸亏我用山鬼花钱将我们藏在天灯灯影中，一旦被阴兵所杀，直接灰飞烟灭，连六道轮回都进不去。"

柴束薪听他说了一通，问道："既然阴兵如此凶邪，如若阴兵造反，又当如何？"

"你看到他们胸前的护心镜了吗？那是用来镇压的，护心镜在，阴兵不会有任何意识，只听从敲梆人的指令，历代敲梆人都是丰都千挑万选出来的，修为不下于阎罗。"

"赶紧走，阴兵刚刚过境，这会儿阿鼻之地什么都不会有。"木葛生说着将朱饮宵扔在自己背上，"而且每逢阴兵出关之时，城西关都会开门一刻，现在跑还赶得上。"

两人一路狂奔，终于在城门将关之时赶上，木葛生抓着朱饮宵往

1"魂兮来兮"祭歌出自屈原《招魂》。

前一扔，继而一脚踹在柴束薪身上，先将两人送了出去。接着，他自己侧身一跃，挤过两扇门最后的缝隙，随即城门轰隆合上，扬起一阵青烟，再度归于沉寂。

木葛生一头扎进不远处的忘川水里，任自己随波逐流："都歇会儿吧，险些搭进去半条命。"

城西关外有护城河，河畔设有码头。柴束薪抱起朱饮宵，解开一只小舟："上来吗？"

木葛生抬起一只手："你拉我。"

柴束薪扬起船桨，将木葛生挑了上来，他湿淋淋的，瘫在船上。

"怎么走？"

"逆流而上，顺着有青莲盛开的地方划，大概一个时辰之后能到丰都主城。"木葛生拧了把头发上的水，"哎，对了，三九天，跟你说个事儿。"

"讲。"

"刚才发生的事儿，不要和老二他们说。"

"为何？"

"哎呀，你就答应我呗。"

柴束薪沉默片刻，道："好。"

水流潺潺，青莲浮动。柴束薪划船，木葛生坐在船头，把自己的头发从朱饮宵嘴里择出来："老五，你安静些，我给你讲故事。"

朱饮宵果然不闹了，被木葛生拎进怀里，眨巴着眼睛看着他。

"话说这世间非人之物极多，妖魔鬼怪、魑魅魍魉、仙家神佛，诸如此类，不一而足，而丰都为鬼国京都，自然阴气重，城内常年愁云惨淡，不见天日，因此后来十殿阎罗命孟婆在忘川中栽植青莲，以莲心为灯，一来为亡魂引渡，二来也为丰都照明。

"就这样一直持续了千百年，直到唐朝时第四代星宿子命殒，来到丰都投胎转生。这位星宿子出身盛唐，喜酒好诗而文采风流，看到城内万古长夜，无星无月，不由得大呼扫兴，于是取出体内一根朱雀长骨，制成九万三千七十二盏金吾灯，悬于丰都城上，照亮地底幽冥。

“当夜丰都灯火通明，有如人间白昼，星宿子在城头放歌纵酒，笑称为‘金吾不禁夜’。”

柴束薪听得入神，不由得问道：“然后呢？”

“星宿子唱尽一千一百首太白诗，饮尽一千一百杯长生酒，洒然而去。此后丰都内灯火长明，百年后方才消散。

“是为风流。”

木葛生说着笑了起来：“那位是历代星宿子中最放荡不羁的一位，寿命也最短，只活了两百八十九岁，然后以肉身铸金吾灯，又以魂魄燃火，待诗酒皆尽，魂飞魄散，不入轮回，不再转生。”

小舟缓缓前行，柴束薪道：“你从何处听来这个故事的？”

“师父讲的。”木葛生支着脑袋，“当初他老人家只说了一句话：‘大唐之外，别无其他。’后来我大概想明白了，翻翻史书，之后历朝历代确实不再配得上他。”

柴束薪看向木葛生怀里的人，却发现朱饮宵已经睡着了。

“放心，老五要敢这么干，我们肯定把他腿打断。”木葛生伸了个懒腰，“不过，从那以后，丰都倒是很少再烧金吾灯，毕竟燃灯所耗甚巨，除非有大事发生，朱家才会派人前来点灯。”

两人一路闲谈，水中青莲越来越繁茂，不知不觉间已经到了丰都主城，河道顿时变得拥挤，小舟几乎无法继续前行。两人下了船，却发现岸上更是嘈杂，一片狼藉，人仰马翻。

木葛生仰头躲过迎面飞来的一张桌案，眼尖道：“这是赏善司大堂的公案——谁有胆子把判官的案头都掀了？”

柴束薪看着不远处的人：“是太岁和墨子。”

“我倒是忘了他俩还在打。”木葛生一拍脑袋，“你要看热闹吗？”

“这样打下去，麻烦会越来越大。”柴束薪道，“去找无常子，请他来劝架。”

“一个是兄弟，一个是祖宗，你这是要老三的命。”木葛生看着远处的混战，啧啧地摇头，“走吧，马上这两尊大神就要打过来了，我可不想再被一刀掀飞。”说着转身便走。

柴束薪道：“你要放任不管？”

“那倒也不至于。”木葛生脚步匆匆，在街上七拐八绕，不一会儿来到一座城门前，“走，咱们上城楼。”

柴束薪认得此处——丰都正城门，鬼门关。

有守卫上前要拦，被木葛生三两下丢开，两人一路砍瓜切菜地上了城楼。

“你要做什么？”柴束薪拦在楼梯处斥退来者，看着木葛生登上一座平台，平台上放着一尊青铜大鼎，接着他从怀里掏出一捆色彩斑斓的物什——朱饮宵的朱羽。

“凑个热闹——底下的热闹拦不住，那就用更大的热闹镇场子。”木葛生说着将朱羽扔进鼎中，咬破手指，滴血入内，刹那间火光冲天而起，一路蔓延而去。

“近三百年来丰都再无白昼。”木葛生跳下平台，朝柴束薪扬眉一笑，“墨子战太岁，天大的热闹，也是时候亮堂一回了。”

“金吾不禁夜，玉漏莫相催。”[1]

火势瞬间蔓延而去，柴束薪这才发现丰都上空居然悬满了灯，以金锁线互相勾连。

“朱雀第一次完整化形时褪下的尾羽，估计能烧个三天三夜。”木葛生显得很满意，“盛景难逢，走，咱们找地儿喝酒去。”

九万三千七十二盏金吾灯，满城流光溢彩，灯火漫漫，整座丰都城瞬间炸了锅，惊呼声此起彼伏。

松问童一刀震开乌孽，震惊道：“金吾不禁夜？！老四他在干什么？”

1 金吾不禁夜，玉漏莫相催。——苏味道《正月十五夜》

乌孽眯起眼睛看着半空："金吾灯夜，咱家也许久不曾见过了。"说着朝松问童抛了个媚眼，"今儿咱家心情好，小娃娃，就此别过。"

"你慢着！"松问童扬声欲追，对方却已不见踪影。

木葛生买了几坛酒，拉着柴束薪跳上一座高楼，躺在楼檐上看灯。木葛生拍开封泥，灌了一大口酒："三九天，你好像有话问我，看你憋一路了，这会儿没外人，说吧。"

柴束薪端着酒坛，饮了一口酒："你是故意的。"

木葛生顿时将酒喷了出来，呛得惊天动地："不是吧，这也能看出来？"

柴束薪淡淡地扫了他一眼，面无表情。

"行吧行吧，三九天，你可真是……不愧是灵枢子。"木葛生无奈地摇头，"说说吧，你都看出什么来了？"

"我们并非误入城西关，而是你有意为之。"柴束薪道，"为何？"

木葛生灌了一大口酒，叹气道："为了老三。"

松问童哐哐哐敲着大门："乌家的，在不在？！"

这里是丰都一座大宅，高门大户，占地足有两条街。朱红大门吱呀一声打开，走出一名青衣童子。童子对松问童行礼道："见过墨子，请问墨子前来所为何事？"

"老三呢？让他出来！"

"回墨子，家主不在。"

"不在？"松问童眉头一皱，"他去哪儿了？"

"回墨子，今日丰都城有喜事，家主作为无常子前去道贺，子时便走了。"童子躬身一请，"府中备有薄茶，墨子可要入内稍等？"

"丰都城中有喜？"松问童并未进门，而是问道，"谁的喜？"

"回墨子，是阎罗嫁女。"

"阎罗嫁女，升棺见喜。"木葛生看着远处的灯火，"老三作为无常子，阎罗是他最常打交道的对象之一，即使不能交好，也绝不可交恶。三九天，你身为药家家主，应该明白这个道理。”

“我知道。”柴束薪点了点头，“所以呢？”

“阎罗曾拜访乌宅，点明想要一份贺礼。”木葛生道，“想托老三请墨家墨子亲自打一套凤冠。”

柴束薪面露疑惑：“这有何难？”

“难就难在这阎罗想要一套凤冠，他若是要别的什么珍宝美器，要老二亲自出手也不是不行。”木葛生叹气，“但是老二有生以来只做过一套凤冠，是送给他母亲的。这事儿在诸子七家中也不是什么秘辛。老二曾立誓，此生再不做任何妆奁。”

柴束薪思索片刻，道：“既如此，说清前因后果，阎罗应不是不明事理之人。”

“三九天，你和老三不熟，不知道阴阳家在丰都的难处。”木葛生苦笑着摇头，“自诸子七家诞生以来，阴阳家便专司亡者之事，和丰都打了上千年的交道。说得好听点儿，双方是互相合作，说得难听些，便是各自为政。”

“诸子七家时常为达目的而插手阴间事，没少给阴司添乱。虽说天算子算天命，天命之下众生无有不尊，但说白了，天算子也是凡人，阴司表面不说，心里未必买账。”

柴束薪理解得很快：“所以阎罗是在故意刁难？”

“没错，让老二打凤冠是不可能实现的，老三压根儿没和他说，这要被老二知道，他能把阎罗殿拆了。近年又逢天下大乱，诸子七家和阴司的往来只会越来越多，他要大闹一番是能解气，但以后只会有更多麻烦。”

“所以为了妥善解决此事，就需要有更好的贺礼，甚至胜过墨家墨子亲制的凤冠。”柴束薪接过话，“而你选了金吾不禁夜。”

“是。”木葛生灌了一口酒，笑了起来，“丰都已经快三百年没有点燃过金吾灯了，朱家是神裔，不是区区阎罗能请动的。今日这漫天灯火，胜过人间十里红妆。”

朱雀衔灯，金吾不禁，黄泉春来，阎罗结亲。

“我明白你的意思了。”柴束薪看着远处的繁华，道，“但这和进入城西关有什么关系？”

“想要点燃金吾灯，必须以朱雀身上之物为引，我不可能给老五放血或者抽筋拔骨，他临近化形期，那一身杂毛是最好的燃料。”木葛生道，“但是你也说过，化形需要灵力滋补，朱雀化形需要的灵力更非同小可，而城西关万鬼横行，是最好的去处。”

“太岁乌孽和你是一伙的？”

“什么叫一伙的？又不是结党营私。”木葛生摆摆手，没再隐瞒，“乌孽大爷是老三的祖宗，这事儿她肯定不会坐视不理。我拜托她在关山月附近打开阴阳梯，把老五坑到丰都，借着乌孽大爷和老二动手，用舐红刀破开城西关上的结界，后面的事，你就都知道了。”

一阵沉默，满目灯火，两人相对无言。

远处丝竹声响起，送嫁的队伍走过长街，火树银花畔，更添朱颜。

“你简直是在胡闹。”柴束薪终于开口，声色冷然，“进入阿鼻之地非同小可，如有万一——”

“没有万一。”木葛生打断他的话，“我算过，此去有惊无险，否则我断不会把你拉进来……”

“也就是说，若此行凶险，你就要孤身前去？”

“老三是我兄弟。”木葛生不看他的脸色，自顾自饮酒，道，“当年我和老二大闹丰都，轻狂过甚，按律要入阴律司受折杖法，是老三上下转圜，又有乌孽大爷帮着说话，我们才逃过一劫。”

“你别想骗我。”柴束薪直接拆穿他，“当年我第一次见你，你就是被从丰都血淋淋的抬回来的，你那不叫逃过一劫，你那叫命悬一线。”

“是老三把我背回去的，当初师父亲自罚我，让我去阴律司领罚。原本我不太可能有命活着出来，”木葛生叹了口气，“是老三上下打点、周旋，又再三去药家请你，我这才捡回一条命。”

“那年我们在丰都闹得很大，师父动了气，命我领完罚，自己从阴阳梯爬回去。当初老二也受了罚，管不了我。老三那时还没我高，硬撑着把我背了回去。”木葛生想起什么似的笑了起来，“那傻子为了不让我睡着，一路边哭边唱歌，回来之后哑了整整一个月。”

“所以你便做到如此地步？”

木葛生朝柴束薪一笑：“我们是兄弟。”

柴束薪猛地站起身，盯着他沉默片刻，转身离去。

木葛生又拍开一坛酒，边喝边道：“他似乎不乐意和我做兄弟。”

“咱家还是第一次见到灵枢子如此失态。”乌孽跳上楼檐，“怕是被你气坏了。”

“瞒不过他。”木葛生耸耸肩，“他刚刚借着老三指桑骂槐，明显是看出来了。”

“这一代灵枢子澄思寂虑，你未必比他聪明多少，而且你这局做得太寒碜。”乌孽自己开了一坛酒，道，“当初你来找咱家，一提白玉噎，咱家就明白你葫芦里卖的是什么药，你就那么明目张胆地把药给他了，傻子才看不出来。”

木葛生此番大费周章，除去为了金吾不禁夜，也是为了寻白玉噎这一味药材。白玉噎可治万疾，自然能治好柴忍冬的病。当初他猜测柴束薪掣肘于北平某位权贵，后来从码头那边打听到，就是因为对方手里把持着一种药材，可缓解柴忍冬之病，以此做了不少要挟。木葛生翻遍银杏斋主的书房，最后总算找出白玉噎这味药，又起了一卦，算出机缘在乌孽这里。

“哪里哪里，到底瞒不过大爷。”木葛生哈哈一笑，“局虽简陋，但到底一箭三雕，既帮老三解了难题，又寻到了药，还让老五过了化形这一关。管他三九天高兴不高兴，能帮柴姐姐治病就行。”

“咱家倒没想到你会出手帮柴家小姐，她那病拖了多少年都治不好，白玉噎不是寻常药材，药家寻了许多年都没寻到。”

“那不是没找对人嘛。我掐指一算，就知道您这儿有主意——谁能知道朱雀幼兽也能孕育白玉噎？只怕上天入地，也就数您见多识广。”

“少在那儿拐着弯说咱家岁数大。”乌孽挑眉道，“当初你来找咱家时咱家就想问了，你这么个烂泥扶不上墙的，整日净躲懒了，怎么这次有闲心帮人？他给你钱了？”

木葛生挠了挠头：“那倒没有。”

“那是为了什么？你和他相识不过数月，人家都不乐意跟你做兄弟。”

“嗐，三九天那脾气，刀子嘴豆腐心。”木葛生拎着酒坛，陷入沉思，“至于为什么……我也说不上来，大概因为他长得好看？”

“咱家信你个鬼！”

“那可能是因为柴姐姐的手艺好。”木葛生想了想，道，“药家人素来养手，但柴姐姐一不涂甲，二不护手，皆因病体沉疴而无法行医。但我听师父说过，当年柴氏大小姐天资极高，医术卓绝。那样一双手，不该只做羹汤。”

“你们师徒二人天天别的不干，就会扯淡聊闲天，千百年来诸子七家陈芝麻烂谷子的事儿，没有你们不知道的。”乌孽听得连连摇头，起身将酒坛子一撂，“走了，替咱家跟天算子问好，让他尽量活久些。”

“大爷慢走。”木葛生起身相送，“赶明儿找您搓麻将。”

“别来，不乐意跟穷鬼打牌。”

柴束薪虽怒气冲冲而去，但第二天还是提着食盒上了山。

木葛生一行人已经回到银杏书斋，三人一排，正在水榭被罚跪，个个都是鼻青脸肿。

前一日松问童和乌孽没打尽兴，拎着舐红刀满城找人。乌子虚匆匆喝完喜酒，拽着木葛生跑去拦，一下子整个丰都都知道银杏书斋的混世魔王们又来折腾了，险些惊动了十殿阎罗。最后还是银杏斋主亲自到丰都找人，把一行孽徒领了回来。

三人脸上的青肿倒不是天算子打的，而是互相掐架掐的。

"只是冬至让你们下山吃个饺子，没让你们把阴司连锅端了。"银杏斋主抱着朱饮宵，不见怒色，闲闲道，"说说吧，金吾不禁夜是谁干的？"

乌子虚看松问童，松问童看木葛生，木葛生没的看，干脆指着朱饮宵，一推六二五："老五干的。"

老五还不会说话，一阵咿咿呀呀。

"为师问的是始作俑者。"银杏斋主反问，"难不成是饮宵自己爬进城头大鼎里的？"

木葛生眨了眨眼："未尝不可。"话音未落，直接被松问童踹了一脚。

乌子虚见木葛生扯谎实在扯不圆，干脆屈膝上前，俯身道："回先生，此事主谋是我，还请先生责罚。"

"哦？责罚不急，先招供。"银杏斋主笑了笑，"主谋是你，帮凶是谁？如何作案？是何动机？"

乌子虚硬着头皮讲了阎罗嫁女一事，但隐去了凤冠一事，只说找不到合适的贺礼，最后才想到金吾不禁夜，说着长拜不起："学生妄为。"

"不急，昨日的金吾不禁夜是以朱雀羽为燃料烧起来的，你倒说说，这法子是谁告诉你的？"

乌子虚道："……是乌孽大爷。"

松问童一愣，顿时怒道："所以你是故意让那娘们儿来和我打架的？"

"别急。"银杏斋主摆摆手，"原来是太岁大爷告诉你的法子，那想必也是太岁大爷动的手，把饮宵拔了个精光？"

乌子虚抖了抖，想着无论如何都要把木葛生择出来："……是。"

"原来如此。"银杏斋主点点头，陈述道，"所以是子虚主谋，将饮宵引入丰都，继而托太岁和问童打了一架，趁势将饮宵引开，再乘机从葛生那里抢来人，拔毛去羽，最后点燃金吾灯。"

"废物！"松问童指着木葛生鼻子大骂，"让你带只鸡都带不好！"

"彼此彼此。"木葛生反驳得振振有词，"你都打不过，她要拔老五的毛，我拦得住？”

“你这次倒难得安分。”银杏斋主看着木葛生，似笑非笑，“退步不小，居然能被子虚算计。”

“哪里哪里。”木葛生打着哈哈道，“我少添乱，这不是为师父分忧嘛。”

银杏斋主意味深长地看了他一眼，继而道：“子虚虽是主谋，但并非徇私，而是为了阴阳家考虑，情有可原。至于问童，不辨清前因后果便动手，是为不稳，区区晚辈对太岁刀剑相向，是为不敬。此次你最该罚，自己去香堂跪三天，一个月内不可下山，舐红刀封刀半年。”

“是。”松问童磕了个头，领罚去了。

“好了。”银杏斋主看着剩余两人，悠悠道，“问童是被骗住了，你们两个谁招供？”

乌子虚汗流如瀑。

“我来我来。”木葛生摸摸鼻子，说出凤冠一事，将阎罗嫁女之事尽数道来，“当初老三实在是为难，这才来拉我入伙，我们合计着去问了乌孽大爷，然后里外合谋坑了老二一把。”

“原来如此。”银杏斋主道，“所以拔朱羽的不是太岁，而是你？”

“是，也不是。”木葛生点点头，“老五的朱羽不是拔掉的，是他自己掉的。太岁大爷当时把老五带到天光墟百戏，不知给他喂了什么东西。老二打起来之后，我带着老五逛丰都，没一会儿他就开始掉毛了。”

“是乌氏的丹药。”乌子虚连忙解释，“大爷当时告诉过我，是专门滋补灵力的丹药，可助朱雀化形，对身体不会有损害。”

“倒是计划周全。”银杏斋主点点头，“如此看来，子虚拉葛生入伙，是为主谋，当罚——一个月内不可下山，不可起居无时，不可打理乌氏家业，老实跟着书斋上课，不可缺勤。”

“是。”乌子虚俯身长拜，领罚离去。

水榭内只剩师徒二人，银杏斋主转过轮椅，看着木葛生，悠悠道：“行了，子虚也被骗住了，该说实话了。”

木葛生打着哈哈道："瞒不过师父。"

"子虚好糊弄，为师还是懂的，朱雀化形何其不易，岂是几枚丹药就能达到效果？说吧，你到底干了什么？"

木葛生这才说了实话，将城西关一事尽数道来，言罢，道："师父，您别和老三说，他心思重，要是知道我为此进了城西关，他怕是头发要掉光。"

"进城西关这主意是太岁告诉你的？"

"那倒不是，是我自己的主意。"木葛生挠了挠头，"朱雀化形需要大量灵力，徒儿是知道的，思来想去只有城西关合适，太岁大爷只是顺手帮我拖住老二，别的，我也不敢劳烦她老人家。"

"是柬薪陪你进的城西关？"

"是，不过，三九天纯粹是被我坑进去的，只是帮着打架而已。他那么正经的人，干这种坏事儿只能强拉他入伙。"木葛生道，"您就别罚他了。"

"灵枢子不是书斋入门学生，为师不好责罚。"银杏斋主摇了摇头，"你是好算计，一通折腾还得编排数个版本，个个都被你哄得团团转。"

"哪里哪里。"木葛生笑道，"还是瞒不过师父。"

"虽说你用心良苦，但该罚还是要罚。"银杏斋主摇摇头，将朱饮宵往前一递，"问童这几日在香堂跪省，就罚你帮着他带饮宵吧，带孩子不是玩儿，注意分寸。"

"得嘞。"木葛生乐呵呵地接过朱饮宵，哼着小曲儿走了。

"好了，这个也被骗住了。"银杏斋主叹了口气，道，"出来吧。"

水榭背面转过一人，居然是柴束薪。

"我要是活不长，就是被这几个小混账闹的，一个比一个不省心。"银杏斋主捏了捏鼻梁，"学会了吗？骗葛生这种人就得这么骗，一层套一层，最后把他套进去，他才会信你。"

柴束薪低声道："他以为您不知白玉噎的事。"

"是，我大概明白他为什么不想让我知道。"银杏斋主将轮椅转向水畔，叹道，"他这一次实在是胡来，若非有山鬼花钱傍身，我只怕要白发人送黑发人。"

柴束薪深深鞠躬。

"我不是怪罪你，白玉噎这味药，葛生几年前就动过找它的心思，当初是想要治好我的腿。白玉噎虽可治万疾，却不适于我的症状。"银杏斋主笑了笑，"不过和柴氏大小姐应该是对症的，陈年旧疾，治愈非一日之功，还须静心慢养。"

柴束薪应下："先生苦心，学生谨记。"

"罢了，柴小姐沉疴得愈，你也算解开一个心结。这几日就过过少年人的日子吧，他们几个都被我拘在了书斋，你留下住一些时日，同是诸子七家后继之人，少年光阴难得。"

"是。"

"这么说来，你们虽同窗求学，相处却不多。"银杏斋主看着柴束薪，起了兴致，"对他们有什么看法？"

柴束薪沉思片刻，缓缓道："墨子松问童，性情中人，有勇且有能；无常子乌子虚，深思熟虑，温润而有风骨。此二人为两家家主，皆年少有为，且重情重义。"

"此话甚妙。"银杏斋主听得笑了，"其余三人，眷生与你只有几面之缘，颇为生疏。饮宵年纪太小，不易评判。剩余一人，葛生，莫说你难下论断，我也觉得我这徒弟一言难尽。"

"对于木葛生，学生一开始确实不善与他相处，觉得并非同路。"柴束薪道，"但日久见人心，近来相处，所经之事颇多，虽不好妄下评断，但有一言，学生可说。"

"讲。"

柴束薪直起身，看着银杏斋主，道："赤子之心。"

知世故而不世故，历圆滑而弥天真。[1]

有风鸣廊，天算子微微一笑："善。"

纵观银杏书斋众人，柴束薪一双手悬壶济世，松问童一柄刀战无不胜，乌子虚一副嗓子颠倒众生，唯独木葛生四六不着，整日游手好闲、不求上进，若真要评判，大概只能落得一声"混账"。

但少年混账大抵是算不上什么的，多少不羁轻狂，也不过一句"少年郎"。

年岁总对少年慷慨赊账。

少年模样，合该醉卧于春光。

柴束薪走出长廊，来到书斋前院，阳光似水，暖意如注。

"三九天！"木葛生抱着朱饮宵，兴冲冲从院子另一侧跑了过来，大老远就朝他吆喝，"我就知道你来了！我在小厨房看见了一品锅，是不是你带过来的？"

"嗯。"

"太好了。"木葛生眉飞色舞，"刚好老二今天被罚跪，没饭吃，我们端着锅到香堂吃去，馋死他，哈哈哈哈……"

朱饮宵似乎很喜欢柴束薪，伸着手要他抱。

柴束薪将其接到怀里，笑了笑："好。"

木葛生顿时愣住，半晌才道："我没看错吧……你刚刚是笑了？"

柴束薪没说话，抱着朱饮宵往前走。

木葛生震惊之余回神，不折不挠地闹了他一路："你是不是笑了？是不是笑了？别不说话呀，三九天，你长得这么好看，再笑一个看看？"

乌子虚从书房里探出头："柴兄难得一笑，老四，你就放过人家吧。"

松问童正要去跪着，闻言冷哼："老三，你别想了，他最擅蹬鼻子

1 知世故而不世故，历圆滑而弥天真。——鬼谷子

上脸，给三分颜色就开染坊。”

“这倒是。”乌子虚无奈一笑，“不过，话说回来，既然柴兄笑了，冰消雪融，‘三九天’这个称呼也是时候改改了。老四，你说呢？”

“非也，我这名字起得可是大有来历。”木葛生背着手走在柴束薪背后，扬声道，“那日灯下初逢药家公子，只觉冰质玉相，眼中覆霜雪。”

他语带笑意，用的是评弹里幽情深深的婉转调子，眼尖地看见身前人红起来的耳郭：“面冷心不寒，人似红梅艳——

“故名三九天。”

卷三

山鬼谣

梦里不知身是客，几曾识干戈？

千里孤坟，无限山河。

第七章

深思负尽，死生师友。

安平是被人拍醒的，脸下是被口水沾湿了的小说。

正是课间，班里人声鼎沸。

“班委，你最近可真能睡，一趴就是一整节，要不是我掩护打得好，你早被教授请去喝茶了。”邻桌的同学正在打消消乐，“下午打球，去不？”

“谢了，下午还得排练呢。”安平揉了揉眼，慢慢适应着身边的嘈杂。如今他已经对做梦很习惯了，但乍然之间百年变换，他多少还是会有些脱序感。

不过，照木葛生的话来说，他的情况已经算相当不错，大梦方醒后物是人非，有的人许久都缓不过来。

“欸，对了，那个谁来了。”同学拿胳膊戳了戳他，朝身后努努嘴，“刚来没一会儿，这会儿出去接水了。”

安平知道他说的是谁，打着呵欠道：“木葛生有名有姓，你干吗老叫他‘那个谁’？”

最近木葛生来上课的次数可谓频繁，他三天两头就往学校跑，来了也不干什么，在最后一排睡得昏天黑地，偶尔和女生聊聊天，收几封情书，专等下课蹭安平的饭。

“那可是校霸。”同学一脸理所当然，“班委，你有本事把他收为小弟，当然不觉得有什么，但我就是一个普通学渣，不懂你们富二代的快乐。”

安平已经放弃解释了，但还是坚持道：“他不是我小弟。”

“不是你小弟，天天请你吃饭？”

安平心说：“你这个句子的主宾需要换一换。”

他近来和木葛生走得近，在学校引起了不大不小的风波。毕业班课少，个个闲得很，一点儿八卦能被从头扒到尾添油加醋再翻个面。安平已经懒得再去计较自己在众人眼里成了何方神圣。

一只保温杯突然被放在桌面上，安平抬头一看，心想，说曹操曹操到。

“想什么呢？”木葛生笑眯眯地看着他，“晚上有空约个饭？”

同学哈地发出一声怪叫，疯狂地朝安平挤眉弄眼。

安平一阵无语，但还是点了点头：“好，吃什么？还是食堂老样子？”

“今儿不吃食堂。”木葛生道，“寒冬腊月，合衬火锅。”

冬日白昼短，放学时天已经黑了下来，木葛生和安平一前一后走出学校，一路走到了城西街。

城西街是老街，虽然天寒，但依然有许多小吃店开市营业。吊灯串亮晃晃挂了一路，整条街都弥漫着煎炸烹炒的浓香。

木葛生捏着个香灰瓶，边吃边撒，一路从头走到尾，将大小摊子逛了个遍。安平除了掏钱就是拎东西——钵钵鸡、铁板豆腐、冰糖葫芦……两手满满当当，最后不得不怀疑自己到底干吗来了。

“半仙儿，说好的吃火锅呢？”

“不急，待会儿再去。”木葛生叼着烤串回头，看着他笑了起来，“左手一只鸡，右手一只鸭。”

安平预感到这人接下来准没好话，果不其然，木葛生屈指敲上他的额头：“中间一个大胖娃娃。”

说着，他自己乐了起来，哼着不知哪朝哪代的小调，边唱边编派安平，把安平消遣了个一溜够。

安平忍住翻白眼的冲动，突然觉得曲调有些耳熟，大概是在关山月听过。

随着梦境深入，安平对木葛生的了解越来越多。银杏书斋里的那位小爷在军营混大，歪理成灾，后来又在诗书礼乐里镀了金，一张嘴能引经据典地把人撑出五里地。百年弹指一挥间，如今木葛生虽然比当年多了几分老干部的风骨，但骨子里依然是个憋坏的老不修，一点儿没有老古板的油盐不进，反而越发随心所欲，混账得通情达理。

安平偶尔忍不住会问后来发生了什么，但木葛生就像个卖关子的说书人，只笑眯眯地喝茶，让他去做梦，有时带给他几个安神的茶包。这茶包效果甚好，安平在课上睡得昏天黑地，活似冬眠。只是有时醒来片刻，他会情不自禁地看向窗外。

且待惊堂木落时，东方既白。当年故人，而今安在哉?

木葛生终于打完牙祭，往老街深处走了走，停在一家火锅店前："到了。"

火锅店一共有两层，门面很气派，装潢古香古色，雕花大门前挑着红色花灯，上书四个大字——邺水朱华。

安平知道这家店。邺水朱华是老城区最有名的火锅店，百年招牌，一桌难求，平时想吃至少要提前几周订位子："半仙儿，这家店要提前预订，咱们未必进得去……"

木葛生不在意地拍了拍他的肩："没事儿，尽管跟我走。"说着迤迤然上了楼。

邺水朱华禁止外带酒菜，然而安平满手吃食，居然没人上前阻拦。两人一路走进一个包间。安平看着眼前的如意纹花窗，窗外整条街的景色尽收眼底——这是邺水朱华最好的一个包间，上次他爸谈生意时在这儿订过位，一顿饭的钱顶得上他一个月的生活费。

安平当即道："半仙儿，您先坐着，我得回趟家。"

木葛生拉开椅子："怎么了？"

“不知道您要吃这个，我手机里零钱不够，得回去拿张卡。”

“大可不必。”木葛生听得笑了出来，招呼人上了壶冻顶乌龙，一边倒茶一边道，“不用拘着，这桌我做东，把这儿当食堂就成。”

安平听得手里东西险些撒手，铁鸡拔毛、铁树开花，木葛生居然要请客，不是断头饭就是鸿门宴。

“不用了不用了，您真不用请我吃饭……”

“客气什么？你是晚辈，吃长辈饭是应该的。”木葛生端着茶大言不惭，将菜单放到一边，招呼服务员道：“一只鸳鸯锅，一本菜。”

安平没听懂：“一本菜？”

“就是菜单上的菜从头到尾来一遍，一道不少。”

安平险些给他跪下。

眼见安平就要冲出去找服务员，木葛生伸手把他拎了回来，不慌不忙道：“别急，今儿不止咱俩吃饭，待会儿还有人来，轮不着你被敲竹杠。”

安平一愣：“还有谁？”

木葛生指向窗外。

只见长街尽头一辆电动三轮车远远驶来，开车的人戴着红袖箍，车头挂着一只喇叭，背景乐是《祝你生日快乐》。人群从两边分开，三轮车一路开到邺水朱华楼下，安平这才看清三轮车里放着的东西——小山般高的一堆，从废品到下水管，还有共享单车。

“嚯，又是一大车。”木葛生看得笑了出来，“兢兢业业收破烂儿。”

安平还在琢磨木葛生葫芦里卖的是什么药，包间门突然被打开，冷气灌了进来。他不禁打了个喷嚏，这才看清来人——对方似乎和他年纪相仿，穿一身单薄的黑衣，一排白扣子扣到喉咙口，肩骨瘦削，眼神亮得惊人，带着少年独有的冷涩，如同料峭的春寒。

对方冷风般灌进了门，找了个离木葛生最远的地方坐了下来，看也不看两人，低头开始打游戏。

“我来介绍一下，”木葛生好似浑然未觉，边喝茶边道，“这位是城西街乌毕有乌同学，年纪应该比安瓶儿你小一点儿。”

咔嚓一声，安平看见对方摁碎了手机屏幕，游戏输出到一半的英雄被人捶爆。

“同时还是郯水朱华的老板。”木葛生笑眯眯地补充，“也是我闺女。”

安平一口茶喷了出来。他差点儿就一嗓子喊出来了，心想，啥玩意儿？闺女？

“别叫我‘闺女’！”那少年顿时炸了，站起身就要掀桌子，“狗才是你闺女！”

“你这孩子，怎么自个儿骂自个儿呢？”木葛生听得摇头，“我就说辍学早没好事，没受过九年义务教育，脑子就是不太好使——话说，闺女，你那幼儿园毕业证还留着吗？”

安平来不及吐槽木葛生，他现在满脑子都是那声“闺女”，刚刚木葛生说少年名叫乌毕有，他不禁震惊道：“这位是乌家的？”

乌毕有一个眼刀斜过来。

木葛生道：“是。”

“你和乌子虚结婚了？”

这回轮到木葛生被呛得惊天动地，他伸手一拦，把就要冲上前揍人的乌毕有扔到身后，边咳边拍桌笑道：“安瓶儿，你真是好脑洞……老三可没有那功能。”

“那是你有？”

“绝无此事。”木葛生连连摆手，“我是干爹，闺女是老三亲生的。”

“这傻子是你从哪儿找来的？”乌毕有冷笑，“怎么着，活了这么多年终于舍得死了？开始找徒弟了？”

“你爹我早就死了，阴间玩意儿不收徒。”木葛生一筷子敲上乌毕有脑袋，和颜悦色道，“只是机缘巧合，人家比你大，赶紧叫‘哥哥’。”

乌毕有顿时就要张口骂人，安平赶紧打圆场：“不必了不必了，初次见面，怎么称呼都可以，我叫安平。”

“我知道你，你爸经常来我这儿吃饭。”乌毕有上下打量着安平，眼梢一吊，“你好好放着你的富二代不当，跟这老不死的鬼混什么？他讹你了？”

安平一时语塞，不知从何讲起：“……这说来话长。”

气氛一时间变得有些微妙，木葛生依旧慢条斯理地喝他的茶，丝毫没有解释或救场的意思。就在安平怀疑这人纯粹是在看热闹的时候，包间门开了，服务员终于开始上锅上菜。

木葛生舀了一碗汤，这才开口道：“别傻站着了，年轻人吃饭时不要讲不易消化的话题，否则闺女你永远也长不高。”

乌毕有额角暴起青筋：“闭嘴！”

“多大人了，怎么还跟野猫似的一说就炸毛？”

木葛生的嘴好比杀人的刀，就在他优哉游哉地拿乌毕有磨刀的时候，安平借机打量对方。如果只看轮廓，乌毕有确实和乌子虚极像，都生得五官雅致，若再拿一把折扇，便是个秀丽的玉面少年。然而两人气质实在大相径庭，乌子虚温润如水，乌毕有就是沸水里放了辣油，一整个沸沸扬扬的满江红，好比桌上的鸳鸯锅，一个清汤，一个红油，截然不同。

不过，既然干爹是木葛生，造成这种基因突变也没什么稀奇，人还活着就是万幸。

“好了，父女情感交流到此为止，先说正事儿。”木葛生打住话头，道，“几点了？”

安平一愣，继而看了看表：“十点半了，怎么了？”

木葛生拿起一只茶杯涮了涮，放在一旁：“安瓶儿，你知道‘鸳鸯锅’的典故吗？”

“我赌你不知道。”乌毕有拿起屏幕百孔千疮的手机，又开了一局，“这老不死的专擅坑蒙拐骗，不是死到临头，嘴里没有半句实话。”

安平确实满脸茫然。

“鸳鸯锅又被称为‘阴阳锅’，”木葛生又开始涮一套碗筷，“按照正确的方法吃鸳鸯锅，可以看到一些平时见不到的东西。”

“这老不死的没告诉你吧？”乌毕有道，“你今天吃的就是阴阳锅。”

安平手里的筷子啪地掉在了地上。

就算安平这段时间见多识广，但突然见有一个人凭空出现在身边，他也难免被吓一跳。他看着不知何时出现在左手边的人：“您……您是哪位？”

“我来介绍一下，这位是丰都四大判官之一、阴律司主判官崔子玉。”木葛生将茶具推了过去：“崔判官，喝茶。”

“不敢劳烦。”来人青罗衣、乌纱帽，气色阴森，幽幽地开口，“下官此次前来是为求证三岔间一事。”说着看向安平，“这便是那位误入其中的公子吧？”

崔子玉白脸青唇，是个看不出年纪的鬼相，说话时如掐着嗓子，尖声细气，尾音拖着长腔，说不清是像太监唱戏还是厉鬼叫冤，大概有个共同点——催人尿下。

安平愣归愣，很快便反应过来，看向木葛生，低声道：“这人是吊死鬼，还是生前被阉过？”

木葛生不轻不重地敲了他一记：“瞎说什么大实话？！”

“丰都的人是为上次三岔间之事而来。”正在打游戏的乌毕有踹了两人的凳子一脚，“赶紧完事，老子晚上还要算账。”

崔子玉掏出一张卷轴，展开道：“安氏七十六代孙，单名平，年方十八，父母俱在……”继而将安平的十八代家谱和十七年生平念了个遍，最后道，“以上种种，可有谬误？”

安平摇了摇头，惊讶之余看着崔子玉手中的卷轴：“这是生死簿？”

“只是抄本。”崔子玉伸出食指晃了晃，指甲长而乌青，接着，他掏出一张黄纸，递给安平，“请安公子一看，上面所写与您的经历可有出入？”

安平看着满纸鬼画符：“……我看不懂。”

“此乃阴文，是下官唐突。”崔子玉接过纸，“那便由下官读与您听。”说着念出开头一段。

安平顿时反应过来，这是他们在三岔间的经历笔录。

那张黄纸并不大，然而崔子玉念了一个多小时才结束，他吟吟哦哦一咏三叹，听得安平险些尿出来。

木葛生早已将桌上菜品涮了大半，崔子玉放下黄纸，看向安平：“以上种种与安公子的经历可有出入？”

安平思索片刻，摇头道：“没有。”

崔子玉折下一枚指甲，指甲变作一支乌笔，笔尖泛着朱砂色泽：“那便请您签字画押。”

安平刚提笔，一直低头打游戏的乌毕有突然开了口：“那黄纸是从生死簿里撕下来的，一旦签字画押，若有欺瞒，减损的是活人寿数，你个愣头青要想好了。”

安平一愣，没想到乌毕有会开口说这些，朝他那边看了看，道：“你的蔡文姬要死了。”

“用得着你说？！”

安平笑了笑，在黄纸上签字画押：“这样就行了吧？”

“有劳安公子。”崔子玉收起黄纸，又起身朝木葛生和乌毕有鞠了一躬：“您二位近日多有受累，下官代鄙司阎罗问候。”

“崔判官难得来阳间一次，这就急着走？”木葛生拿筷子点了点锅，“白汤给您留着呢，邺水朱华的老汤底，不尝尝看？”

“却之不恭。”崔子玉俯身长拜，“只是下官案头还压着诸多公文，实在不得空闲，告罪。”

“无妨无妨。”木葛生说着把一盘黄喉倒进了白汤里，“那我们吃了，您慢走，不送。”

“您若得空来丰都，阴律司扫榻相迎。”崔子玉悠悠唱了个喏，身形消散在水雾中。

安平看着崔子玉消失，道：“这到底是怎么回事儿？”

“三岔间在人间出现，不是小事儿，丰都那帮吃闲饭的有些被吓坏了，着急忙慌地找原因。”木葛生道，“我是当事人，前段时间去丰都录了个案。”

“这老不死的撒谎成精，丰都怕被他骗了，所以拿着他的说辞再找你验证一次。”乌毕有操控着游戏里的蔡文姬放了个大招，道，“你最好祈祷他没耍什么把戏，不然明天你就能在奈何桥头喝汤了。”

“你是这一代无常子吧？”安平问乌毕有，“孟婆汤好喝吗？”

“你这是什么蠢问题？”乌毕有难以置信地看着他，“要不我把你杀了，你自己去尝尝？”

木葛生听得笑出声：“孟婆汤什么味儿都有，加奶、加糖、加鸡精，样样都行。”

安平问：“真的假的？”

“听他胡扯。”乌毕有冷哼。

“实践是检验真理的唯一标准。”木葛生悠然道，“我死过，闺女，你死过吗？”

“你死之前，我不会死的。”乌毕有嗤笑，“我等着把你的骨灰扬到下水道里喂鱼呢。”

“闺女，你这话可不能让客人听见，下水道养鱼，不知道的还以为邺水朱华用的都是地沟油。”

这两人的对话实在太过清奇，安平忍不住道：“你们二位……”

“父慈女孝。”木葛生道。

乌毕有闻言一把将手机摔进了锅里，指着木葛生向安平冷笑：“你知道这人干了什么吗？！

“你知不知道他害了多少人？！”

话音未落，乌毕有一脚踢翻椅子，起身离开，哐地将门砸上。

手机被扔入锅中，溅开一大片油花，屏幕闪烁数次，彻底黑了下去。

火锅咕嘟咕嘟地冒着泡，满室寂静。

乌毕有的话实在是平地起惊雷，劈得安平晕头转向，半天才找回自己的声音："他刚刚说的……是什么意思？"

木葛生端着茶杯，眉眼平淡："字面意思。"

"什么？！"

"我不记得了。"木葛生耸耸肩，"我的记忆有缺失，丢了一些非常重要的部分，很多事儿，我也捋不清前因后果。只是据后人所言，我当年犯了错，连累颇多。"

"深恩负尽，死生师友，"木葛生喝了口茶，"记不起，从前杯酒。"

"吃饭时不要聊不适合消化的东西。"木葛生说着放下茶杯，伸筷子将辣锅里的手机捞了出来，"这锅没法吃了，让他们换一个。"

新锅底很快端了上来，安平吃得食不知味。

木葛生给他涮了一筷子毛肚："想知道什么就问，吃饭时不要苦着脸，别像我那倒霉闺女似的有事儿憋在心里，肩上担子太重，活该长不高。"

安平夹起毛肚吃了，辣味儿直冲鼻腔，激得他差点儿流泪："半仙儿，关于这件事……我还是想问问。"

"我知道，我确实忘了很重要的事儿。"木葛生抽了张纸给他，"安瓶儿，你的梦最近做到哪儿了？"

"柴束薪，啊，不，灵枢子到银杏书斋小住。"

"那快了。"木葛生算了算，道，"三九天来的时候是冬天，转过头来次年初春，我就向师父辞行下山，我想想……大概离开了四年。"

安平一愣："为何？"

"出国留洋，那个年代都兴这个。"木葛生笑了笑，"当初拜入师门前，我爹就和师父说过，修齐治平，修身只是第一步。我出身木府，毕竟不能一直留在师父膝前尽孝。"

安平恍然："难怪你从来不抄我英语作业。"

"It was the best of times, it was the worst of times.[1]（这是最

1 出自英国作家狄更斯小说《双城记》。

美好的时代，这是最糟糕的时代。)”木葛生念出一段英文，是相当标准的牛津腔，“那四年的记忆，你可能梦不到，不过，其间也没有发生什么事儿，大概只有一件。”

“那应该是我出国后第三年，当时我在莫斯科，学校建在莫斯科河一公里外，收到老二来信时是冬天，河畔落满了雪。”木葛生道，“他在信里说，师父去世了。”

安平惊得起身，带翻了桌上的茶杯，瓷杯摔碎的声音响起，茶水洒了满地。

“许多年前的旧事了，安瓶儿，你反应这么大做什么？”木葛生重新给他倒了杯茶，“师父去世前留下嘱咐，说我可以回国奔丧，但头七一过，必须离开。

“国内和莫斯科相隔万里，等我收到老二的来信时，头七早已过了。师命不可违，我就没有回国，直到我完成学业，才到他老人家坟前磕头。”

木葛生说着摇摇头，轻声笑了笑：“我亦飘零久。”

便归来，平生万事，那堪回首？[1]

数天涯，依然骨肉，几家能够？[2]

安平直到回家，还一直神思恍惚。他匆匆洗漱休息，却辗转反侧，怎么也睡不着。他不明白。

木葛生送他回家时，似乎看出了他心事重重，拍了拍他的肩，留下一句：“都是过去的事了，做梦而已，当作看电影就行。”

可能是重油重辣的东西吃多了，安平觉得喉咙一阵干渴，起身泡了一包木葛生送的安神茶，横竖睡不着，他去书房里找了本近代史，打开台灯。

窗外在下雨，房间中一灯如豆。

---

1 便归来，平生万事，那堪回首。——顾贞观《金缕曲》(其一)
2 数天涯，依然骨肉，几家能够。——顾贞观《金缕曲》(其二)

公元1937年，民国二十六年。

法国人民阵线领导人被迫辞职，法国政局动荡持续至二战爆发。

南斯拉夫与意大利签订互不侵犯和仲裁条约，加入罗马—柏林轴心。

苏联工业总产值跃居欧洲第一，位居世界第二大工业强国。

德国飞艇“兴登堡”号事故，从此飞艇退出了商业飞行的舞台。

7月7日，日本发动全面侵华战争，中国开始全民族抗战。

…………

夜色深重，秒针一格格推进，安平看着满眼白纸黑字，突然觉得一阵困倦上涌，不禁放下书，准备趴在桌子上休息一会儿。

世事漫随流水，算来一梦浮生。[1]

“卖报卖报！ 8月7日召开国防会议！”报童站在码头吆喝，“卖报啦！一份只要五分钱！”

港口是整座城最热闹的地方之一，轮船入港，汽笛声悠长，船梯上乘客往来，打扮新潮的时髦女郎拎着小牛皮箱子，高跟鞋声音清脆。

报童眼尖地迎上前去，热情道：“小姐，买报吗？”

女郎似乎急着赶路，连连摆手：“不买不买，快让开。”

“买一份吧，最近不太平，了解了解时讯，买个心安……”

“请给我一份报。”一只手突然拦在两人之间。

报童抬头一看，是个身材修长的青年，身穿一身亚麻西装，手里拎着皮箱和长柄伞。

“多谢少爷惠顾！”报童连忙拿出一份报纸，“一份五分钱。”

“不必找了。”青年递给他一枚银圆，指了指不远处的卖花少女，“我记得那位姑娘是你妹妹吧？要一枝红山茶，送给这位小姐。”说着朝一旁的女郎笑了笑：“小孩子在码头讨生活不容易，赚钱冲撞了些，

1 世事漫随流水，算来一梦浮生。——李煜《乌夜啼》

您别怪罪。”

报童一愣，连忙跑去包了一枝山茶花，递给女郎：“对不住啊，这位姐姐，给您赔个不是！”

女郎转怒为喜，面色微红，朝青年轻声道谢，接过花转身离去，留下一阵香水的芬芳。

报童看着眼前这位出手阔绰的青年，刚要张口道谢，对方直接抬手在他脑袋上拍了一巴掌：“几年不见，小峰子，你怎么变得这么没有眼力见儿？刚刚那位是航运老板的二小姐，你冲撞了人家，还想不想在码头混了？”

小峰子被拍得一个趔趄，继而惊讶地打量着青年：“……您是？”

“是我。”青年摘下眼镜，挑眉道，“才几年不见，这就认不出来了？”

小峰子一愣，继而猛地扑了上去，大叫道：“木家老四？！木葛生，你居然回来了！”

两人抱作一团，木葛生比小峰子高出一个头，小峰子扒在他身上不肯撒手：“木哥，你可算回来了……你这头发几天没洗了？怎么这么油？”

“去你的，那叫发胶。”木葛生拍了拍对方的肩，“我记得你家不是开裁缝铺吗？怎么跑这儿卖报来了？”

“年景太乱，生意不好做，前段时间我爸又病了，只能先关了店，我和小妹出来挣几个子儿补贴家用。”小峰子说着抽了抽鼻子，“木哥，这几年我可想你了。”

木葛生少年时堪称混世魔王，只要下山，必然在城里呼朋唤友，半点儿架子没有，和谁都能打成一片。

“这几年你不在，街上都没有以前好玩儿了，连松哥都不怎么找人打架了。”小峰子道，“前年银杏斋主去世，大家都去吊唁，也没见着你回来……”

“我这不是回来了嘛。大小伙子了，要站得直，别动不动就红眼圈。”木葛生将他放下来，道，“伯父病了，怎么不去柴氏看看？”

“就是柴公子给诊的脉，多亏有柴府药堂，不然我爹根本看不起病。”小峰子揉着眼睛道，“哥，你这次回来，要待多久？”

“不走了。”木葛生笑道，“晚上你松哥那边摆接风宴，包够管饱，记得带你妹妹来。”

“这段时间都在松哥那儿蹭饭来着。”小峰子不好意思地挠了挠头，继而又担心道，“哥，他们都说要打仗了，你不在国外避风头，现在回来干吗？”

“看你说的。”木葛生不轻不重地拍了他一巴掌，“叶落尚且归根，这是我家，家里打仗我就不回来了？”

“哥说得对。”小峰子连连点头，“那哥，你真的不走了？”

“不走了。”木葛生道，“有什么事别硬撑着，随时找哥说。”

“有哥这句话，我就啥都不怕了。”小峰子笑了起来，“哥，你才回来，打算去哪儿？要不我给你带路？”

“去你的，几年不见我就成路痴了不成？”木葛生笑骂了一句，“想带路也成，给你哥拎箱子，去关山月。”

“得嘞！”小峰子心领神会，“不愧是木哥，有情有义，一回来就急着见相好去！”

“见什么相好？”木葛生闲闲道，“哥带你上堂子听曲儿去。”

四年不见，故景依旧，关山月又扩建了两层，贴金大堂里暗香浮动。白日堂子不接客，只做茶楼招待。两人进门时，楼里刚巧开了一场评弹，书台上一左一右坐着两位女先生，左首持三弦，右首抱琵琶，中间一位如玉公子，手拿白扇，正在唱一出《文昭关》。

“哪顾得千里风霜万重山——”琵琶声如珠玉，公子娓娓道来，嗓音淳雅而有书卷气。

木葛生要了一个雅座，看着楼下笑道：“满座皆女客，尽为听书来——不愧是名角儿，迷得姑娘家也上堂子听书，真真儿了不得。”

一旁一个清倌笑盈盈上了茶：“乌先生的嗓音是一等一地好，平日里一票难求，今日是早场，这才难得有空下的雅间，少爷赶巧，可见是有缘。”

木葛生听得笑出声：“岂止有缘，数年冤家孽债。”

清倌闻言一愣，掩口道：“少爷与乌先生是旧识？”

“我见过你，你是不是赵姨带出来的姐姐？”木葛生朝她眨眨眼，“不认得我了吗？”

“嘿，认出来才奇怪。”小峰子插嘴，“瞧您这假洋鬼子打扮。”

清倌上上下下将他打量一番，忽地想起了什么，惊道：“您……您是木少爷？！”

“难为姐姐还记得我。”木葛生笑吟吟道，“一别经年，故人故景，赵姨的生意做得是越发好了，居然连老三都能请上台。”

台上的说书公子不是别人，正是乌子虚。

两年多前，木葛生在欧洲接到故乡来信。松问童不爱闲叙家常，写信素来只有三言两语，只说重点，这封信却难得多了几张纸，洋洋洒洒只写了一件事——乌子虚在关山月做了评弹先生。

事情前因后果并不复杂，无外乎就是乌子虚被松问童拉到关山月打牌，又毫无悬念地输了个底儿掉，只是这次赵姨没松口让他打白条，而是强把他留下，硬推他到台上唱了几支曲儿。

乌子虚嗓子本就得天独厚，一开口便是满堂彩。赵姨得理不饶人，让他留在关山月唱曲儿还债。她不但亲自出马教乌子虚吊嗓子，还在白天开了书场，没几场下来，名声就远远传了出去，满城都知道关山月来了位乌先生，音色甚美，一票难求。

没多久，乌子虚就将债还完了，听众却不愿走，逼得赵姨亲自上乌府去请人，乌子虚推托不过，一来二去，便一直唱了下来。阴阳家素来不大在意阳间的事，乌氏族中也没人管小家主天天跑堂子，几年下来他声名愈盛，票友称之为“玉面郎君”。

“台上谁家郎君足风流？”木葛生边笑边摇头，“虽然早就听老二说了，但亲眼一见还是吓了一跳，谁能想到几年前老三遇见姑娘家就脸红？”

“前几日便听童哥哥说过，木少爷近日就要回来。”清倌眉开眼笑，早就坐不住了，“都是自家人，就别在楼上坐着了，我带您去后台？”

“那就有劳姐姐了。”木葛生起身道，“数年不见，是该去给赵姨请安。”

乌子虚在台上唱完了一套书，停弦歇场，掀起帘子走进后台，却看见众人围得里三层外三层，赵姨的嗓音吊得老高：“哎哟，我的儿，你可真孝顺，姨没白疼你！”

“这是法国最近时兴的化妆品，我不太懂，就买了同学推荐的几种。”人群里传来一声笑，“赵姨先用着，要是喜欢，我再拜托朋友寄来。”

青年嗓音虽比当初沉稳了些，这声笑，乌子虚却熟得不能再熟，当即喜上眉梢，大声道：“老四！你什么时候回来的？”

“老三！你唱完下场了？”木葛生站起身，推开人群走了出来，两人当即抱在一起，“可以啊，你小子。”木葛生大笑着拍了拍对方，“士别三日当刮目相看，几年不见，居然成了名角儿！”

“凑个热闹，观众愿意捧，比正经科班出身的差远了。”乌子虚高兴得不得了，连声道，“什么时候回来的？我听老二说，你买船票买得晚，不是还有几天吗？”

“坑他的，他要知道我今天回来，早就去码头堵人了。”木葛生挤挤眼，“我这不赶着来听乌先生唱曲儿吗？”

“你少一回来就埋汰我。”乌子虚推了他一把，又拉回来，“午饭预备接风宴是来不及了，等晚上给你摆几桌，兄弟们好好聚一聚。你等我把下一场唱完，找老二蹭饭去。”

“妙极。”木葛生拊掌，“在国外日日吃冷盘，我就盼着回来把老二吃穷呢。”

“你这人！”乌子虚笑叹，“老二指不定要高兴成什么样呢，你就是要满汉全席，他也乐得下厨。”说着上下仔细将他打量一番，“你这打扮倒是洋气，西洋货？”

“可别说了，你有多余的衣服没？先借我一身。”木葛生摆摆手，“赵姨一见我就喊‘假洋鬼子’。”

“是挺假模假式的。”乌子虚看着他，笑道，“不过，老四，你长高不少，不知道我的衣服合不合身。”

“不合身现改！”赵姨一迭声道，“把新做的那身银灰大褂拿来！”说着朝两人笑了起来，“前几日刚送来的新大褂，小乌过几日有一场《三笑》，大套三弦的好本子，穿着正合身，倒是让你小子捡了便宜。”

“赵姨疼我。”木葛生想起一件事，问乌子虚：“你下一场唱什么？”

“依旧是《文昭关》。”乌子虚道，“怎么，可有想听的本子？”

“当年你送我，在码头唱了一折《长亭送别》。”木葛生当即道，“如今故人打西边归来，便来一出《惊艳》吧。”

“好说，我记得你当年就爱《西厢记》。”乌子虚一口应下，“刚好衣服也换了，跟我一道上台去。”

“那不成，我不熟评弹本子，只会几句昆腔。”木葛生不干，“台下都是来听书的，怎能说改就改？当心人家退票。”

“不打紧。”赵姨笑吟吟道，“姨给你做主，敞开了唱。”

“我的亲姨欸。”木葛生连连摆手，“我在国外待了很多年，调早忘光了。”

“别想蒙我，当初你还让老二给你寄唱片来着。”乌子虚道，“别当我不知道，当初你三天两头和老二来关山月听曲儿，兴致来了就上去把人家清倌换下台。据说你还给灵枢子弹过三弦？”

“没跑了，铁定是老二卖的我。”

“良辰美景，赏心乐事，走板了，我给你兜着。”乌子虚笑着开了嗓，“来吧，官人——”

木葛生当年被戏称纨绔，在银杏书斋没学会多少八雅六艺，却在风月场中厮混得四声皆备、五音俱全。银杏斋主喜昆腔，逢年过节便会让他来上几段，尤好《西厢记》，笑称“风流孽债有痴情”。

木葛生换上大褂，两人分了工，乌子虚唱张生，木葛生唱红娘，又找来一名清倌扮作莺莺。

“奴家今日有福气。”清倌笑盈盈道，“遇得两位俏郎君。”

台上弦索开场，莺莺与张生在佛殿相遇，临去秋波那一转，透骨髓相思病染。只听得张生道：“呀，谁想着寺里遇神仙——正撞着五百年前风流业冤！”

“恨天，天不与人行方便，好着我难消遣，端的是怎留连。”红娘俏生生地开口，“小姐呵，则被你兀的不引了人意马心猿？”

…………

“则着人眼花缭乱口难言，魂灵儿飞在半天。”张生手中折扇一转，“啊呀呀，我死也——”

…………

《惊艳》一折并不算长，然而两人兴起，不知不觉就唱到了中午，观众方散，座席上却还留着一人，他淡淡地开口道：“回来先赶着上台唱戏，什么德行？”

木葛生刚打起帘子，闻言脚步一顿，扭头看去，下一秒便整个人扑到了台下：“老二！你什么时候来的？”

“早就来了，看你唱得入戏，半天都认不出我来。”

“那还不是因为你越发美了？我还以为台下坐的是谁家天仙儿呢。”

“少贫。”松问童穿着一身大红长衫，青年身形挺拔修长，一巴掌拍在木葛生头上，“发胶不错，西洋货？”

“别损了别损了，被消遣一上午了。”木葛生捋了一把头发，“来得刚好，正说去投奔你呢——中午吃什么？”

“等老三出来，”松问童起身，一撩长衫，“带你去店里吃饭。”

松问童在信里提过，他开了一家火锅店，起名为“邺水朱华”。他擅长庖厨，又喜食辣，调配的锅底堪称一绝，开业不久便一桌难求。

木葛生离得大老远就闻见浓郁的香气："我记得每年冬至你都喜欢做火锅，灯笼椒和老姜、蒜头爆炒，配上牛油，香得白水寺的小沙弥半夜起来撞钟。"

"老五不吃辣，他来了之后就做得少了。"松问童带他们进了店，一路上了二楼，走进一个包间，"想吃什么自己点。"

"嚯。"乌子虚闻言笑了起来，"老板大气。"

"说得好像骗了你钱似的，也不知是谁三天两头来打秋风。"松问童看他一眼，"招待你个活人也就算了，丰都摆宴席也往我这儿领。"

"那我就不客气了。"木葛生将菜单一撂，挽起袖子道，"给我照着菜单来一整本，一道都别少。"

第八章

纵无铜筋铁骨，但愿俯首，有幸做一段脊梁。

饭桌正中摆着一口五宫格铜锅，分别是川香红油、三鲜白汤、药膳锅、冷锅鱼，还有一个菊花锅。

木葛生夹了一筷子毛肚，辣得满嘴鲜红：“在国外待得嘴里淡得很，还是老二的手艺绝妙，不枉我日思夜想，就惦记着这口儿。”

房间里单开了一张小桌，放着荤素菜品、锅碗瓢盆。

松问童系着围裙正在片羊肉：“你要是吃不完，就把桌子给我吞下去。”

“好说好说，你就是现切一头大象，我和老三也能给你扫荡干净。”

“当初老五化形后胃口猛增，险些把书斋吃穷。”乌子虚笑着摇头，“老二开这家店的初衷就是老五太能吃了，每天小厨房的下脚料都能再做出几大锅来，为免浪费，这才有了邺水朱华。”

“当初我走的时候，小孩儿才到我腰上。”木葛生伸手比画，“老二来信说他被朱家接回去了，最近可有消息？过得怎么样？”

“前些日子来信，说是朱家饭不好吃，饿瘦了。”乌子虚笑道，“人家眼巴巴盼着回来呢，你有什么打算？”

“做饭的又不是我，这话你得问老二。”木葛生叼着筷子，含混不清道，“老五要是在信里一哭二闹三上吊，保不齐老二能带着舐红刀给他做饭去。”

“朱家避世，能请动星宿子的只有——”乌子虚话未说完，松问童啪地把刀插入砧板，端上一盘羊肉："吃饭。"

"得嘞，您辛苦。"木葛生笑眯眯地给他倒了杯酒，"吃饭吃饭。"

一顿饭吃了一个多时辰。三人久别重逢，从天南聊到地北。

"我先去了德意志，然后转到苏联，最后一年在欧洲游学……"木葛生醉醺醺地比画道，"你猜怎么着？英国人……上床都念莎士比亚！"

松问童听得大笑："怎么着，开洋荤了？"

"那倒不至于，发乎情止乎礼，我心里有数。"木葛生摆摆手，"是在剑桥的时候听戏剧社的同学说的，那时我们在康河划船，有中国的留学生带了小提琴，居然能拉出西皮流水的调。"

"我唱了出《梁祝》，有女孩儿问我唱的是什么，"木葛生说着笑了起来，"我说讲的是罗密欧与朱丽叶死后变成蝴蝶。"

"妙哉——"乌子虚趁着酒意起了个调子，悠悠地开嗓，"书房门前梅花开，今日送弟把家归。有时聚头时分开，花开花落又结蕊。"

木葛生接过腔，击盏道："既有分别，定有相会。"

"一双醉鬼。"松问童听得摇头，起身收拾碗筷，"人才刚回来，就赶着唱《十八相送》。"

一顿饭罢，木葛生起身告辞："我去找小峰子裁几身大褂。老二，你记得晚上再摆几桌热闹的，请大家都来聚聚。"

"滚吧。"松问童一挥手，"邺水朱华今晚歇业摆宴，短不了你吃的。"

木葛生揉着肚子走了，乌子虚看着他的背影，道："老四应该是要回去了。"

"近乡情怯，先来我们这儿吃酒壮胆，夙得他。"松问童嗤笑，继而皱眉道，"刚刚在饭桌上，你干什么提那些话？"

"我说的是实话，老四清楚，你也明白。"乌子虚叹道，"当初朱家将星宿子交给先生照看，名义上是入学银杏书斋，但谁都知道朱家托付的是天算子。当初先生去世前，当着诸子七家的面说得很清楚，天算子之位交给老四继承。那四十九枚山鬼花钱，不管他乐不乐意，都是要收的。”

“他不乐意就不收，大不了我们给他兜着。”松问童道，“老四出身将门，未必想要搭理七家这些破事儿。”

“你一人一刀，光棍儿一条，话说得倒是自在。”乌子虚听得头疼，“但凡真碰上什么事儿，还不是我出面转圜？”

“老三辛苦，晚上请你吃饭。”

“不吃了。”乌子虚摆摆手，“丰都那边有事儿，还得下地去。”

“老四才刚回来。”松问童挑眉道，“谁消息这么灵通？”

“死人总比活人少顾虑。”乌子虚摇摇头，“迟早的事儿。”

木葛生先找人量了身，定做了几件大褂，接着又换了一件素白长衫，洗脸净手，一路出了城。

白水寺，银杏书斋。

银杏斋主去世后，书斋不再开课讲学，但并未挪作他用，依然保留着故时风貌，打扫的小沙弥看见木葛生，躬身念了一声佛号。

木葛生在水榭前磕了三个头，接着走进香堂，跪在蒲团上，敬了三炷香。

满窗银杏，树影婆娑，木葛生看着堂上灵位，轻声开口：“师父，葛生回来了。”

木葛生跪了很久，直至夕阳西下，香堂门吱呀一声被推开，他没有回头，却笑了起来：“我知道你会来。”

一道身影入内，磕头上香，继而道：“你跪了一下午。”

“这倒是稀奇。”木葛生笑了，“三九天，你居然也会嫌我跪的时间长。”

柴束薪跪在一旁。四年不见，他仍是神色冷峻，却多了几分持重，像落雪洗去梅香的冷冽，白衣依旧。

“中午吃饭时没看到你，就想着大概会在书斋见面。”木葛生道，

“看你的样子，常来？”

“药家事务繁忙，并没有许多空闲，只是偶尔过来。”柴束薪说着朝灵位躬身：“学生不孝。”

“你可别，你这样的都能叫作不孝，那我岂不成了欺师灭祖？”

两人沉默片刻，柴束薪开口道：“两年前先生去世，为何不归？”

“谨遵师命，不归。”木葛生道，“师父有命，过头七后不可奔丧。老二那封信寄到莫斯科时头七早已过了，以师父的本事，不可能算不准日期，只有一个可能，就是他老人家并不想让我回来。

“再者，历代天算子算天命，死后注定魂飞魄散，不入轮回，丧事不过是场面功夫罢了。烧再多的纸，他老人家也不会打奈何桥上过，否则老二早就去丰都劫人，热热闹闹还阳了。”

“你当年未归，众说纷纭。”柴束薪淡淡道，“先生将天算子之位亲自传与你，诸子无有不遵，你在国外蹉跎两年，七家等待已久，是时候接过山鬼花钱了。”

“我师兄呢？他比我有出息，让他接。”

“林兄当年奉先生之命入蓬莱，定有十年之期，十年内不可出山门。如今先生传位与你，按天算门规，他须退出师门，如今已是蓬莱门生。”

“……师父这办的都是什么事儿？”木葛生听得愣住，半天才道，“逼人上梁山吗？”

“你回来的消息已经传遍了，树欲静而风不止，你避不过。”

“少年意气常蹉跎，只惜青山不待我。”木葛生叹了口气，“诸子七家，第七家不是还没现世嘛，一个个都急什么？”

“罗刹子逢乱而生，是毁天灭地的杀神，第七家若现世，诸子便不能从容掌舵，而是力挽狂澜。”柴束薪道，“距离上次罗刹子诞生已有数百年之久，如今天下大乱，诸家都在担忧。”

诸子七家，久存于世的一共六家，最后一家为罗刹子，和天算子一样，一家只有一人，只在大乱之时降生于世，主凶杀。

罗刹子虽可镇乱世，却暴戾、凶恶，历代罗刹子都是绝大的叛逆，完全不可控，甚至有与其余六家反目者，是个令所有人都忌惮的变数，逢佛杀佛，逢祖杀祖，逢罗汉杀罗汉，逢父母杀父母，逢亲眷杀亲眷，始得解脱。[1]

“罗刹子之命，只有天算子才可制衡。”木葛生了然，“怪不得，原来在这儿等着我呢。”

“七家都已得到消息，几日内便会齐聚，你要早做打算。”

“朕晓得了，爱卿跪安吧。”木葛生站起身，“对了，我听小峰子说他爹在你家药堂看病，替他向你道声谢。”

“悬壶济世本就是药家分内之职。”柴束薪也随之起身，看向木葛生，“你笑什么？”

“没事儿。”木葛生笑着摆摆手，悠悠道，“战事将起，七家纷纭，这几天我仔细想来，只觉事情千头万绪。但是真的回来了，又觉得这些不算什么，毕竟你们都在。”

两人一同站在廊下，木葛生抬头看着房檐：“你知道吗？上午我和老三一同唱《西厢记》来着。”

“嗯。”

“我记得那年冬天，你第一次留在书斋过年，老三弹琵琶，你吹着一支苏笛，一出《西厢记》五本二十一折，唱了整整一晚上。

“我当时还想着，以后年年如此，就这么长长久久地唱下去，等老五长起来了，专门叫他拉弦儿。

“谁知就没有下次了。”木葛生说着笑了笑，道，“原来姹紫嫣红开遍，似这般都付与断井颓垣。良辰美景，赋予谁听？”

柴束薪沉默片刻，道：“你唱吧。”

“嗯？”

“我听。”

1 逢佛杀佛，逢祖杀祖，逢罗汉杀罗汉，逢父母杀父母，逢亲眷杀亲眷，始得解脱。——《临济录》

“那可不能够了，陪老三唱了一上午，大爷明日请早。”

“过几日七家齐聚，你是继任天算子，便是要他们搬着马扎听你说书，也不会有人有异议。”

“哈，好主意，不如就聚在关山月，我想想唱什么……《张生闹五更》？”

“……”

“别绷着脸嘛，你看老三都能上台说书了，咱也不能一直这么端着是不是，要不搓麻将？”

“诸子六人，凑不够两桌。”

“得，这就算罗刹子现世也没什么了不起，七家两桌，照样三缺一。”

“……休要儿戏。”

两人一同下山，木葛生想请柴束薪到邺水朱华坐一坐。

“战事已起，药家诸事繁杂，府上还有长辈等我回去议事。”柴束薪摇了摇头，“改日你来，请你吃一品锅。”

“对了，倒是忘了问柴姐姐的事。”木葛生拍了拍额头，“来信中见你说姐姐身体已有好转，近来如何？”

“沉疴旧疾，拔除不在一朝一夕。”柴束薪眉眼缓和些许，“但已能治愈。”

“那便好极。”木葛生笑道，“改日去找你蹭饭，记得给我留窗。”

柴束薪还记得当年这人动辄翻窗的荒唐事，却没说什么，只是摇了摇头：“九折回廊的阵法做了改动，你进来时注意安全。”

“放心，那难不住我。”木葛生大咧咧地摆了摆手，“走了啊，再晚点儿，老二他们就不给我留饭了，咱们改日再聚。”

木葛生还没来得及进城，只见公路边停着一辆轿车，他借着月光看到车牌，神色一怔。

车窗降下一半，传出一道低沉的男声：“上车。”

木葛生迅速开门上车，拉上车帘，道：“您不是去参加国防会议了吗？这么早就回来了？”

坐在前排的男人笑了笑，扔来一瓶汽水：“留学几年，不知道你口味有没有变。”

“那您倒是来封信问问我啊。”木葛生一把接住，无奈道，“爹。”

木司令坐在前排，一身军装，两鬓略白，语气甚至算得上温和，却有一种不容忽视的军人风度，不似木葛生嘴里的老流氓，倒像一名儒将。

木葛生当年在军营长到十岁，然后入银杏书斋，之后父子两人便甚少相见。木司令并不镇守城中，一年到头领兵在外，父子间通信寥寥。木葛生出国留学四年，除了最初收到他父亲的一封信，交代他的学业安排，之后音信全无。

有时木葛生会忘了自己还有个爹。木司令对他一向放养，只安排他入学，学费、生活费一概没有，倒是一群兄弟三天两头给他寄补贴。回来之前，他往家里寄过信，但木司令一年到头不回家几次，料想应该是收不到的。此时乍然与他相逢，木葛生倒有些意外地近乡情怯。

“我不过问的事多了，不差你这一句。”木司令掏出一支烟，道，“我马上要南下，原本没有时间见你，既然遇见了，便问你几句话。”

木葛生递过火柴，点上烟：“您请说。”

“最近时局，心中有数？”

“是。”

“此番归国，可有打算？”

“是。”

“你十岁以来，我便没再怎么管过你，这些年聚少离多，你虽然不成器，但乱七八糟学了些东西，至少有安身立命的本事。”木司令淡淡道，“如今硝烟四起，大厦将倾，你归国蹚这浑水所求为何？”

木葛生笑了起来：“爹，儿子姓木。”

“远远不够。”

“青山处处埋忠骨——”

“别给我掉书袋子，想清楚了再说。再胡扯，马上给我滚下车，买船票回欧洲上你的学。”

木葛生敛了笑意，沉默片刻，不轻不重地讲了一段话。

他用的是英语，讲得很流利，措辞对父子而言显得有些过于官方。

然而木司令听进去了，他掐灭烟，淡淡道：“继续。”

他听出了自家儿子讲的是什么——数日前《泰晤士报》对战局的报道。

木葛生在叙述中一点点将局面铺开，语气缓慢而内容庞杂，国际纷争、国内时局、战场形势、民情民生……不见平日的眉飞色舞，他只是一一尽数道来，显然经过深思熟虑，又反复斟酌，才能如此周详。

寥寥数语剥去一身喧嚣，从血肉中露出一截苍青的脊骨，好似烈酒砸碎寒夜，冷而滚烫。寂静、寂静、寂静，夜在寂静中燃起薪火，彼处传来鼓声——源自少年的胸膛。

言尽时，木葛生笑了笑。那是一个很难形容的笑，生死以赴、慨当以慷，还有一点儿父子间的默契，乱世中将门不兴慈孝，而是互为舐血的两柄名刀。

“纵无铜筋铁骨，但愿俯首，有幸做一段脊梁。”

父子二人在后视镜中对视，木司令扔给木葛生一支烟：“看来你是有备而来。”

“否则也不敢在您面前班门弄斧。”木葛生划开火柴，“司令，您看我这个兵可堪一用？”

木司令嗯了一声，说：“算你及格。”话已说开，他也不跟儿子兜圈子，直接道，“如今局势胶着，大战一触即发，我马上就要南下，这次不会带你，你另外帮我办好一件事。”

"您吩咐。"

木司令降下车窗，指着不远处："替我守好这座城。"

木葛生顺着父亲的目光看去，远处城门巍峨，万家灯火，是千载风霜洗出的繁华。

"这里是战略要地，也是深入内陆腹地的门户，一旦失守，等待着它的便是千里生灵涂炭，万里国破山河碎。"木司令道，"虽然战局尚无法预料，但如有万一，寸土必争。"

"你三岁就跟着我进军营，天南地北跑了不少地方，守一座城于你而言不是难事。"木司令转过身，朝木葛生一笑，"别给我丢人。"

木葛生敬了个礼："司令放心。"

"叫什么司令，叫爹。"木司令拍拍他的肩，"近年来我四处奔波，很少管你，好在你也不须我多操心。这城里的宅子盖了许多年，我却没正经住过几日，等这次回来，爹给你寻门亲事，宅子便当作婚房送给你，将来添个一儿半女，也多得些热闹。"

"不是有句那什么——'大敌未灭，无以家为'。"木葛生挠了挠头，道，"您老与其替我操心，不如给自己找个续弦。您说您都把自家四个参谋长'嫁出去'了，咋自个儿还光棍儿一条呢？"

"再胡扯，我就把你送给城东卖豆腐的倒插门。"木司令一脚把他踹下车，"走了。"

"您慢走，其实我觉得城东卖馄饨的更好，她家馅儿多料足。"

"等你老子回来，"木司令挥挥手，"给你置办一百斤猪肉当'嫁妆'。"轿车飞驰而去，远处传来一声鸣笛。

木葛生在原地驻足片刻，只觉心绪繁杂，干脆去城东吃馄饨。当年的老挑子摊还在，炉上坐一口大砂锅，勺子是长竹柄槟榔勺，碗是蓝边瓷碗，刚出锅的馄饨皮薄馅儿足，浇上一勺芝麻红油。木葛生一连吃了两碗，直觉困意上涌，迷迷瞪瞪地走回木府，倒头便睡。

第二日，木葛生起了个大早，洗漱完直奔城郊军营。

留守军官是木司令旧部，从小看着木葛生长大，一见面就以拳脚招呼：“小子，来了？这几年和洋人学了什么本事？先来过两招！打赢了再说进门！”

“好说。”木葛生早料到会有这么一出，挽起袖口，“您承让！”

松问童一大早便踹开了木府大门，不料木葛生走得更早。木府常年没人，只有几个负责打扫的婆子，个个一问三不知。松问童昨晚被放了鸽子，正怒火中烧，把城里翻了个底儿朝天，又往白水寺跑了一趟，遍寻人不见，最后还是路过关山月时被赵姨叫住：“小童儿，听说你忙活了一上午，干什么呢？”

“找老四！”

“他不是一大早就去城郊军营了吗？”赵姨面露疑惑，“据说打架打得可热闹了，一堆人围着看呢！”

“……”松问童拔腿就走。

待他匆匆赶到城郊，远远便望见军营门口围了一堆人，木葛生站在人群中央，刚刚撂翻一名壮汉：“第四十九！下一个！”

松问童走进人群：“这是在干什么？”

“木家少爷要进军营，老少爷们儿排着队单挑呢！”一旁围观的汉子大声叫好，道，“一上午撂倒几十个了，单刀战群雄，比戏台上演的还热闹！”

松问童挑眉，也不再往人群里挤凑，抱着胳膊站在一旁，看木葛生单打独斗。

人群中的青年穿着军装，衬衫袖口挽起，阳光下脊梁挺拔如剑，他大笑着捋了一把湿淋淋的发梢：“来！下一个！”

松问童看清了木葛生刚刚是怎么踹翻一名壮汉的，这是他最常用的一式，发力时甚至会整个人凌空而起，然而在空中仍有变招，强韧、凌厉。

松问童想起他们当年第一次在银杏书斋相遇，那时木葛生刚从军营出来，胳膊上还吊着绷带，锋芒里透着痞气，叼着根狗尾巴草问他：“你这刀看着不错，打一架？”

后来这人就在银杏书斋里瘫成了稀泥，锦衣冶游，斗鸡走狗，能动口不动手，浑身匪气收了起来，翩翩少年风流。但松问童始终记得他们第一次打架，一开始只是闹着玩儿似的试探，结果打到最后谁都没有留手，两只野狗似的发着狠较劲。按理说，松问童的赢面更大，然而对方咬牙看着他，眼神明亮，还有毫不掩饰的兴奋，胜负便一直悬而未决。最后他们都是被抬着回去的。当晚松问童从厨房偷了酒，想找那小子喝一杯，却在走廊上撞见了同样偷了酒去找他的木葛生。

“第五十六！下一个！”

木葛生的嗓音将松问童的思绪拉了回来，他看着阳光下的青年，仿佛白鹰振羽，双眸澄澈如昔。

松问童突然笑了起来，转身回城，再过来时手里多了两样东西——一把刀、一坛酒。他将舐红刀插在背后，拍开封泥，一边饮酒一边看木葛生揍人。

“第七十八！”

“第七十九！”木葛生解开扣子，将衬衫一扔，“继续，咱今儿凑个整！”

“第八十七！”

“第八十八！”

……

“第九十九！”

松问童喝完酒，将坛子一摔，惊得四周的人都循声望来。他走进人群，朝木葛生抽出刀：“第一百。”

松问童的身手，尽人皆知。木葛生消耗甚巨，本就是强弩之末，旁观的军官变了脸色，就要上前去拦。

木葛生却摆了摆手，道：“无妨。”说着朝松问童勾了勾手指：“来。”

松问童反手抽刀，刀锋并未出鞘，腰身下沉，刹那间他的眼神就变了。

时隔四年，木葛生再次见到了舐红刀，古刀锋芒依旧，绝艳，暴烈。

刀起第一式，他就笑了——因为那年也是这样阳光灿烂的盛夏午后，挺拔俏丽的少年在树下朝他挥出一刀，刀锋惊艳，飒然有声：“你若能走过三招，我就告诉你这刀的名字。”

“那我若打赢了呢？”

“不可能。”

“不试试，怎知不可能？”

……

“我们都打一下午了吧？我看我也不是没有赢面，你说说看，我若赢了，又当如何？”

“你若赢我，我便应你一个承诺。”

…………

木葛生从思绪里回神，侧身避开迎面而来的第一道刀风，同时就地一滚。松问童的刀极快，没人看得清他出招的全貌，捕捉到第一道刀光的刹那，其实已经是第二招的收势。想要避开二段式极难，但当初木葛生轻而易举地做到了，用的是军营里蛮不要脸的打法——别站着，就地滚爬，能滚多远滚多远。

松问童出身墨家，旁学出自蓬莱，武学正统、精粹，那是他第一次见到如此土而匪气的招式，着实震惊了一番。后来松问童发觉木葛生其人亦是如此，风流倜傥是他，厚颜无耻是他，算无遗策是他，不学无术也是他。他能亲亲热热地在关山月为姐姐妹妹唱小曲儿，也能义无反顾地为朋友两肋插刀；如今换了军装，打起架来依然像当年那般浑不要脸，却亦是卓然不群。

两人一来一往，出手都是当年打架时的旧招，完美再现了初见的那一幕，然而双方熟得不能再熟，一式未完便已变招。当年他们是平局，如今再次打过，更快的速度之下，木葛生无疑落了下风。

银杏几度叶黄，犹记当年事，一如昨日。

松问童抽身一转，长刀抡起半圆："你的身手没什么长进。"

"那可未必。"木葛生凌空跃起，"我这是赤手空拳，若有武器傍身，一招可定胜负。"

"身手不高，口气不小。"松问童啧了一声，"战局已开，你若能避开我的刀，想拿什么武器，自行去拿便是。"

"那怎么成？当年我们就是这么打的，我若拿了东西，便不一样了。"

"就该不一样。"两人错身而过，擦肩的刹那，松问童的声音响起，"如今已非当年。"

木葛生一愣，继而笑了起来："好！今非昔比，并非当年！"说着扬声道，"来吧，老二，一招定输赢！"

"不必留情！"

千钧一发之际，松问童一刀平斩，在空中劈开凌厉的弧度，刀光中有红色若隐若现，连远处围观的人群都被刀气震得连连后退。这一刀，他压上了手劲儿，舐红刀虽未出鞘，但足以伤人。

木葛生避之不及，被一刀掀翻，摔在地上又滚出好远，整个人抽搐了两下，没再爬起来。

松问童倒是不那么担心对方会受伤，他的刀劲儿，他自己有数，只是这一招木葛生并非避无可避，大概是消耗太多，反应不及。

松问童拎着刀走过去："你要是还站得起来，就继续。"

结果下一秒木葛生猛地抬腿一钩，松问童顿时被扯得摔倒在地，接着一把枪抵上他的眉心。

"你输了。"枪口后是木葛生笑眯眯的脸。

松问童把他踹到一边："你这是胜之不武。"

"兵不厌诈，是你说可以用的。"木葛生哈哈一笑，接着整个人瘫倒在地，"累死我了，劳烦您搭把手，把我拖进去。"

松问童也没客气，横竖四周都是沙地，他一手拽住木葛生的脚，直接将其拖进了军营。

整片营地是木司令多年前便建好的，操练场旁边盖着几栋小楼。木葛生先去冲了个澡，换了一身军服出来：“老二，你怎么会来军营？中午没生意吗？”

“你倒还记得郧水朱华。”松问童哼了一声，“昨儿晚上摆满了两层楼的宴席请你，等到半夜都不见人。”

木葛生一愣，心想，完蛋，他昨晚难得见着他爹，居然把这茬儿给忘了。

“那啥……”木葛生自知理亏，打着哈哈道，“要不我出钱，过几天你把厨子、家伙都拉到军营来做一顿，也算给兄弟们加餐。”

这人万年铁公鸡，一毛不拔，此时却要自己出钱，可见是真的心虚。

“滚吧，不缺你那几个钱。”松问童一句话把他顶回去，“你昨晚去哪儿逍遥了？席上你不在，连丰都都派了人来。”

“丰都？他们好死不死来做甚？”木葛生闻言挥挥手，“我这边活人事儿都忙不完，没工夫搭理死人。”

“现在由不得你。”松问童推开窗，从小楼望去，正好能看到不远处的山峰，白水寺若隐若现，“你回来的消息已经传开了。两年前你不在，这件事便一直拖着，现在各家都派人赶来了。

“两天后白水寺银杏书斋，七家群聚，诸子争鸣。”

天方破晓，僧人敲响晨钟，长鸣悠悠，遍传满城。

银杏书斋中有一片水塘，栽满睡莲，塘上用乌木搭建了长桥，通往尽头的水榭。银杏斋主在世时，最喜在此处闲憩，微风帘动，满室幽凉。

乌子虚站在长廊上，看着远处的水榭：“我记得先生在世时，将此处水榭称为‘泛秋声’。小时候我不明白，这里明明是夏季避暑的地方，为何却以秋天命名，后来大了些，以为先生阅尽人间百态，故而眼中秋凉。”

“小时候自己猜着玩儿，也没有找先生问明白，时至今日，竟成了一桩悬案。”说着，他温声一笑，“大师见笑。”

乌子虚身边站着一名僧人，是白水寺住持。

老者低声念了一声佛号，道：“阿弥陀佛，无常子有所不知。”

“哦？请大师赐教。”

“银杏书斋初建时，老衲尚且年轻，那时上代墨子仍在世，亲自主持修建了整座书斋。这书斋大致落成之时，白水寺运来了几车焦木，墨子请僧人帮忙，在水塘中搭成了如今的水榭。”住持缓缓道来，“老衲也是其中之一，那时听墨子说，此处水榭原是在别地建成，原名便是‘泛秋声’。”

“原来如此。”乌子虚恍然，“大师说当初运来的是焦木，难道水榭曾被烧过？”

“未曾得知，但当初运来时确是一片焦黑。仰仗墨子鬼斧神工，这才将其复原。”住持道，“后经多年风霜雨打，故而不太看得出当年的原貌。”

乌子虚沉吟片刻，朝住持敛衽行礼：“多谢大师解惑。”

“人生在世，常遇迷障，无常子但说无妨。”住持双手合十，“悠悠数十载，上一次诸子齐聚书斋已是多年前的旧事了。”

“是，上次先生去世，蓬莱长生子有事未至。细细算来，自我接任无常子以来，从未见过诸子齐聚。”乌子虚看着远处的水榭，苦笑道，“今日亦然，星宿子未至，老四也未必会来。”

乌子虚今日穿着一身古服，白衣白袜，宽袍大袖，这是聚会时的传统。而远处的水榭比平时扩大了数倍，地板上的机栝打开，向外延伸开去，几乎占据了半个水塘。檀木地面上放置着七扇白纸屏风，围成一圈，屏风前是一张香案、一尊铜炉。

其中三尊铜炉已经点上了信香，轻烟飘散，屏风前各坐着一名白衣人，和乌子虚穿着打扮相同。屏风后也站着许多人，列为一排，衣襟上绣着各自的家徽。

蓬莱长生子，画不成。

朱家长老，朱白之。

药家灵枢子，柴束薪。

乌子虚站在原地观望片刻，摇摇头，走进水榭。

其余三位纷纷起身见礼，相互问候过后，乌子虚在一扇屏风前坐下，从袖中抽出一炷信香，点燃，插入炉中。

烟雾弥漫，片刻后，乌氏的屏风后便多了两人。一位是青衣判官，手持牙笏。另一位是少女，头梳双髻，戴一副白纸面具，正是太岁大爷乌孽。

朱白之见状，抚了一把白须："今日乃七家齐聚之日，为何有丰都判官现身于此？"

乌子虚尚未开口，已被乌孽打着呵欠撅了回去："哟，老哥哥，还没死呢？"

朱白之是朱雀一脉辈分最高的长老之一，有近千年的修为，而乌孽是太岁大爷，九百多年前便定居丰都，两人都算得上诸子七家中年纪最大的。朱白之清瘦、矍铄，额心有一道红纹，闻言扫了趴在屏风上的乌孽一眼，淡淡道："姐姐看来贵体安康。"

"哪有？比不得哥哥松形鹤骨，您这一走出去，外人还当咱家是您孙女呢。"

"不敢欺姐姐辈分。"

乌子虚看着两人你一言我一语，悄悄松了口气。乌孽不常来七家聚会，一来嫌麻烦，二来觉无聊。但星宿子年纪尚幼，前几次七家聚会皆由朱白之代为出席，朱白之辈分高，又素来不喜言笑，连银杏斋主见了都客客气气。木葛生一向不知天高地厚，乌子虚担心对方言语冲撞，这才特地把乌孽请来，两害相权，朱白之总不至于和小辈置气。

乌孽和朱白之的对话一直是七家笑谈，两人都年纪太大，谁也算不清双方到底有多少岁。朱白之坚称乌孽比自己年长，不肯言语间错了长幼。乌孽更不干，被个老头子叫姐姐，听着自己就像鹤发鸡皮的老太婆。两人谁也不肯让步，看似祖孙辈的人“哥哥”“姐姐”地互相称呼，着实有几分好笑。

不过遍数七家，也只有乌孽敢这么撅人。她脸上戴了副白纸面具，一会儿变一个花样，时而露齿一笑，时而泫然欲泣，又变出个滑稽的鬼脸，朝朱白之噘嘴龇牙，热闹得不像话。

水榭中的安静被稍稍打破，气氛缓和些许。乌子虚四处打量一番，正好和柴束薪目光对上，对方视线一转，示意面前的信香。

铜炉中的信香是有讲究的，每一家至，便开炉燃香，直至最后一家的信香点完，若还有人未到，便算作缺席。

乌子虚方才在水榭外徘徊许久，眼看着柴束薪的香也要点完了，这才缓步入内。但他也拖延不了多少时间，一炷香，最多还有半个时辰。

乌子虚叹了口气，朝对方摇了摇头，木葛生肯不肯来，他真说不准。

此时木葛生正在城郊练兵。

他引进了西方军校的训练方法，虽然先进，但毕竟刚刚接触，官兵都需要时间适应。木司令虽说是让他守城，但等于把整座城的大小事宜都扔给了他，每天除了练兵，还有一大堆事，他忙得起早贪黑。好在他对这些东西本就不陌生，军营里也有不少当年便熟识的弟兄，除了辛苦些，上手很快。

木葛生刚看完一遍训练，把该交代的交代了，回去冲了个澡。他洗完一出来，就看见松问童站在门外，手里抱着白衣。

“做甚？”木葛生看着松问童手里的东西，“谁死了？大早上就来哭丧？”

“去银杏书斋。”

“过几日再去，我这两天忙得四脚朝天，待会儿还有一堆文件要看……对了，老二，你要不忙，帮我练练兵呗，有几个新兵蛋子不服管，你去揍他们。”

松问童站在原地没动，只看着他，不说话。

木葛生被他看得没辙，挠头道：“不是吧，前几日刚打过，我这腰还青着呢，又要打？”

“我知道我们前几日打过，”松问童总算开了口，“你打赢了。”

“老二，你别这么客气，我不习惯——”

“你打赢了，我便陪你。”松问童打断他的话，“你听得明白，别装傻。”

木葛生一句话噎在喉咙里，梗着脖子看着他。

四目相对，最终木葛生先败下阵来，叹了口气：“知我者，谓我心忧；不知我者，谓我何求。”说着看向松问童，苦笑道，“服了你了，明知我不想去，也就老二你能做到这份儿上。”

“去不去是一回事，当不当天算子又是另一回事。”松问童淡然道，“墨子之责，我只负责把你带过去。剩下的，若有人逼你，先问过我手里的刀。”

“得。”木葛生拽过松问童手里的衣服，胡乱一揉，“到山脚再找个地方换，在军营里穿这个，画俩红圈就是活靶子。”

水榭中，乌子虚的香即将燃尽。

画不成道：“时辰快到了。”

画不成是现任长生子，亦为蓬莱掌门，修道之人容颜少逝，他白衣古冠，是青年的样貌，眼神无悲无喜，如同雪中白鹤。

蓬莱一脉以门派为盛，又是仙道之人，画不成更是如今诸子中最年长者，几乎有一家独大之势。但他素来安静、无为，多年来甚少出世，甚至连银杏斋主去世时也未来吊唁。乌子虚是第一次见他，吃不准对方是什么意思，乌孽也没说话，面具变成一张白脸。

柴束薪却开了口："还有半刻钟。"

朱白之面色不豫："恩师去世，不来吊唁，七家齐聚，迟迟未到，天算子此人——"

画不成神色淡淡的："他尚不是天算子。"

柴束薪跟着开口："香未烬，不算迟到。"

"灵枢子言之有理。"一道身影大步进入水榭，是松问童，他穿着白衣，背上依然背着舐红刀，一把将手中信香插入炉中，"墨家至，烦请诸位再多等半个时辰了。"

诸子神色各异，屏风后传来一阵低声私语。

松问童一撩袖袍，坐在案前。墨家多代一脉单传，无亲眷无子弟，他是唯一屏风后空空如也的一家。

乌孽看着水榭的情形，面具变作一个大笑脸。

木葛生和松问童一道进的银杏书斋，此时正在香堂。

仍是夏季，窗外银杏尚绿，枝叶沙沙声隔窗传来，阳光透过窗棂，轻尘浮动，树影斑驳。

木葛生敬了一炷香，道："师父，这炷信香，我在您这里点上，就不拿进水榭了。

"当年在书斋，谁都觉得大师兄比我有出息得多，我知道自己在书斋待不长久，便将几年时光当作偷闲，素来不知上进。少年轻狂，过便过了，将来酒酣大醉，也是难得的一场好梦。

"我着实没有想到，您会把天算子之位传给我。您是知道的，军人与天争命，本就不信命，四十九枚山鬼花钱，弟子愧不敢受。

"那年接到老二来信，得知师父去世，午夜梦回，想起您当初收我入门时说过的一席话。'不求深明大义，但愿无愧于心。'如今世事纷纭，学生步步斟酌，自问无能评判对错。

"千言万语，只为一声家国。"

一盏茶后，水榭外传来放声的长吟：“青青子衿，悠悠我心。”

有青年翩然而至，他裹着白色的大袖，衣袂飞扬，像踏春方归的游人，临水而浴，风乎舞雩，咏而归。

四周顿时静了下来，众人目光聚在一处。青年缓步踏入水榭，站在天算子的屏风前，俯身一拜，又转身朝众人拱手，安静地笑了笑。

众人见礼，朱白之率先开口：“木公子为何不入座？”

“师父高位，弟子不敢坐。”

方才松问童已将水榭中人对他介绍过一遍。木葛生执了个晚辈礼：“朱长老见谅。”

朱白之说话不兜圈子，开门见山道：“这么说，天算子之位，你是不想接了？”

“不是不想，实为不能。”

画不成开口道：“你是银杏斋主生前指定的继承人，他挑出的弟子不会不能。”

朱白之一声冷笑，道：“只怕是不愿。”

“长生子，”木葛生朝画不成拱手，道，“我大师兄就在蓬莱客居，师兄之能胜我数倍，实在是比我更好的人选。”

“林眷生已入我蓬莱门下。”画不成淡淡道，“我此番前来，他让我给你带一句话——‘谨遵师命。’”

“既已入你门下，”松问童忽地出声道，“不知这师命遵的是先生的还是你的？”

“并无区别。”画不成道，“当年蓬莱到银杏书斋求一人，定有十年之期，到蓬莱后十年不可出山门。天算子算无遗策，不可能预料不到此事。”

松问童一皱眉：“你是什么意思？”

“墨子也曾在我蓬莱求学，向来聪颖，不会听不明白。”画不成看了松问童一眼，环视水榭众人，“蓬莱与银杏书斋定约的那一年，银杏斋主便已确定了下一任天算子的人选。”只是他没有明说罢了。

木葛生亦有过这方面的猜测，但他并不愿多想，此时骤然被人提起，刹那间有些愣怔。他隐约记得那一日，他在月老庙前算了一卦——黄道吉日，宜出行。

但同是那一日，林眷生离开，星宿子来到银杏书斋，而除师父之外的所有人都下了山。那日书斋中发生的种种，都是他们后来从师父那里听来的。

当日究竟发生了什么？这么多事情在同一天发生，他竟从未留意。师父是否有意为之？如果是，他布的又是什么局？

木葛生迅速回神，现在不是想这些的时候，当务之急是推托天算子之位。他挺直了背，扬声道：“想必诸位都知道，我出身木家，家中世代从军。”

“非也。”朱白之道，“老夫看过你的家谱，木家十九代之前是教书的。”

众人哑然。

木葛生：“……”

“老哥哥，那时候，你也是个鸡崽吧？”乌孽插嘴道，“几百年前的事了，计较什么？”

“朱长老所知甚详，想必也明白我如今的处境。”木葛生笑了笑，“我此番留洋归来，势必会投身战场，若贸然继承天算子之位，刀枪无眼，一旦命殒，只怕于各位而言是更大的麻烦。”

“这两件事并不冲突。”朱白之道，“历代天算子从军者不在少数，你出身天算门下，理应明白这一点。”

“晚辈明白。”木葛生点点头，话锋一转，“第七代天算子出身侯门，随军远征而大败敌国，从此远戍边关；第十七代天算子家世清寒，少年从军，最终位列将相；第二十三代天算子入军帐为谋士，后叛入他营，亲手弑旧主；第二十六代天算子明知大厦将倾亦不弃幼主，最终被乱军斩于马下……”

木葛生滔滔不绝，天算子绵延百代，其中从军者被他一一道来，满室寂静，唯一人铿锵有声。

最后他吁了一口气，缓缓道："然而历数前代师祖，或进或退，或攻或守，或忠或叛，其中动机不过二字——天命。其间种种抉择，皆由山鬼花钱所算卦象决定。"

"天算子算天命，"朱白之道，"有何不妥？"

"诸子七家绵延数千年，以天命为旨，在重大时刻做出抉择，为众生掌舵。"画不成道，"此乃七家根本，天算子之卦，七家无有不遵。"

"您说得对。"木葛生笑笑，"此乃七家根本，却并非军人根本。天算子算天命，顺势而为；军人不信命，亦不认命。"

朱白之沉了脸色："竖子休要胡言。"

"木葛生出身木家。"柴束薪淡淡道，"他说的是实话。"

"晚辈所言，真心诚意。"木葛生道，"假如哪天我算了一卦，要我背弃自己的部下转头叛逃，我是万万做不到的。数万人之命，并非四十九枚山鬼花钱可决定。"

"天不得时，日月无光；地不得时，草木不长；水不得时，风浪不止；人不得时，利运不通。"画不成一挥拂尘，神色淡然，"时也，命也，运也。[1]你太年轻了。"

"长生子见笑。"木葛生扬声道，"晚辈年少轻狂，故斗胆一搏。"

阳光下，青年抖开袖袍，将白衣掷去，露出一身军装。

刹那间四下俱寂，屏风后随之传来巨大的喧哗。

"众生肃静。"画不成一甩拂尘，声音如水波般远远传开，继而看着木葛生，道："诸子之位，向来无法勉强，你若执意如此，我等亦无法强求。"

木葛生刚要松口气，却听见对方又道："如你这般的，天算一派不是没有出过，但天算子之位从未无人继承，并非有了其他选择，而是那些人最终还是会回到命运的轨道上。"

1 出自吕蒙正《时运赋》。

“万般皆是命，半点不由人。”画不成起身，与木葛生平视，“有时轻狂的代价并非只是浅薄的血泪，与天争命，你要做好准备。”

木葛生笑了笑，一步未退，拱手道：“晚辈受教。”

第九章

历代诸子七家，真的听从天算子之命吗？

“我觉得长生子是为你好。”松问童在小厨房里炒菜，火苗蹿得老高，“虽然那家伙说话不怎么中听，但都是实话。”

木葛生躺在房檐上：“嗯，听得出来。”

“所以你打算怎么做？”

“我饿了。”木葛生从窗口探出个脑袋，“开个会也能开这么久，咱们吃啥？”

松问童一铲子掀过去，被他闪身躲开。

“闻出来了，牛腩焖锅——记得少放点儿辣。”

聚会一直持续到下午，众人刚刚散去，木葛生实在没有想到能聚这么久，饿得前胸贴后背，瘫在房顶上纳凉，头顶银杏树枝繁叶。

“舒坦。”他怀念地叹了口气，“多少年没上过房了。”

“刚刚还在水榭大放厥词，”松问童哼道，“一会儿工夫就原形毕露。”

“这不等你做饭嘛，偷得浮生半日闲。”木葛生道，“就这一顿。接下来一段时间我都得住军营，要忙的事情太多，估计有段日子见不着了。”

“想吃什么，找人去邺水朱华说。”

“得嘞，要给钱吗？”

“你找揍还是怎的？！”松问童的怒喝传出老远。

正要推门进来的乌子虚吓了一跳：“老四又怎么你了？”

“老三，你来得正好。”木葛生喜上眉梢，“这可不够吃了，让老二加菜。”

话音未落，松问童反手甩出一根筷子，擦着乌子虚耳鬓掠过，没入门扉：“你来便来，跟着个身后鬼是做什么？”

门后转出一人，躬身施礼：“墨子明察秋毫。”

“来时我就想问了，”松问童一边切菜一边道，“七家之事，乌孽来了便罢，你个丰都判官来凑什么热闹？死太久嫌命长吗？”

门前站着一名男子，手打黑伞，青衣白面，正是阴律司判官崔子玉。“下官并非有意冒犯。”崔子玉唱戏似的拖着长腔，说起话来尖声细气，“其中原委，还请诸位听我一一道来。”

“少废话，刚听人扯了一上午。”松问童将泡好的牛肉提出水盆，啪地摔在砧板上，“你敢在我这儿说书，我也不介意拿你下酒。”

银杏书斋众人与阴律司素有渊源。当年松问童与木葛生第一次大闹丰都，就是在阴律司领的罚。那时众人第一次见崔子玉，那判官拿着罪状在堂上一条条陈述，长腔拖嗓比现在还离谱，木葛生听得快睡着，松问童听得暴躁，拎着刀上去把他打了一顿，接着自己一口气把罪状念完，下去领罚。

当堂打判官，原本罪加一等，但崔子玉睁只眼闭只眼地把这件事压了下来。也是从那以后，这位判官大人说话的毛病总算有所改善，虽然仍是催人尿下，但总不至于念个罪状都要念半天。

木葛生跳下房檐，从灶台上顺了一只卤鸡爪子：“崔大人前来所为何事？”

“见过木公子。”崔子玉躬身行了一礼，“下官此次前来是想求一卦。”

松问童一听就火了：“你找死？”

“老三，你拦着点儿老二。”木葛生挥挥手，转头朝崔子玉笑道：“崔大人，上午的事儿您也看见了，我无意继承天算子之位，不过是师父座下一个孽徒，您现在求我算卦，大家都不好看。”

话虽如此，木葛生却在心里反复思量，刚刚他说的道理，崔子玉不可能不懂，即使如此，对方依然上门求卦，那么所求绝非小事。而崔子玉又是老三带来的，证明此事与丰都有关，并且乌氏也牵涉其中。丰都能人异士颇多，判官却大动干戈入世请人，天算门下如今只剩两人，大师兄在蓬莱无法出山，剩下的便只有他。

到底是什么事，非要请天算一脉起卦？

木葛生心念急转，听见崔子玉道："木公子可知丰都城西关？"城西关，阿鼻之地，阴兵出关。这个名字实在太有分量，连崔子玉说出口时也少了一咏三叹，语气慎重。

木葛生心说："我可太知道了，我在那儿干过什么，说出来能吓死你。"

连松问童都是一顿："城西关怎么了？"

"既知城西关，想必诸位也知道阿鼻之地里面有什么东西。"崔子玉道，"阴兵出关，逢乱必至。近年来天下大乱，地脉不稳，城西关中阴兵异动越发频繁，关内恐有大变将生。"

木葛生问："所以呢？"

"城西关内生变，会直接影响到丰都甚至华夏地脉，十殿阎罗都在早做准备。但天意难料，故派下官向木公子求取一卦，算一算下次阴兵出关的时间。"

"关内生变，让阎罗趁早派人镇压便是。"松问童道，"算什么阴兵出关时间？"

"阴兵不出关，即使是阎罗也无法强行将其唤醒后镇压；反之，即使十殿阎罗出手，也未必能保证十拿九稳，一旦阴兵暴动，甚至会危及丰都。"崔子玉长揖到地，"生死存亡之际，多一分准备便多一分胜算，请木公子垂恤。"

木葛生沉吟片刻，缓缓开口道："崔大人，您此番来求的可不是一般的卦。"

"下官明白。"

"当年我和老二年少莽撞，银杏书斋欠着您的人情。"木葛生叹了口气，“改朝换代并非从未有过之事，天下大乱也不是一次两次，但我从未听说过城西关因此有过异动，更不曾听说丰都有过如此危机。”

“木公子，”崔子玉道，“如此风云骤变，于华夏而言，亦从未有过。”

木葛生沉默片刻，慢慢地讲：“是啊。”

“早已不是简简单单的改朝换代了。”

片刻后，崔子玉俯身道谢，原地消散。

三人一人端着一只碗，蹲在台阶上吃饭。

松问童吃得很快，不一会儿就回厨房去添饭，又沏了一壶茶出来：“你这么做是自找麻烦。”

“事已至此，老二，你不如说点儿有用的。”木葛生把菜全拨到乌子虚那边，换他碗里的肉，“我还得找找师父把山鬼花钱放在哪儿了……当年我出国的时候没带走，都交给了师父，不过找不到倒是最好，哪边都不落口实。”

“你别打这种鬼主意了。”乌子虚道，“先生把山鬼花钱交给了白水寺住持保管，七家都知道这件事。”

木葛生傻眼：“我怎么不知道？”

松问童嗤笑：“你又不接天算子之位，好意思自称七家中人？”

“不是七家中人，还得帮七家做事。”木葛生连连摇头，龇牙咧嘴道，“个个都是剥削阶级——老二，你是不是把辣椒罐子砸锅里了，怎么这么辣？”

“辣死活该，爱吃不吃。”

“不辣，你喝什么茶？”

两人说着就开始拿筷子互戳，乌子虚被夹在中间，无奈道：“这么大人了，吃饭怎么还跟孩子似的？还要我哄你们吗？”

木葛生把碗往他面前一伸：“那老三你说辣不辣？”

“刚刚都在听崔判官说事，老二没留神，手抖也有可能……”

松问童啪地撂了筷子：“那你别吃了。”

乌子虚立刻变节："不辣。"

"不是吧不是吧。"木葛生嚷嚷开了，"老二，你那郸水朱华就是这么做生意的？你良心喂狗了？"

乌子虚："他有那种东西吗？"

松问童："喂你了！"

三人你一言我一语，眼看就要吵起来，院落大门再一次被推开。

"打扰。"是柴束薪，"白水寺住持请木葛生去一趟禅房。"

"三九天，你还没走？"

柴束薪没什么表情："刚刚和住持下了一盘棋。"

"那你还没吃饭？"木葛生站起身，朝后指了指，"老二做了牛腩，要不要一起吃？"

乌子虚点头附和："正好，我们四个也有许久没有一起吃饭了。"

"你不早说？"松问童踹了木葛生一脚，"刚刚是最后一碗，没了。"

"那么大一锅，没了？"木葛生难以置信，"老二，你吃了几碗？"

"老子做的饭，你有什么意见？"

"我数了。"乌子虚举手，"六碗。"接着，头被一巴掌摁进碗里。

"老二，得亏你长得好看，要不就这饭量，你肯定'嫁'不出去。"木葛生啧啧地感慨，眼明手快地避开松问童扔来的筷子，接着犯了难：柴束薪是他开口留下的，这人看起来也没有走的意思，拿什么招待？要不他自己下厨再做点儿？

柴束薪好像看出了他的心思，道："不必麻烦。"

"老四，你也盛了三碗吧？好意思说我？"松问童还在嚷嚷。

这句话倒是提醒了木葛生："这是我刚盛的一碗，还没吃，要不你尝尝？"他将手里的碗筷塞给柴束薪，"老二做的牛腩焖锅，味道还不错。"

松问童顿时住口，朝乌子虚递了个眼神：这人疯了吗？

乌子虚看起来也面露诧异，虽说他们都是少年相识，情谊非常人可比，他们三个也经常互相抢对方的饭吃，但柴束薪是药家人，素来喜净，当年他来银杏书斋住了一个月，和他的房间相比，他们仨的屋子简直就是狗窝。

众目睽睽之下，只见柴束薪面不改色地接过木葛生的碗，开始动筷。

院内落针可闻，所有人看着柴束薪吃完了一碗饭。木葛生也有些愣，他一开始确实抱着捉弄柴束薪的意思，谁知事态发展太过顺利，反倒出乎他意料。

柴束薪把碗递给木葛生，刚要开口，却突然一阵咳嗽。

乌子虚顿时转过头："老四，你又戏弄人？"

"啥？"

乌子虚指着不停咳嗽的柴束薪："你在碗里下药了？"

"开什么玩笑？我在你眼里就是这种人？"

"难道不是吗？"

却见柴束薪摆摆手，竭力平复呼吸，低声道："有没有茶？"

乌子虚一愣："茶？"

"太辣了。"

松问童："……"

院子里传来木葛生得意扬扬的大笑声。

白水寺，禅房。

"当年银杏斋主将此物托付与老衲，"住持拿出一只木匣，"如今是时候物归原主了。"

四下极静，两人跪坐在白竹编织的团垫上。木葛生看着墙上悬挂的手书，墨迹淋漓，恣肆狂放，是一笔狂草："果然大家风骨，是大师的收藏吗？"

住持平和地笑笑："是银杏斋主当年亲笔所赠。"

木葛生吃了一惊："这是师父的字？"

在他的印象中，银杏斋主字迹清峻，尤善柳体，如此豪放不羁的草书，他实在难以想象出自病骨支离之手。

“先辈匣中三尺水，斫取青光写楚辞。此句出自诗鬼李长吉。”住持缓声道，“诗意肃然而有杀伐之气，本不适合古寺禅房，但银杏斋主去世之前曾托请老衲将这幅草书悬于此地，其中用意或许只有木公子才能懂得。”

“师父造诣，我所学不到一半。”木葛生闻言摇头，“大师可知师父生平？”

“天算一脉历代独行，斋主是三十多年前在寺中建立书斋，再往前，便是老衲也不知的过往了。”

“三十多年前？”木葛生叹了口气，“师父他看起来也不过而立之年。不瞒您说，我对师父的生平过往一无所知，天算子不入生死簿，连丰都也查不到。如今想来，我们这帮做弟子的实在不孝。”

“往者不可谏，来者犹可追。”住持低诵佛号，“如今木匣物归原主，终不负斋主所托。”

“今日所做之事，我本心有忧虑，但看到师父的字，似乎一切尽在他意料之中。”木葛生笑笑，“如此，我亦心安不少。只是我取走山鬼花钱之事，还请大师勿要告知另几家。”

“公子放心，老衲所受并非七家，而是银杏斋主一人。”

木葛生辞别住持，回到书斋内，走进香堂。

住持交给他的是一只相当普通的木匣，没有丝毫装饰，也没有锁片铜扣，看起来更像一块光滑的方木。

木葛生将手放在匣子上，正琢磨着怎么打开，只听咔嗒一声，木匣正中出现了一道缝隙。

木葛生见状一笑，掀开盒盖：“不愧是墨家手艺。”

木匣中是四十九枚山鬼花钱、一封书信、一只锦囊。

木葛生拆开书信，只见上面是十四个字：

丰都来人，得花钱；遭逢大变，开锦囊。

他愣了愣，突然发出一声大笑："师父啊师父，您老人家是不是什么都料到了？"继而话锋一转，"还'遭逢大变，开锦囊'，您老以为自己是孔明呢？再说，人家军师给赵云的锦囊足有三个，您这太穷酸了，要不要这么抠门儿？"说着收起锦囊，将花钱一把倒了出来，却又在匣底发现一张字条，依旧是银杏斋主的字迹："你又不是赵子龙，莫要嫌弃为师穷。"

木葛生："……"

不得不说，师父终究是师父，把自家徒弟了解得通透。

木葛生哑口无言，只得收起花钱，将木匣放在香案之上，毕恭毕敬地磕了三个头。

次日，丰都收到木葛生的书信："阴历九月二十，阴兵出关。"

接下来一连数月，木葛生忙得脚不沾地，往往是深夜倒头睡去，第二天天不亮就爬起来干活儿。部队训练初见成效，但依然有一堆令人焦头烂额的事等着他。国内武器配备与国外差距太大，大多以中正式步枪为主，射程落后很多。

"前清还签了什么国际公约，"木葛生站在靶场上骂骂咧咧，"军队禁用达姆弹。"

达姆弹杀伤力极大，弹头进入人体后会膨胀变形，因此又被称为"开花弹"。然而国内军队经费严重不足，只配有轻重机枪、手榴弹，枪榴弹、掷弹筒等一概没有，至于冲锋机枪、卡宾枪，老兵们更是连听都没听说过。木葛生气得三天两头就要骂娘，他在国外穷是穷，但早知如此，把木府卖了也要运一批装备回来。如今国内战局四起，交通封堵，便是有钱也只能望洋兴叹。

木司令虽然把儿子当狗养，但留给他的部队已经是国内武器配备最好的，全国只有二十六门炮，难以想象前线会是什么样。最后还是老兵想出了主意，中正式步枪射程短，就只好在杀伤力上做文章——把子弹头在石头上磨秃，形成一个砂面，打中目标后能在人体里翻跟头，往往能造成重伤。

在国外学了一大堆，回家要钱没钱、要粮没粮，还是得用土法子，木葛生觉得自己出国四年简直白瞎，不如跟着他爹去打仗，再不济做生意挣钱，总好过现在干瞪眼。

反倒是老参谋看着他呵呵笑："小少爷长大不少。"

"您就别损我了，等我爹回来再给我娶个媳妇儿，我就也要当爹了，哪里还小？"木葛生又是忙了一整天，匆匆扒了两口冷饭，"再说，眼下这个时局，谁还有闲情当少爷？"

老参谋把电报本留在桌上，走之前还是笑："小少爷说得是。"

老参谋是木司令带出来的老兵，几乎是看着木葛生长大的，木葛生不敢跟老人家顶撞，只好低头猛扒饭，被噎得险些上不来气，翻箱倒柜地找热水瓶："谁家少爷吃这个？"

他好不容易找出热水瓶，结果瓶中空空如也。

木葛生只得去接水，顺路去通信室打了个电话："喂？赵姨，老二在吗？"

松问童刚好在关山月，过来接了电话："做甚？"

"明天来给你爹我送饭——"木葛生话未说完，远处突然传来惊天动地的一阵巨响，通话戛然而止，只剩一阵忙音。

整座军营都被惊动了，木葛生扔下热水瓶就往楼顶跑，城郊地处高地，楼顶可以俯瞰半座城，刚刚他听得很清楚，动静是从城内传来的。

木葛生飞奔上楼，只见远处烟尘四起，冷风呼啸，视觉受限。他让跟来的勤务兵给他拿了副望远镜，又掏出几枚花钱，按照城中起烟的地方排列，最后看着花钱摆出的阵状，神色一变。

“今天是几月几号？”他问一旁的勤务兵。

勤务兵看他脸色严肃，立刻道：“10月23号。”

10月23日正是阴历九月二十。木葛生拔腿便跑，匆匆丢下一句：“派一小队人去帮忙，其他人员原地待命，没有我的命令，谁也不许进城。”

木葛生嘴上说着不许其他人妄动，自己却身先士卒进了城，一路狂奔到乌宅，连门也没敲，直接翻了进去，正撞见往外走的乌子虚。

“你来得正好。”乌子虚一把抓过他，“电话线断了，我正要去城郊找你。”

木葛生注意到他手里拿着的姑妄烟杆：“方才城中异动是不是与丰都有关？”

“阴兵出关。”乌子虚言简意赅，“阎罗们要拦不住了，太岁大爷和家中长老们已经赶过去，我把该交代的告诉你，你记好——”

“我一直都想问，”木葛生抢过话道，“阴兵出关到底出的是什么关？”

“城西关。”乌子虚道，“阴兵出关，万鬼压境——阴兵被镇压在阿鼻之地，和关内怨魂厉鬼此消彼长，是为平衡。但大乱之世怨气暴涨，平衡被打破，阿鼻之地就镇不住这些东西了，阴兵一旦攻破城西关，丰都内必然生灵涂炭。”

木葛生反手抓过人：“你也要去？”

“你是木家人，我是阴阳家人，”乌子虚看着他笑，“彼此彼此，老四，你还有什么想说？”

“你有几成把握？”

“很难说。”

“……活着回来。”

“那当然。”乌子虚拍了拍他的肩，“此处故里，死后魂归，便是真的阴阳两隔，也必然要回来找你们的。”

送走乌子虚，木葛生掏出花钱卜了一卦，找到城中最危急的一处，匆匆赶到。只见岔路口陷落，出现一个大坑，深不见底，阴风阵阵，他当即认了出来。这是当年老五走丢的地方，也是阴阳梯，连接阴阳两地。

除了阴阳家，阴阳梯非大能不可开，当年的阴阳梯就是太岁大爷乌孽亲手打开的，如今却自动现世，说明地脉出现了大乱，丰都城内的状况不是一星半点的棘手。

深更半夜，居民都被异动惊醒，街道上围满了人，喧哗声此起彼伏。

木葛生甩出一枚山鬼花钱，将四周阴气镇住，继而从旁边商铺房檐上摘下一串红灯笼，在大坑周围围成一圈。

“大家静一静！”木葛生扬声道，“地面年久失修，出现塌方，请各位千万绕行！夜深天黑，乡亲们先回家睡吧！明天会有人来修！”

当务之急是先把众人驱散，阴阳梯一开，不知会跑出什么东西，时局已经够乱了，再有些什么神神鬼鬼的玩意儿出来，整座城的人怕是都要疯。

“长官，”有老妪拄着拐问道，“是要打仗了吗？”

“刚刚怕不是有炮打进来了吧？”

“不是在南边打仗吗？这么快就打过来了？”

木葛生听得一愣，这倒也是个说法，他就顺势说道：“最近不太平，大家先散了吧！聚在一起更容易成靶子！守城官兵会保证诸位的安全！”

“你是谁啊？”有人注意到木葛生，看见他身上的军服，“当兵的？你们守得住城吗？”

木葛生听得此语，众目睽睽之下又不好说什么，只得道：“这位姐姐，您先回去歇着，明天城里出告示，肯定给您个说法。”

“什么说法？从7月份开始你们这群当官的说法就没断过！”妇人眉头一竖，“有本事出去打仗啊！在这儿耍什么官腔！”

“就是啊就是啊！从开战以来就没打过胜仗！你们这群当兵的太

窝囊！”

“一群窝里横的废物！”

“天天要我们纳粮缴税，国家就是被你们这群蛀虫败光的！”群情激愤，简直一石掀起千层浪。

近来时局压抑，所有人都提心吊胆，生怕一不小心就死在兵荒马乱中。

木葛生明白自己这是撞着了，甭管这群人讲的是什么邪门歪道，总之是要拿他撒气。他素来没脸没皮惯了，这帮人骂出花来也不要紧，只是阴阳梯已开，这帮人聚在一起早晚会招来点儿啥，那时候，无数双眼睛、无数张嘴，再横死一两个倒霉催的，鬼知道会传成什么样。

“那……那个……”有人怯怯地开口，是个姑娘，“这位哥哥是木司令的公子，他会帮我们的，大家冷静一些……”

“哎哟喂，”妇人一把抓住她的辫子，“小丫头片子，看见个好看的就帮着说话？你的良心喂狗了？”

“木司令的儿子？当年那个小霸王？”

“他不是出国留洋去了吗？银杏斋主去世，他都没回来，现在回来干什么？”

“欺师灭祖，假洋鬼子！”

木葛生听不下去了，撸起袖子就要骂街，心想，不就是撒泼嘛，这年头谁还不会撒泼？

就在他深吸一口气正准备开口的刹那，突然有人抓住了他的手，低声道：“别骂人，我来。”

木葛生一口气卡在嗓子眼里：“你怎么知道我要骂人？”

柴束薪挑眉看着他，满脸写着“难道不是吗”。

柴束薪不知什么时候赶来的，他将木葛生拉到身后，语调沉稳道：“冬夜天凉，城中药材紧缺，诸位不如先回家暂避，莫要受了风寒。”说着躬身行了一礼，“今日之事，城中不会坐视不管，明日一早，一定给诸位一个说法。”

“说法给了。”木葛生在一旁嘟囔，“年久失修，偶发塌方。”

柴束薪回头看他一眼。

木葛生做了个把嘴合上的手势。

柴束薪常年在城内看诊行医，声名甚佳，他一开口，众人倒不好再说什么，慢慢散了。

他走到木葛生身前：“你独自进的城？”

“派了一队救援，但这边太危险，没叫他们来。”木葛生看了看地上的窟窿，“这是阴阳梯。”

“我记得。”

“底下有东西。”木葛生道，“我暂时用山鬼花钱镇住了，但不是长久之计，必须有人下去把阴阳梯关上。”

“你别来。”木葛生看见柴束薪表情就知道这人要说什么，“你下丰都的次数太少，经验不足，老二呢？叫他过来。”

“关山月塌了一半，墨子正在那边救援。”

“关山月也塌了？”木葛生眉头一皱，“得，那我下去，你在上面帮我看着，别让其他人靠近。”说着纵身一跃，跳入地下。

柴束薪刚要阻拦，一只手伸出去，却扑了空。

浓雾密布，阴冷刺骨。

木葛生掷出花钱，一脚踹开眼前的伥鬼，他站在阴阳梯上，四周弥漫着荧荧的绿光。

阴阳梯从阳间直通丰都，九折回环，其间路程相当漫长，他一路疾行，才走了不到一半，然而沿途已经连杀数只邪祟。这些东西平时从不离开丰都，他曾往返阴阳梯数次，从来没见过楼梯上出现任何东西。

如今地脉不稳，证明丰都城内已然大乱。

木葛生隐隐有些担心，他贸然闯入，确实轻敌。松问童不在，他无法点燃小天灯，只能来一个打一个。木葛生捏着花钱镇住一只邪祟，接着将另一只踹下长梯。而且随着他越发深入，出现的鬼怪越来越多，不能让这些东西跑到上面去，只能就地截杀。同时他必须往下走，走到底，关掉阴阳梯。至于关掉后他怎么出去、丰都内又是怎样一番情形，他已无暇顾及。

雾气越来越深重，水汽仿佛凝聚成形，像一只只湿滑的手，拽着人停滞。木葛生渐渐看不清四周的情形，到处都是雾，只有阶梯向下无限延伸。他猛地停住了脚步。

不对劲，有什么东西明显不对劲。

与此同时，丰都，城西关。

从上方俯瞰，阿鼻之地的阴兵尽出，却不似往日森严，而是如攻城般冲击着城西关的城墙。城头伫立着各方丰都官，带领兵将交战，地动山摇，石破天惊，邪祟号哭，马声嘶鸣，阵阵阴风形成一个个旋涡，彻底将城西关变成了修罗场。

“稳住！四方稳住！”崔子玉站在城头，被狂风吹得东倒西歪，“东南方压住！不要乱了阵！”

极高处悬着数道身影，分别是十殿阎罗，以及乌孽与乌子虚。其中一位阎罗开口道：“大爷这一阵，救丰都于水火。”

“咱家是死人，不在意那些有的没的。”乌孽站在半空嗑瓜子，看向身边的人，“此阵一开，万鬼尽出，丰都之难可解，但你将身陷囹圄，可想好了？”

“丰都不可陷。”乌子虚摇了摇头，“请您开阵。”

“身在地狱，不知阿鼻。”乌孽吐出瓜子皮，云淡风轻道，“要咱家说，打一架正好，丰都越来越挤了，十殿阎罗管不了，正好让阴兵来清个场。”

少女的话有如明晃晃的巴掌，然而阎罗们未露怒色，只是道：“大爷三思。”

“你们确实该三思，这关内的东西要是出来了，可不见得会听十殿阎罗号令，到时候丰都谁的位子都坐不稳。”乌孽似笑非笑地看了乌子虚一眼，“包括乌氏，对吧？”

乌子虚沉默不语，只是朝乌孽深深躬身。

乌孽瞧着他叹了口气：“世间安得双全法，自古忠孝难两全。罢罢罢，不孝儿孙。”

话音未落，乌孽猛地凌空起跳，跃至战场正上方，双手翻花，结出一串复杂的纹印，刹那间光华流转，一只花球凭空出现。

乌孽再度纵身一跃，城西关上方的浓云层层散开，她独自站在极高处，纤腰对折，顿首低垂，像忘川天光墟中表演百戏的少女，在十二重案上戏耍一只花球。

杀伐声皆为丝竹，破阵而舞。

崔子玉抬头看着半空中的那个身影，粗粝的金光描摹火焰，勾勒出一道燃烧的红。

最后乌孽凌空一抛，手中花球冲天而起，在半空炸开，形成一朵赤色的莲花。乌孽在花心盘腿垂首而坐，一手指天，一手指地，有金色篆文自四周浮现，莲花从含苞至结蕊，缓缓绽放。

世人皆以为只有金吾灯能点燃丰都长夜，但此时半空莲花绽放，流光溢彩，煌煌通明如白昼。

与此同时，城西关下有大阵冲天亮起，与空中那光圈交相辉映，将无数阴兵包裹其中，天地俱寂，而光芒灿烂如虹。

十殿阎罗列于城上，纷纷低头。

乌子虚看向半空，轻声道：“幽冥万古长夜，太岁趺足坐莲。

“无量其间。”

崔子玉站在城门外，朝高处的光华长揖，身后万灵伏跪，绵延不尽。

许久后，莲花凋零，光芒降落，丰都城重新被黑夜笼罩。而城西关内空空如也，阴兵尽数消失不见。

木葛生听到了滴水声。

起初他以为自己到了忘川河畔，但四周浓雾依旧徘徊不散，忘川水边是不会有这么重的雾气的，他环视四周，发觉不知何时那些不断纠缠的怨气都失去了踪影。

邪祟气深重，不会轻易消退，丰都发生大乱，正是流窜的好时机，如今突然消隐，要么是丰都之乱得到解决，要么就是它们在避讳什么东西。

四下俱寂，只有延续不断的滴水声。

滴答，滴答，滴答。滴答，滴答，滴答。

水声似乎从前方传来，又似乎来自四面八方。木葛生下了几级台阶，试探着朝前方伸出手，摸到满手冰凉。

他触摸到的并非水，而是某种坚硬的物质，如皮革般粗粝。他眼神一变，迅速抽身后退，下一刹那一道刀锋迎面劈来，破开浓雾，朝着他刚刚站立的地方直挥而下——

他刚刚触碰到的是一具盔甲！

木葛生脑子嗡地一下，丰都顶盔掼甲的官吏不在少数，但将最近发生的种种串联在一起，他第一时间想到的可能性只有一个——阴兵！他竭力扭头一看，只见台阶上青石崩裂，一把青铜大刀横劈其上，刀柄轰鸣，却不见持刀之人。

阴阳梯由九幽青石所建，幽冷、坚硬，绝非凡铁可破。木葛生还没来得及喘口气，脚下台阶一阵剧震，轰隆隆的马蹄声自地底深处传来，还夹杂着隐隐约约的梆子声。

瞬间，木葛生的脸色就变了，盔甲、青铜刀、马蹄、梆子声——就算他是白痴，也反应过来了，毫无疑问，本该在城西关内暴动的阴兵，不知什么原因，竟然流窜到阴阳梯了！

阴阳梯在忘川水畔，与阿鼻之地相去甚远，阴兵要想闯入，至少要横穿整个丰都城。丰都内究竟发生了什么？十殿阎罗、十大阴帅、四大判官，还有阴阳家，居然全都拦不住？

木葛生不敢托大，与阴兵交手，他绝没有胜算，正要抽身飞速而退，接着猛地一顿——

他退了，头顶一城百姓，谁来守？

若不退，他很清楚，他必然不敌。

千钧一发之际，木葛生心念急转，当务之急是绝不可让阴兵登上阴阳梯抵达人世，他不能回头，只能往下走，一直走到底，关上阴阳梯，将阴兵困于千万级石阶之间，才能博得一线生机。

没别的办法了。马蹄声已经近在一射之地，木葛生抽身回转，调整呼吸，点了自身几个穴位。这是他从松问童那里学来的一个办法，可以使五感更加敏锐，提高步速，令心脏血液更快地供给全身，而使人精神亢奋，但也有一个缺陷——痛感会翻倍。

跑在最前方的铁骑已经离木葛生很近了，他快速俯身，一脚踢上马腹，战马受惊，马上的阴兵摔落在地。木葛生趁势拉住缰绳，抛出两枚花钱，一枚砸上阴兵头颅，一枚塞入战马口中。阴兵被山鬼花钱镇住，一动不动，木葛生抽出对方手中的斩马刀，跨上战马，一刀砍落身后阴兵的头颅，接着反手一挥，划出一道刺眼的青色弧光，斩断前方战马的马足。

木葛生明白自己不能和阴兵对刀，他不善于使用冷兵器，拿在手里，只能顺势挥动，刚刚那一斩若是出自松问童之手，足以掀翻一丈之内的所有铁骑，而他只能取巧斩断马足，等阴兵摔落时趁势穿过。他的目的不是迎战，而是制造混乱：一方面阻挡阴兵前进，一方面给自己可乘之机。

眼看前方阴兵大乱，木葛生打马冲入阵中。放在平时，此举无异于找死，但这些阴兵似乎刚刚经过一场大战，实力多有消减。他叼着一枚山鬼花钱，极力避开四周的攻击，但马上作战并非他所长，没过多久，他身上就挂满了大大小小的伤，最深的一道伤在腰上，被一刀切开，鲜血横流。

跑，拼命地跑。木葛生用山鬼花钱催动战马，一人一马几乎快成一道残影。

加倍的痛感抽打着神经，木葛生竭力保持清醒。他一路估算着距离，剩下的阴阳梯已经没有多长了，只要到达底部，他就能用山鬼花钱强行将长梯封印。

然而下一瞬间，木葛生忽然觉得头顶一暗，巨大的阴影朝他压了过来！那是一名极为高大的阴兵，驾着黑色的战马腾空而起，正朝他的头顶狠狠踏下！

木葛生来不及指挥战马远避，匆匆掏出马嘴中的花钱，翻身一滚，堪堪避开落下的马蹄，整个人砸在青石台阶上，向下滚了很远，最后一头撞在一座青铜灯台前。

木葛生满脸是血，拼尽全力站起身，他知道自己走到阴阳梯的底了，这座青铜灯台就是阴阳梯的尽头，不远处有水声传来，正是忘川水。

方才追杀他的阴兵在不远处勒马，一阵嗤嗤声传来，仿佛谁在隐秘地狞笑。木葛生朦胧中看到不远处有人举刀，是个投掷的动作，瞄准的是他的头颅。他吐出嘴里的花钱，随之而出的是一大口血，接着他用食指蘸血而书，飞速在地上画下一道复杂的符文。

空中传来尖锐的长啸，直冲他的眉心，木葛生来不及躲避，暴喝一声："闭！"

下一秒，撕心裂肺的痛感从头顶传来，他眼前一黑，彻底失去了意识。

木葛生听到了梆子声。

天上飘洒着一场大雪，目之所及，皆为纯白。

木葛生躺在雪中，听到有歌声平地而起，悠悠漫漫，时远时近，忽而如丝如缕，忽而如水如波。

> 天地苍苍，聊付一觞。
>
> 日月悠悠，盈于一袖。
>
> 山河浩浩，丹青一抄。

众生痴痴，浮生一日。

“我在哪儿？”木葛生心说，然后挣扎着坐起来，发现自己穿着白色的大袖，天地间空无一物，唯有白雪与长歌，以及若有若无的梆子声。

“我死了？”木葛生心想，“天算子死后魂飞魄散，不入轮回，难道这就是终归之所？”

不，不对。他反应过来，自己尚不是天算子。那这是什么地方？

木葛生在原地坐了片刻，抬头仰视长空，发现那些并非白雪，而是漫天的纸钱。

纸钱漫撒，落地成雪，天地寂寂，唯白而已。

片刻后，他猛地跳了起来，朝梆子声传来的地方狂奔而去。他赤脚跑在雪地里，足迹一路蜿蜒，又很快被大雪掩去。

歌声悠长。木葛生不知道自己跑了多久，无冷无觉，最终在目之所及的尽头看到了一道身影，那人手持木梆，大袖飞扬，反复吟唱着相同的四句歌。

等到木葛生终于跑上前来，未及开口，对方便道：“从何处来？到何处去？”

“我从忘川来。”木葛生顿了顿，道，“欲往人间去。”

不知过了多久，白衣人敲动手中的梆子，悠悠地唱出一句：“魂兮归来——”

木葛生忽然惊醒，猛地坐了起来。

水声潺潺，青灯摇曳。

“醒了？”前方划船的人转过头，“感觉如何？”

木葛生方才起得急，此时一阵头晕目眩，半天才看清眼前的人。是乌孽。对方划着船，四周青莲盛开，他们应该是在忘川。

“我这是……”木葛生低头看了看自己，他几乎被包成了粽子，全身上下几乎没有完好的地方。他试着动了动胳膊，传来一阵剧痛。

“你前些日子大战阴兵，险些关上了阴阳梯，但是双方差距太大，你不自量力，最终重伤而死。”乌孽闲闲道，“相识一场，咱家送你过忘川，进阎罗殿，下辈子投个好胎。”

“大爷，您快别逗了，谁家死人不入殓，裹着一身绷带就下葬？”木葛生头疼道，“我昏迷了多久？到底发生了什么？”

“无趣小子。”乌孽翻个白眼，一边划桨一边道，“你睡了七天，多亏你把山鬼花钱塞进嘴里，吊住一命。药家那小子亲自给你治的伤，你刚刚有所好转，否则你怕是一年半载都下不了床。”

“三九天？他人呢？”

“匆匆来了丰都一趟，给你治完伤就滚回去了，现在诸子都有的忙。”

“我在阴阳梯见到了阴兵，到底是怎么回事？”

“那个啊，咱家干的。”

“您说什么？！”

“咱家是太岁，数百年前入主丰都，身为阴阳家长老，亦有镇守丰都之职。”乌孽道，“九月二十，阴兵出关，丰都必然涂炭，故而咱家出手，用大阵将暴动的阴兵尽数转移到了阴阳梯上。”

“您知不知道这会有什么后果？！”

“知道啊，不过消耗五百年修为罢了。”

乌孽看着噎住的木葛生，挑眉道：“行了，咱家知道你话里的意思，阴兵入阴阳梯等于将丰都祸水东引，人间必然生灵涂炭。”

木葛生不知道该说什么了，权衡利弊，双方都很清楚。而他大概能猜出乌孽这么做的原因。

“阴阳梯一关，人间到丰都之路便已断绝，但是沿忘川逆流而上，亦可返回人间。”乌孽道，“你消耗太大，能发挥出的山鬼花钱之力不及万一，上次你将阴阳梯堪堪封住，但是那封印顶不了太久。”

“……我还有多少时间？”

“你昏睡了七天，距离阴兵冲破封印大概还有半个月。”乌孽道，“是进是退、是走是留，早做准备。”

"您什么意思？"

"你听得懂。"乌孽回头看了木葛生一眼，"阴兵暴动，连十殿阎罗都束手无策，阿鼻之地千年积怨，没有东西可以镇压，只能靠杀戮化解，凭你一己之力，根本不可能守住。"

第十章

『于我而言，你与天命，并无差异。』

“一己之力或不可守，”木葛生一字一顿，缓缓道，“那七家之力呢？集七家之力可否守得住一城？”

乌孽愣了愣，继而扬声大笑：“好想法！集七家之力，战区区阴兵，守小小一城，又怎会有不成之理？”她捂着肚子哈哈大笑，险些笑出眼泪，“但是你想过没有，人家凭什么给你守这座城？”

木葛生沉默许久，道：“天算子之位。”

“哟，前些日子口气那么大，一碰上麻烦就想到你师父的好了。”乌孽挑眉，“他那位子给你留了多年你都不肯坐，来个阴兵你就坐了？”

“人贵有自知之明，论打仗，我不在话下，对付世外之物并非我所能。”木葛生道，“况且，我接了山鬼花钱之事迟早要被诸子知道，又用花钱封印了阴阳梯，如此一来，就算我再推托，诸子也不可能善罢甘休。”

“你明白就好。”乌孽话锋一转，道，“七天前你用山鬼花钱强行封印阴阳梯，丰都已然大乱，此事诸子已经尽知，这次回去，等着你的是一场硬仗。”

“大爷，您就别站着说话不腰疼了。”木葛生疲惫道，“此事溯本求源，还是您那大阵惹的祸。”

“家家有本难念的经，你有你的城要守，咱家有咱家的儿孙要头疼。”乌孽淡淡道，“各自清账罢了。”

“我打不过您，您说什么便是什么吧。”木葛生叹了口气，“还是感谢您送我一程。”

“领情便好。马上就到人间了，咱家再交代你一句话，小子听了好好思量。”乌孽把船桨一放，贴身靠近木葛生，轻声道，“继承天算子之位，此事或无可避，但你要想好。”

“历代诸子七家，真的听从天算子之命吗？”

乌孽送木葛生返回阳间，临走前扔给他一只药瓶：“里面的药丸注入了咱家修为，可保你日常行动自如。”

木葛生躬身道谢：“多谢大爷。”

“不谢，咱家毕竟是已死之人，根脚和活人不同，能少吃则少吃，否则有损寿数。”乌孽摆摆手，“滚吧。”说着一抄船桨，扬长而去。

木葛生先回了城郊军营。

老参谋看见他吓了一跳：“您怎么又回来了？”

他被问得一愣：“什么意思？”

“您不是刚刚和药家公子一道进城赈灾了吗？”老参谋也是丈二和尚摸不着头脑，“您怎么这副打扮？受伤了？”说着一惊，“不会是灾民造反了吧？”

木葛生扭头就走，一路闯进自己办公室，拿出日程记录，把这几天的事务从头到尾看了一遍——10月23号夜，城中出现异动，次日凌晨发生地震，街道多有损毁，受伤者众。接下来几日都是赈灾详情。木葛生看着末页的签名批注，大概明白这是怎么回事了。

地震是阴兵进入阴阳梯引起的，至于代替他处理军务的人，应该是松问童。墨家会易容之术，老二能把他的笔迹仿个七七八八，当年他们在书斋求学，常常用这一招李代桃僵，互相帮着罚跪逃课，虽然很难瞒过银杏斋主，但糊弄常人不在话下。

木葛生松了口气。松问童不会带兵，为了不给他添麻烦，这几日基本上没处理什么军务，主要是在城里赈灾。他翻了翻积压的文件，拣着几件紧要的批了，接着换了身衣服，马不停蹄地进城。当务之急是赶紧把人替回来，否则两个木葛生走在街上，青天白日活见鬼，又是一件麻烦事。

虽然早有心理准备，但城里的境况还是令木葛生心惊，他一路走向震源。街道屋舍塌了大半，到处都是断壁残垣，路边搭了施粥的棚屋，后面排着长队，许多人拖家带口等着领粥。

不过七日，前后几乎是天壤之别。

松问童设了赈灾区，除了每日施粥，无家可归的人也可到棚屋内歇脚，不至于流落街头。然而余震未歇，所有人依然提心吊胆，许多人甚至不敢回家，生怕下一个被砸死的就是自己。长街上愁云惨淡，寒风阵阵，冷得刺骨。

木葛生走在街上，感到袖中花钱发出一阵轻微的颤动，这是共鸣。他用山鬼花钱强行封住阴阳梯，暴动的阴兵时时刻刻都在冲击封印，他能感受到镇压之力变得越来越弱。

撑不了多久了，木葛生心里明白，这样下去终非长久之计。每一枚山鬼花钱中都蕴含着浩瀚之力，能发挥出多少却是根据持有者的能力而定。如今他重伤在身，已是强行支撑，他用一枚花钱封住阴阳梯，只能发挥出其中三成不到的力量。

乌孽算得没错，距离阴兵冲破封印最多还有半个月。

街道尽头走来一支送葬长队，香烛纸马，唢呐声凄然，漫天纸钱飘散。木葛生被一个讨饭的撞得趔趄。

“大灾之年啊！”对方披发跣足，疯疯癫癫地走了。

路边坐着一个算命的盲人。木葛生被那疯子一撞，刚好停在算命摊前。那盲人闻声抬头，瘦骨嶙峋的脸上露出笑容：“大战将起，要不要算一卦保命？”

“您行行好！”有瘸腿的伤民向他爬来，“给点儿钱吧！”

路边坐着蓬头垢面的妇人，妇人神情麻木地捧着领来的粥，突然发出一阵号啕。

长街上众生百态，唢呐声震天，皆若疯癫。

木葛生再也看不下去，匆匆放下几枚铜板，转身离开。

老参谋说松问童和柴束薪是一道进城的。木葛生四下寻不见人，便先去了柴府。

柴府占地广，位于城中僻静处。木葛生上一次来这里还是多年以前，少年踏雪寻梅，如今却已物是人非。

他敲了敲偏门。开门的药童一愣："您不是刚走吗？"

木葛生估计对方说的是装扮成自己的松问童，又不好直接问刚刚的自己去了哪儿，便道："想起来一件事，刚刚忘了和三……咯，灵枢子交代，他可在府中？"

"原来如此。"药童躬身，"家主尚未出门，请随我来。"药童一路将木葛生带到了正厅。

厅内人声鼎沸，药童行礼道："本应带您前去用茶，只是方才您先行离去，家主和长老们依旧争论不休，小子入府多年，从未见过如此架势，冒昧请您来此相劝。"

木葛生听得一愣，不知里面究竟是什么情形，只得顺势道："无妨。"

"请您稍候。"药童道，"小子这就去通报。"

木葛生等在厅外，隐隐约约将其中对话听了个大概。药家似乎正因药材分配之事争论不休。

"我决不同意！"有人高声道，语气激昂，"将七成药材调往前线，剩下三成留在城中赈灾，无知竖子，药家百年积累，你是要倾耗一空吗？！"

"泱泱大国，亦已消耗一空。"是柴束薪的声音，"大厦将倾，无人可以袖手。"

"天下合久必分，改朝换代本就是常事！你身为诸子之一，却在意一城一地之得失，这是鼠目寸光！"

"皮之不存，毛将焉附？一城不得守，又如何守家国？"

"你这是意气用事，因小失大！"

“小子打扰。”药童的声音插了进来，“木家公子有事求见家主。”

“来得正好！让他进来，今日便做个了断！”

寥寥数语，木葛生听得心惊，趁药童出来禀告时抓紧套问了两句：“里面还在吵？”

“是啊，您这几天和家主忙于赈灾之事，动用药家诸多资源，长老们都动怒了。”药童道，“兹事体大，小子不好多嘴，您快进去吧。”

木葛生没听明白：“药家底蕴何其丰厚，区区赈灾，何至于此？”

“您这话这几天都说多少遍了。”药童叹了口气，“一次两次，当然不在话下，可是日积月累……罢了，您快进去吧，都在等您哪。”

木葛生本欲多问，却已被他推了进去。

正厅中人数众多，柴束薪见木葛生进来，遥遥地递了个眼色。木葛生顿时明了，这是把他当成了松问童。然而厅中长老依然称他为木家公子，想必老二假扮他这事儿是偷偷干的，最近变数太多，这样做确实更稳妥。

厅中有人起身道：“木公子，方才各家派出的探哨已经回信，证明阴阳梯确实是被山鬼花钱所封，您既然已经接受山鬼花钱，就应当履行天算子之责。”

木葛生心想，真是怕什么来什么，面上却不动声色：“我无意于七家之事。”

“若此事不仅与七家有关呢？”

木葛生眼神一沉：“诸位想说什么？”

“求取一卦。”却是柴束薪开了口，“请天算子用山鬼花钱起卦，算一城存亡。”

他和老二说话还真是一点儿不客气，木葛生心想，然后问：“一城存亡？什么意思？”

“事已至此，我等便直言相告。”在座有老者开口道，“天算子一连几日到访我柴氏，其中用意，双方都心知肚明。天算子有守城之责，又逢阴兵之难，无非是想借七家之力扭转乾坤。”

“您别。”木葛生摆摆手，“一口一个‘天算子’，我担不起。”

“山鬼花钱既已认主，您便已经继承天算子之位，天命如此，并非嘴上否认就可罢休。”老者缓缓道，“天算子之命，七家无有不遵。您若想借七家之力，并非不可，只是有一个条件。”

木葛生倒是没料到对方会如此直接，打开天窗说亮话，虽然意外，但他还是顺着老者的话接了下去：“什么条件？”

“正如方才家主所言，求取一卦。”老者道，“算一算您要守的这座城可否守得住。”

“若守得住，七家必定倾力相帮；若守不住，七家将在三日之内撤离。”老者的声音回荡在正厅内，“是守是留，但凭卦象而定。”

三言两语有如石破天惊。

木葛生想起乌孽临走前留下的那句话——“历代诸子七家真的听从天算子之命吗？”

天算子算天命，天命之下，七家无所不遵。但七家真正听从的是山鬼花钱所昭示的卦象，而非天算子一人。

天算之命、天算子之命——失之毫厘，差之千里。

这群人把天算子当成了什么东西？木葛生心想，所谓“天命”的传话筒吗？

“兹事体大，”那老者还在讲话，“请三思。”

“不如这样，”木葛生慢慢地讲，“我把山鬼花钱扔了，七家就此解散，此后种种，咱们各凭本事，如何？”

“放肆！”有人大怒而起，喝道，“竖子，尔敢！”

“那请各位另找高明。”木葛生转身便走，“这破劳什子玩意儿，老子不干。”

“且慢！”那老者站了起来，“天算子莫要意气用事，此一卦不仅仅干系七家去留，更关乎一城存亡！街上惨剧历历在目，天算子难道心安吗？”

“你到底要说什么？”木葛生停住脚步，“别以为你年纪大我就不会动手。”

“天算子三思。”老者声如洪钟，“若城破，城中数万人性命，凭天算子一人之力，如何护佑？天算子固然有万夫之勇，但外有强敌入侵，内有阴兵暴动，此一战，天算子扪心自问，难道有十足把握吗？若卦象不利，尽早安排城中百姓撤离，方才为万全之策。轻狂固然可逞一时之能，但终非长久之计，若将来城中尸骨遍地，天算子就能问心无愧吗？”

话音未落，木葛生一脚踹上正厅大门，门扉轰然塌陷。

满堂皆惊。

“轻狂？”木葛生轻声道，“将士百战，马革裹尸，在你嘴里就是一个‘轻狂’？”

柴束薪闻言一振，猛地意识到了什么，霍然起身。

“以区区一卦定万人生死，如此生杀予夺，谁给你的权力？大清都亡几十年了！”木葛生回头直视对方，“你说我意气用事，难道将胜负寄托于四十九枚花都花不出去的铜板上就不可悲可笑吗？你道我黄口小儿，不知所谓，我笑你老态龙钟、苟且偷生！”

众人皆哗然，有人勃然作色：“大胆！”

“天算子慎言。”老者沉声道，“天命玄涩，莫要不知天高地厚。”

“那真不好意思。”木葛生突然笑了起来，“我这不知天高地厚的不算卦，他那了不起的天命就开不了口，你们这偌大的七家也不过就是一群没头苍蝇。”

“天算子此意是不打算卜卦了？”

“不算。”木葛生道，“将来我若埋骨沙场，天算子一脉断绝，你们也好就地解散，各自清闲。”

“既如此，便允许我等今夜撤离。”老者道，“卦象不出，我等亦无遵从之责。”

木葛生摆摆手，就要往外走：“请便。”

“可悲啊。”老者叹道，“家主往日苦心孤诣，尽数付诸东流。”

“你什么意思？”木葛生听出他话里有话，“城中赈灾本就是药家应尽之责，与我何干？”

有人闻声冷笑：“你说得轻松，区区赈灾，抵得过我药家往日所做之万一？”

话音未落，柴束薪立刻斥道：“住口！”说着就要去拦说话之人，然而木葛生动作更快，大步走至对方面前：“你把话说清楚，药家干了什么？”

对方横眉冷对，语气森然：“当年木司令被困于山岭，形势危急，山中水源又被投毒，军士病倒大半。后来有医者跋涉千里而至，闯过重围，这才救了你父亲一命！

“你出国留学四年，逍遥自在，却不知国内战事频仍，军队缺钱缺粮，可但凡是木司令下辖部队，从未有过半点儿短缺，供给从来源源不断，甚至有国外的特效西药！医护兵千金难求，但每年都有留洋医学生归来，只为随军出征！

“如此种种，你真当只因木司令体恤下属，战无不胜？

“若不是家主有令，谁会听服一个连天算子之位都不曾继承的门生？

“他把几乎整个药家的资源都砸在了你身上！”

关山月。

前些日子地震，震塌了关山月半座楼，好在底层还算完整，几日来连着抢修，总算堪堪搭出个架子，恢复些往日的形貌。檐角挂着一只风铃，线上的玉片碎了几枚，迎风呼啦啦地响。

乌子虚坐在后台，手里端着一杯凉茶。

几日来天翻地覆，城中民不聊生，如今已经没有多少人来听评弹了。虽然丰都诸多事务繁忙，但他依然保持着以往的习惯，有空就来坐一坐，若台下有客，便唱上一折。

关山月有去处的乐姬都已经各奔东西，剩下无人可投奔的便留了下来，跟着赵姨外出施粥。后台只剩了个小清倌，那日跟着他们一同唱过《西厢记》。少女抱着琵琶，看着乌子虚怯怯地开口：“乌先生，您明日还来吗？”

乌子虚看着她笑了笑：“你若是还弹琵琶，我便来。”

“可是近日客人越发少了……”

“欲将心事付瑶琴，知音少，弦断有谁听？”乌子虚温声道，“听者不在多，如今肯来的都是真心之人，正因如此，更不能怠慢。”

“肯来的除了知音，还有醉生梦死的孬种。”后台的门突然被人踹开，松问童大步走了进来，“你还有脸在我家出现？”

清倌吓了一跳，被松问童半推着赶了出去：“告诉外面的人，不管待会儿听见什么动静，谁也不许进来。”

乌子虚放下茶盏：“你最近不是忙着扮老四吗？刚好乌孽大爷今天把人送回来——”

话音未落，松问童迎面一拳打来，乌子虚脸上瞬间鲜血直流。

“你若就此待在丰都，我便当之前种种从未发生过。”松问童一把拽起乌子虚的领子，“你还来干什么？”

“我若从此待在丰都，你便当世上再没有我这个人，这是我绝对无法接受之事。”乌子虚擦去脸上的血，“银杏书斋中人，我不能放任不管。”

“你有脸说这种话？！”松问童朝他怒吼，“你现在来当菩萨摆慈悲，乌孽摆阵的时候，你在哪儿？你为什么不拦着？你明知道阴兵入阴阳梯必然会闯进阳间，你这不是让老四去送死吗？！”

“当时我就在城西关。”乌子虚道，“太岁摆阵是我去求的，丰都不可破。”

松问童破口大骂，劈头盖脸地把乌子虚揍了一顿，下手毫不留情，几乎要拆了整个后台。然而乌子虚并不还手，任他拳打脚踢，沉默着接受了一切。

最后房间里没有一副完好的桌椅，松问童将遍体鳞伤的乌子虚扔在地上，声音嘶哑道：“你滚吧，别再让我看到你。老四有我管，从今往后，一别两宽。”

“再过几日，阴兵必然会突破封印。”乌子虚强撑着站起身，“到时候，你们怎么办？”

松问童冷冷地道：“那你最好祈祷我们别死了，否则到时丰都相见，十殿阎罗上下都得来祭我的刀。”

“老二，你若真要在十殿动武，未必有人拦得住。”乌子虚叹了口气，“但是你可知，阴兵暴动连阎罗们也束手无策？若只有你和老四支撑，必然不敌——”

松问童一脚把他踹回原地，低头看着对方，冷冷地道：“你现在来充什么好人？”

“我知道你怨我，怨我求大爷开阵。”乌子虚侧过头，“但是我没有办法。”

“什么叫没有办法？！”

“就是无能为力，绞尽脑汁也找不出两全之策。”乌子虚轻声道，“我不眠不休想了三天三夜，但是束手无策，我只能这么做。

“乌氏中人死后可居丰都，亦有护卫之责，一旦城中暴乱，阴阳家首当其冲。我背后是整个家族，丰都内百代经营图谋不能因此毁于一旦。”

“原来如此，在阴阳家和老四之间，你做了选择。”松问童冷笑，“既如此，一人做事一人当，你不在丰都好好当你的孝子，现在来搞什么惺惺作态？”

“我没有办法！但我也不可能看着你们去送死！”乌子虚猛地站起身，“老二，你一人支撑墨家，赤条条毫无牵挂，自然事事洒脱！可世上无能为力之事何其多，这种滋味，你不是没有尝过！当年上代墨子去世，你难道就心甘情愿被母亲留下吗？！亲情之绊，家族之重，你也一样选择了接受传承！”

松问童盯着他，语气森然：“你再说一遍？”

事已至此，字字含血，他们本就是最熟悉也最亲近的人，更懂得怎么杀人诛心。

乌子虚看着松问童，缓缓道：“若当日是你，要在你母亲和老四之间做选择，你我差别不过尔尔。”

房间中发出一阵惊天动地的爆响，松问童拔刀朝乌子虚砍去，是不留情面的杀招，乌子虚同样没有保留，双方见招拆招，姑妄烟杆隔挡住舐红刀，两人的手都在抖。

令人牙酸的金属摩擦声中，松问童一字一顿道：“别把我和你相提并论！”

“是，若论有勇无畏，我不及你。”乌子虚道，“因为你身上没有重负，所以你永远可以毫无顾忌地向前狂奔！诸子七家中，墨家本就率性而为，但阴阳家沟通两界，家主要承担的是双倍的责任，除了护卫活人，还有死人！”

乌子虚第一次丢掉了温润如玉的风度，不顾一切地朝松问童吼道：“你自幼丧母，可谁不是家破人亡？！上代墨子至少能抚养你到五岁，我母亲却在生我时便撒手人寰！你拿着舐红刀一身落拓，生死无畏，那你知道姑妄烟杆里装的是什么吗？是历代无常子的骨灰！”

乌家通阴阳之术，传承奇诡，每一代无常子在出生之前就被选定，由于胎中煞气过重，母体注定会在生产时暴毙，被煞气吞噬，历代如此，乌子虚的母亲亦然。而无常子的传承更是以上一代人的性命为代价，姑妄烟杆可召阴差、号令丰都，靠的绝非凡俗之力。

乌子虚用烟杆装的第一袋烟，是他父亲的骨灰。

历代无常子命运都是如此——乌家注定不可能三代同堂，他们克父克母克妻，身为无常子，注定活着鞠躬尽瘁，死后不得安宁，一生兢兢业业地守得家破人亡。

玉面郎，笑无常，看似少年有为、千伶百俐，其实每一个乌家人的轻狂无知都早已被死亡教化。

“生是乌家人，死是丰都鬼，这是阴阳家注定的宿命。你怨我不肯成全老四，但我身上背负着历代阴阳子的传承，这是无数代乌家家破人亡换来的！”乌子虚看着松问童，声嘶力竭，“松问童可以怨乌子虚，但墨子不能怨无常子，你没有这个资格！”

松问童第一次见这样不管不顾的乌子虚，一时间似乎被镇住了，竟不知如何作答。

声音砸碎在满地狼藉里，一室俱寂。

姑妄烟杆啪地掉在地上，乌子虚声音哽咽："老二，你知道吗？

"当年每次看到你和老四在书斋折腾，我都很想和你们一起去爬窗前的那棵银杏树。

"有时我也会想，诸子之位真的值得吗？

"但我付出了太多，已经失去了回头的资格。"

不知过了多久，松问童捡起姑妄烟杆："生前在家里当孝子，死后去丰都做奴才，可真是男子汉大丈夫，憋屈得那叫一个顶天立地。我不同你讲理，论口舌之争，我素来说不过你和老四。"

他将烟杆递回乌子虚手上："拿着。"

"我们打过。"

与此同时，柴府。

"木葛生！"柴束薪脚步匆匆，"木葛生！你站住！"

两人一路出了柴府。木葛生走得飞快，柴束薪好不容易才赶上，一把抓住他的手，搭腕诊脉："你吃了太岁给你的药？"

木葛生抽回手，抱着胳膊道："认出我了？"

"太岁的药只能缓一时之急，此药内耗，与饮鸩止渴无异——"

"我自己心里有数。"

两人对视，柴束薪一时语塞，半晌才吐出一句："……我并非故意隐瞒。"

"可别。"木葛生连连摆手，"你是药家家主，主意大得很，我哪敢治你个欺瞒之罪？"

柴束薪本就寡言，一时间更不知道该说什么，他后退半步："对不起。"说着躬身长拜，"你是天算子，诸子有罪，可罚。"

木葛生看着眼前的人，梗着脖子硬是说不出话来，片刻后骂了一句脏话："妈的，怎么搞得反倒像我在欺负你。"他踹了眼前人一脚，"走，请我喝酒去。"

"你现在的身体不宜饮酒——"

"有完没完？"

两人随便寻了家还在开业的酒铺，要了几坛酒，蹲在门口牛饮买醉。木葛生本就善饮，喝起酒来一副不要命的架势，没一会儿，几只坛子就见了底。他眼底泛了红，支着脑袋问柴束薪："带钱了吗？"

"带了。"

"钱多吗？"

"不少。"

"我要把这家酒铺喝空，你的钱够吗？"

"饮酒过量，对身体不好。"

"怎么又是这句，你就说够不够！"

"……足矣。"

木葛生朝柴束薪伸手："拿来给我。"他接了钱袋，往柜台一扔："掌柜，你家铺子我包了！兵荒马乱的，趁早拿了钱跑路吧！"说着就从铺子里往外搬酒，"大灾之年啊！"

柴束薪眼明手快地捞过他，朝目瞪口呆的掌柜致歉："抱歉，他喝醉了。"说着掏出几个银圆递给对方，"您这里的酒，我都买了。"

掌柜何其有眼色，立刻收了钱，将门帘一挂，自己退到室外，朝后来的客人拱手道："对不住，小店打烊了。"

"我没醉。"木葛生盘腿坐在柜台上，"在国外喝伏特加，我能对瓶吹，几坛黄酒算得了什么？"说着拎起一只酒坛，扔到柴束薪怀里，"酒后吐真言，来，喝！"

他喝酒上脸，但意识依然清醒，看着柴束薪拍开封泥，饮酒入喉："三九天，我们上次一起喝酒是什么时候？"

"你出国之前，在码头酒馆。"柴束薪道，"你和墨子都喝了很多，无常子醉得站不起来。"

“那天你走得很匆忙。”木葛生吐出一口酒气，“我刚刚才想起来，那一日，我爹似乎也在城中。”

“那是我和木司令第一次见面。”柴束薪饮了一口酒，“见面时，他在窗前站了很久。”

木葛生闻言一笑：“老头子。”

“我和木司令只见过一次面，之后往来多以电报、书信为主。药家提供药材资源，木司令也在军队方面开了不少便利。水路航运，各地关卡，军队的支持很重要。”柴束薪道，“木司令一心为国，虽只见过一面，但其风骨气度令人心折。”

“选择和军队合作也是我反复斟酌后做出的决定，家中长老们也都商议过。”柴束薪顿了顿，“并非冲动之举……有的话，你不要信。”

“我爹的事，我知道的不多，老头子虽然记性不怎么样，但该我知道的，他迟早会说。”木葛生吁了口气，“不过，无论如何，我都理应向你道一句谢。”

“你我之间，不必言谢。”

“也是。”木葛生笑了笑，抱起酒坛，“那便敬你一坛吧。”

酒坛相撞，木葛生像想起什么似的道：“难怪。我在国外求学，四处辗转，每到一地，第一封寄来的书信必然是你的。我那时还以为你们商量好了顺序，你说正事，老三寄钱，老二骂街。”

“墨子和无常子是从先生那里拿的地址。”柴束薪道，“先生神机妙算，总是能知道你在哪里。”

“他老人家才懒得算。”木葛生哂道，“是我天天点卯似的汇报行程。他老人家有时候难得想起我来，在老二信里添几句嘱咐，鸡零狗碎的，有一搭没一搭。”他放下酒坛，话锋一转，“不过，近日发生种种，我总觉得师父仿佛已经料到了我们经历的这一切。”

柴束薪闻言抬头：“为何？”

“那年我在莫斯科，师父在老二的信里叮嘱了一句，风雪愈重，记得添衣御寒。”木葛生轻声道，“之后的来信，就是师父去世的消息。

收到信的那天，我穿着很厚的大衣，在河堤上走了很久。那件大衣是我之前特地找裁缝做的，穿着一点儿都不冷，又仿佛冷透了。”

柴束薪沉默片刻：“先生有没有给你留下什么东西？”

“有。”木葛生点点头，“但此间并非万难绝境，我总觉得还不到用的时候。”说着，他露出苦笑，“话虽如此，但此一战，我并没有多少胜算。”

“抱歉，让你在药家为难了。”木葛生看着柴束薪，“我不算这一卦，实属背叛了七家。或许你信这个天命，但我并不想认命。”

“你不必多虑。”柴束薪摇了摇头，“我信你。于我而言，你与天命并无差异。”

木葛生一愣，继而笑了起来：“好，那便足矣。”

天色已晚，酒铺外点上了灯，一片碎金色与暗红。

木葛生看向窗外：“如果再下些雪，就很像莫斯科河畔的冬夜了。”他说着又打开一坛酒，倚在窗畔，“我唱支歌给你听。”

木葛生唱的是一支俄语歌，低沉、迂回，旋律被他慢慢地哼唱出来，又轻又缓，像雪花簌簌地落在河畔。

Окрасился месяц багрянцем
月亮一团猩红
Где волны шумели у скал
峭壁前波涛汹涌
Поедем, красотка, кататься
我等了你很久，心爱的美人
Давно я тебя поджидал
……我们去海上望星空……[1]

1 出自俄罗斯民谣《月亮一团猩红》。

柴束薪慢慢饮着酒，他只能听懂零星的音节，却仿佛触摸到了几年前的情景，那里有一点儿灯光和雪地上漫长的倒影，远隔江河万里，他们之间隔着比江河还要遥远的山川海陆。而今夕何夕，两人又在一支歌里重逢。

两人喝到很晚，木葛生要去找松问童，便跌跌撞撞去了关山月。谁知他刚到门口，赵姨就一迭声地迎了上来："我的祖宗欸，您可来了，再迟一会儿，我这乐楼非得被他们掀了！"

木葛生原本有些醉意，顿时被关山月里惊天动地的动静惊醒："姨，您先别慌，发生什么了？"

"小童儿和乌先生刚入夜时就打了起来，半座楼都被打得稀碎！"赵姨急得一甩帕子，"他们打架，谁能拦住？你赶紧去劝劝吧！"

"老二和老三打起来了？"木葛生先是一惊，随即乐了，"太阳打西边出来了，我多少年都没见过老三动手了。"

柴束薪："确实难得。"

"哎哟喂，您二位可别在这儿一唱一和了，赶紧想想办法吧！"赵姨急得要去拧木葛生耳朵，"小没良心的，你姨我就剩这点儿家底了！"

木葛生连忙避开："赵姨放心，老二孝顺您。"说着和柴束薪走进楼中，只听楼上噼里啪啦一阵乱响，木葛生连连摇头："他俩难得动手，但只要打架，我准得遭殃。"

柴束薪闻言摘下手套："我帮你拦一拦？"

"别，他俩能连着你一块儿揍。"木葛生叹了口气，"这样，待会儿你看准他们打到哪个房间，抓住时机把我扔进去，就说我喝多了，我去横插一脚，撒个酒疯，胡乱一闹，这茬儿也就过去了。"言行间游刃有余，可见"业务纯熟"。

柴束薪点点头："好。"

包间大门被砰地打开，迎面扔进一人，松问童和乌子虚正互相发狠较劲，一看见木葛生就都愣了。

“老四？”

“灵枢子？”

木葛生往地上一躺，就开始撒泼表演，荒腔走板地吱哇乱叫：“爱妃们且住手啊——”

柴束薪站在一旁，面无表情道：“他喝多了。”

“我去找赵姨熬解酒汤。”松问童拔腿就走，走到门口才反应过来，“不对，让他先躺着！我们还没打完！”话音未落，被柴束薪一根银针定住，“你干什么？！”

“劝架。”柴束薪捏着针，看向乌子虚：“你还打吗？”

“不打了吧。”乌子虚见状叹了口气，将姑妄烟杆放在一旁，“我撑不住了。”

“果然还是老三讲道理。”木葛生一骨碌爬了起来，四下环视，“您二位这是在这儿拆迁呢？”

“你好意思说我？我这是为了谁？”松问童反应过来，横眉怒斥，“吃里爬外的东西！”

“老二，你消消气，消消气，气死自己谁如意？”木葛生拣了张还算完好的凳子坐下，看着房中三人，忽而一笑，“除去七家议事那次不算，咱们四个有好些年没这么聚在一起了。”

柴束薪依旧寡言，乌子虚累得说不出话，松问童冷着臭脸，爱搭不理，一时间竟无人开口。

“得，往年都是我唱戏，看来今天还得我唱独场。”木葛生拎过去一只没被打坏的点心盒子，掏出一块酥饼放进嘴里，边吃边道，“最近发生了许多事。前些天我昏迷不醒，大家也没个时间商量。我想了很多，在座都不是外人，咱们直接摊开来说。”

木葛生讲了很多，从当日闯入阴阳梯遇见阴兵，包括梦中所见所闻，以及醒来后乌孽在船上和他的对话，甚至是柴府中众人对峙，到他坚决不肯起卦，从头到尾，无一疏漏，只是隐去了药家与木司令一事。

木葛生讲完，嚼着酥饼，心想：“我可真是难得一口气说这么多实话。”

他眼角余光看向柴束薪，见对方面色无异，仿佛早已料到他会隐去那一段，他撇撇嘴，心想，这人可真是越来越没有意思了，哪像当年，一点就着。

“是你做得出来的事。”松问童被扎得动弹不得，还维持着出门的动作，冷哼道，“既然你已决定不起卦，只怕七家大多会撤离，怎么守城，你想好了吗？”

木葛生耸耸肩，土匪似的道：“这不是有你们嘛。”

“你还真当自己打劫来了，空手套白狼？”

“你自己打架输给我了，别赖账啊。”木葛生道，“大不了事成之后给你做饭吃。”

“你别下厨。”乌子虚立刻道，“否则即使赢了，怕也是兔死狗烹。”

“得。”木葛生掰着指头盘算，“蓬莱和朱家估计会走，墨家算一份儿，至于药家，”他看着柴束薪，“你摆得平吗？”

柴束薪面色平静：“我自有办法。”

“那再加上药家，还有天算子，这样就三家了。”木葛生的架势仿佛要捆人上贼船，他大大咧咧地看向乌子虚：“老三，你入不入伙？”

乌子虚沉默片刻，道：“老四，你决定好了？”

松问童一听就火了，骂了一声：“你他妈的还没挨够，是吧？”

“别乱嚷，你也没少挨我的拳。”乌子虚难得将松问童撑了回去，接着看向木葛生：“如果你算了这一卦，局面或许会好很多。”

“以一卦定一城之存亡，我没那么高高在上。”木葛生笑了笑，“此一战，胜负三七分，确实赢面不大，我会在城中贴告示，是去是留，所有人皆可自己定夺。”

“若只有阴兵还好说，假如前方战线后退，一旦外敌侵至，胜算会更小。”乌子虚叹了口气，“我不劝你，只希望你能好好考虑。七家之人，终非众生同类。”

“我明白老三你的意思。”木葛生抬起手，止住即将发飙的松问童，“阴阳家之事，我原先也常听师父提起，你从小就比我们承担得更多，于情于理，你都当得起说这些话。但我不一样。”说着，他笑了起来，“不肖子孙，师门孽徒，或许不配为众生同类，但至少能当诸子七家中的异类。”

“对七家来说，你不可能是异类。”乌子虚立刻道，“你是天算子，四十九枚山鬼花钱认你为主，你承的是天命——”

“那又如何？”

“若你不肯承认这些，那便伤人了。”乌子虚看着木葛生，“我们都是自幼继承诸子，从小便懂得七家以天算子为尊，若你一句话便斥为乌有，那我们这些年的所作所为岂不都成了笑话？”

“那是你活该。”松问童嗤道，“活该你叫乌子虚，子虚乌有，本来就是个笑话！”

“闭嘴。”木葛生拍了松问童一巴掌，“老三的名字是师父取的。”说着看向柴束薪：“你能不能把他扎成个暂时性哑巴？”

柴束薪拿针扎了下咆哮的松问童。木葛生叹了口气，看向乌子虚：“老三，我明白你的意思，之前种种，我也明白你的为难，老二发疯归发疯，但我们并没有立场去怪你什么。至于起卦一事，是不为也，非不能也。”

木葛生轻声道：“我知道诸子七家不同于凡俗，自上古以来，经历朝历代而不倒。但就当我求你，别把我当什么天算子，也别把我往天上捧。

“师父满头白发，不是没有原因的，高处皆霜雪。

“那太冷了。

“而且，你们都在人间。”

乌子虚沉默许久：“你真的考虑好了？”

“是。”木葛生笑了笑，“原先在银杏书斋，我便是最不思进取的一个。我没什么远大志向，肉体凡胎一个凡人，不欲与天争锋，也不想做什么盖世英雄。天在天上，我抬头仰望，但若天塌下来，我也挺得起脊梁。”

“罢罢罢。”乌子虚听得连连摇头，“难得听你说句人话，我怎好不来助拳？”

“阴阳家是否会相帮，我不能肯定，虽然无常子未必能出手，”他看向木葛生，“但乌子虚义不容辞。”

“那我们就是一条绳子上的蚂蚱了。”木葛生拍了拍他的肩，“好兄弟。”

四人相谈至深夜，方才各自散去。

木葛生回到军营，先着手处理了积压的公务，一直忙到黎明前。他重伤初愈，又一整日奔波，乌孽给他的药维持不了太久，药效消退，倦意顿时铺天盖地。他撑不住，一头砸在桌子上，沉沉睡去。

他和其他三人提了提之前在梦里见到的敲梆人，却并未得到准确的答案，他隐隐觉得那梆子声和阴兵有些关联，但乌子虚并不知道详情。

“有可能是预知梦。”对方最后告诉他，“你接受四十九枚山鬼花钱，便已是天算子，梦中可预知未来之事。”

这次他梦到的却不是梆子声。

有疾速的马蹄声趋近，伴随着轰隆隆的炮响，呐喊和惨叫声一同响起，空气中弥漫着令人窒息的血腥气。有人狂奔，有人跌倒，有人吼叫，枪声长鸣，血肉崩裂。血红的飞鸟从天上坠落，惊雷炸响，到处都是火光。

目之所及，尽为猩红。

“长官……木长官……您醒醒！”木葛生是被晃醒的。

他睡得极沉，勤务兵费了好大工夫才把他叫醒，满头大汗道：“您终于醒了，我还以为您昏过去了！”

“天亮了？”木葛生迷迷瞪瞪地坐起身，头脑昏沉，他擦了擦文件上的口水，“还不到五点，什么事这么急？”

勤务兵递上一个文件夹：“前线来的加急电报。”

木葛生眼皮一跳，接过文件夹打开，只见白纸黑字，寥寥数语：

“前线失守，全军紧急后撤。

“此后一城一地，皆为关隘。

“一息尚存，寸土必争。”

第十一章

赤子之心，莽夫之勇，雪中之炭，冬日之阳。

白衣僧人在井边打了一桶水，沿着漫长的山路拾级而上。长阶尽头是白水寺，正传出阵阵钟声。

白水寺是古刹，每日钟声漫漫，长鸣数百载。虽然已经是用表计时的时代了，但城中的人们大多还保留着闻钟作息的习俗，黎明日暮、开业歇业、家家户户的炊烟和门外街上的吆喝总是伴随着悠长的钟鸣。

木葛生坐在水榭中，钟声笼罩了整座书斋。他有些走神，忽然想起有一年关山月定了规矩，傍晚六点后方才开业，然而他和老二等不及要听新曲，偷偷戏弄了当日敲钟的小沙弥，把敲钟的时间提前了一个小时，于是整座城都乱了套，人们提着钟表到处对时，热闹非凡。

有时候生活的平静确实是很容易打破的。打破平静的可以是一阵钟声，也可以是一声枪响。

他看着眼前的棋局，落下一子。

水榭中开了两盘棋，木葛生一人对弈画不成和朱白之。他们下的是快棋，不到半个时辰，盘上胜负已分。木葛生一胜一负，算是平手。

他当初在药家的言行很快传遍七家，所有人都知道现任天算子不起卦。几日后，他便收到了蓬莱和朱家的来信，上面写明了时间、地址，以及要求一局对弈。

木葛生明白这是试探和敲打，画不成和朱白之都绝非易与之辈，老五又还小，他从一开始就没打蓬莱和朱家的主意，只希望这两家能够袖手旁观，大战在即，不要再横生枝节。

两盘棋，他下得殚精竭虑，堪堪赢下一局，黑棋缠斗许久，终于杀出一条生路。

“尚可，棋艺不下于银杏斋主。”画不成淡淡道，“蓬莱承认你为天算子，但如无卦象，不会参战。”

朱白之一抚长须：“朱家亦然。”

“晚辈已经料到了。”木葛生点点头，“我所为实乃叛逆，长生子和朱长老能够不加阻拦，已是宽容。”

“你是天算子，无须以晚辈相称。”画不成看着棋局，“落子有杀气，我们便是想拦也拦不住。”

“长生子棋艺胜于我。”

“侥幸罢了，我也不是每次下棋都能赢你师父。”画不成站起身，一甩拂尘，“此间事已了，你带给林眷生的信，我会交给他。”

朱白之随之道：“星宿子在朱家一切平安，下次七家聚会，或可至。”

“二位慢走。”木葛生抬手拂乱棋局，“静候将来。”

天井之下，琵琶叮咚。

赵姨坐在窗畔，转轴拨弦。她穿着素白的旗袍，阳光透过花窗，在丝绸上投下斑驳的剪影。她在试弹一支新曲，自她进入关山月以来，每季的新曲都被城中人翘首以盼，登台之时必然宾朋满座。但她依然保留着学艺时的习惯，新曲正式揭晓前，总要换上一袭素白旗袍，独自在窗畔弹琴。

一曲毕，赵姨挑开珠帘：“看到对面的那家酒楼了吗？城中人大都知道我有在此试弹新曲的习惯，那家掌柜便在窗户正对面开了雅间，最贵的时候，一桌酒席能买一栋民宅。”

她放下琵琶，理了理鬓角：“不过那都是几年前的事了。”

如今对面的酒楼已宾客寥寥，几近关门。不仅仅是这一家，整座城都变得萧条，街上行人稀少。几天前驻防军发布了前线后撤的消息，这座城已经不再安全，许多人拖家带口，前往异乡。连日来城市陷落的消息源源不断，再有数日，这里也将变作战场。

“您没有必要留在这里。”松问童坐在一旁擦刀，“现在走还来得及。”

“近几日的钟声越来越频繁，我记得那是白水寺的祈福钟。”赵姨淡淡道，“城外的一群秃驴都还没走呢，我走什么？”

“您并非四大皆空，赵姨。”松问童认真道，“您还有很多曲子没有弹尽。”

赵姨闻言一笑：“照你这个说法，四根弦之间有音律万千，我怕是一生也弹不尽。”她俯身，信手拨动琴弦，轻声道，“不过，有的时候，你弹了一支曲子，会觉得这便够了。学艺数年，得此一曲，足矣。”

松问童没吭声，静静地看着眼前这个仪态万千的女人。美人迟暮，眼角多积雪，回忆便是一场融化。

“我记得那是很多年前的一个冬天，和现在很像，只是热闹许多，城中到处都是大红的灯笼。那天是关山月发布新曲的日子，但我在结冰的台阶上崴了脚，摔伤了手，事发突然，所有人都急得团团转。

“就在我准备硬着头皮上的时候，我最好的姐妹带来了一个人。对方借了我的琵琶，说她可以一试。关山月是乐楼，音律在这里不是闹着玩儿的，我便问她学艺几年。她说，没学过，只会一曲而已。

“我觉得荒唐，就让她现场弹给我听。

“当时我们就在这扇窗前，她弹了一曲，伴舞的是我最好的姐妹，也是关山月最美的花魁。”

赵姨拨动一根弦，音色清脆：“你应该猜到了，那人是你的母亲。”

松问童想了想，道：“我不知道我妈还会弹琴。”

“她确实不会，只会一曲而已。听她说，那还是和哪个忘年交偷学来的，这本是别人家传，秘不外泄，对方拼酒输了才教给她。”赵姨轻声一笑，“那天她弹完一曲，我便将她视为知音。

“后来花魁去世，你娘消失了好一阵，再回来时，手里抱着你。

“不过，她不是照顾孩子的料，与其说是把你抱回来的，不如说是把你挂在刀上拎回来的。那时我看着你在她背后晃晃悠悠，还以为她扛了个包袱。

“当时我和她做了一个约定，她把那支曲子教给我，而我要代她和花魁照顾你。那曲子，我学了五年，五年后学成，她便消失了。”

“她那是求仁得仁。”松问童嘟囔。

“你娘托我照顾你，但你自己有主意，跑去银杏斋主那里读书，有时一年半载都见不着。”说着，赵姨叹口气，“难怪就养歪了，原本脂粉堆出身的男孩儿，凶得却像从屠宰场里跑出来的，也不知道银杏斋主天天都教你些什么。有时候看着你，我都觉得对不起你娘，但又觉得你和她真是一个样。”

“我和我妈很像吗？”

“性格像。”赵姨端详着松问童，“不过，小童儿，你别说你姨胡扯，你长得好看，是随了当年的花魁。”

“哦，这样吗？”松问童没什么大的反应，“怪不得我一直不知道我爹是谁。”

“休要胡闹。”赵姨拍了松问童一巴掌，“去琴房挑张琴过来。”

“您要弹什么？”

“不是我弹，是教你。”赵姨道，“随便选个顺眼的。”

“可我不会弹琴，姨，我小时候您说的，说我撒尿都跑调。”

赵姨噎了噎，瞪他一眼：“老娘才不管这些，这是当年我和你娘约好的，必须把这支曲子教给你。”

松问童面露疑惑：“那您为什么不早教？您都学了五年，我得多久才能学会？”

“据你娘说，我不是她家的人，原本不可能弹下来，但老娘是国手，所以学得会。”赵姨道，“如果是你，不在话下。你娘当年也不会弹琴，偏偏就会这一曲。”

松问童若有所思：“我妈还说了什么吗？”

“她说你是她儿子，”赵姨道，“这是传承。”

“那我一定学得会。”松问童点了点头，“这支曲子叫什么？”

赵姨抱起琵琶，当心一划，声如裂帛：“《无衣》。”

烟雾袅袅盘旋。

乌子虚坐在房间正中。这是一间圆形的内室，四面围有桌台，供桌上摆放着层层牌位，烟雾在牌位上聚拢，凝固成一个个人形。

离乌子虚最近的是十名年长的老者，古衣高冠，悬浮在房间上方：“我等以为，上策是撤离。”

“天算子悖逆在先，既无卦象，我等便无听从之责。”

“外有阴兵暴乱，不应擅离丰都。”

“此一战，必输无疑。”

“身为无常子应以身作则……”

乌子虚笼袖而坐，微微低头，看着面前的线香，像在沉思。

满室人声窃窃，逐渐喧哗，直至鼎沸，最后所有的虚影齐声道：“请家主早做决断。”

乌子虚沉默片刻，开口道：“此次人间之事，阴阳家不会参与。”

虚影齐齐松了口气，其中一人行礼道：“那便请无常子回归丰都，前些日子城西关大乱，后续有许多事待您决断。”

“但是，”乌子虚话锋一转，“我不会回去。”

虚影一愣：“什么？”

“身为乌氏家主，城西关一事，我已尽应尽之责，其余之事，诸位长老决断即可。”乌子虚道，“我会留在这里，归期不定。”

“您要帮助天算子吗？”

“不可如此。”

“身为无常子，此举不合。”

“请家主三思。”

“丰都诸事待定，还请速归。”

待反对声渐渐小了下去，乌子虚开口，沉静地说道：“帮他的是乌子虚，而非无常子。我意已决，诸位长老不必再反对。”说着，他俯身吹灭了面前的供香，虚影顿时开始消散。

有人不死心，继续劝说道：“家主尚且年轻，莫要因小失大——”

话音未落，内室大门被猛地推开，一盆水哗啦泼了过来，余烬灭得彻底，虚影彻底消失。

来人不耐烦地道：“啰里吧嗦的，烦死了，一个个年纪不大，废话不少。”

乌子虚被浇了个湿透，无奈道：“也只有大爷您能嫌弃诸位长老年轻。”

来人正是乌孽，她卷起四周的帘幕，房间顿时亮了起来。她环视一周，撇撇嘴道：“咱家快有一百年没来过阳间乌宅了，这房间还是这么古板，无趣得很。”

“长老们守旧，家中又只有我一人，不太在意这些。”乌子虚笑了笑，“还是要多谢大爷帮我，第一次做这种离经叛道之事，有些手生。”

“无妨，一回生二回熟。那天你求咱家开阵，咱家便料到了会有这么一天。”乌孽摆摆手，随即正色道，“但这不是小事，怎么对付阴兵，你想好了吗？”

“未曾。”乌子虚摇头，“城外战场有老四的军队，至于对付城内阴兵……我并无十分的把握。”说着，他看向乌孽，“不过，既然大爷会来，那么您一定有办法。”

乌孽挑眉：“行啊，小子，都会算计咱家了。”

“晚辈不敢，是老四这么说的。”

“就知道是他，这小子什么都吃，唯独不吃亏。”乌孽嗤笑，“走吧。”

“大爷要去哪儿？”

“跟咱家去丰都，有些东西要教你，在阳间施展不开，不然，这仗还没打，城就破了。”

“晚辈刚刚才说了不回丰都。”乌子虚闻言有些诧异，“丰都内多的是阴阳家人，一旦回去，难免会被发现。”

“你当咱家是什么人？区区一个娃娃都带不了？”乌孽翻个白眼，“你说的咱家都知道，不过，此时此刻，丰都有一个地方必然安静，估计不会有半个鬼影。”

乌子虚思索片刻，忽然想到了什么，眼神一动。

乌孽勾唇一笑：“城西关，阿鼻之地。”

“此时此刻阴兵都被封在阴阳梯里，阿鼻之地前些日子被丰都官一通扫荡，此时干净得很，就算还有漏网之鱼，刚好拿来给你练手。”乌孽显得成竹在胸，“走吧，万无一失。”

乌子虚愕然：“阿鼻之地是禁地，就算是大爷您……居然能进去？”

“城西关刚刚经历阴兵暴动，镇压松溃，进去并不难，只是没人有那个胆子。”乌孽耸耸肩，“就算放在平时，进入固然不那么容易，但也并非全然没有办法。”

“您的意思是？”

“你不是一直想知道你爹的下落吗？”

乌子虚浑身一震，猛地抬头。

“无常子历来父母双亡，但阴阳家向来是不惧死人的，就算死了，到丰都也可以好好生活。”乌孽淡淡道，“而无常子是个例外，丰都内家族中人林林总总，唯独没有你的父母。

“你母亲，你是知道的，无常子天生便是半冥之体，怀胎时聚阴过重，母体会逐渐被煞气蚕食，最后连魂魄也被吞噬殆尽。入丰都的前提是肉身可亡，但必须有魂魄在世。

“至于你父亲，漫说你不知道，其实历代无常子的归宿在诸子七家中都是个谜。有人猜测会不会像天算子一样魂飞魄散、不入轮回，但其实并非如此。”

乌子虚听得全神贯注，下意识地重复道：“并非如此？”

“你跟咱家来。”乌孽推门而出，“咱家会告诉你，你爹去了哪里。”

正厅中人声鼎沸，满室哗然。

与城中的冷清不同，柴府聚满了人，正厅甚至坐不下，连走廊上都安置了座位。这在药家并不常见，虽然平时府中也多有会议，但并不会有这么多人参与。药家分支众多，除了逢年过节，有的人并没有入府的资格。

柴束薪坐在厅中，面前是一张几案，他还有一点儿事务尚未处理完毕，就把书桌搬了过来。耳边一片嘈杂，但他握笔的手很稳，手上戴着白绸手套。他知道周围的人在议论什么。所有人都在等，从安静等到嘈杂，从沉稳等到心急如焚，他们都在等他的一个决定。

他平静地写完最后一个字，放下笔，开口道："不退。"

原本就沸腾的人群顿时炸了锅，有人跳了起来，道："您说什么？"

柴束薪抬眼，又重复了一遍："我的决定是，守城不退。"

重重的咳嗽声响起，有人站起身。是药家德高望重的一名长辈。四周稍稍安静下来。

"家主，"老者开口，"今日众人齐聚，这是决定药家未来存亡的大事，请您三思而后行。"

"你们吵了多久，我便想了多久。"柴束薪还是那句话，"我说了，不退。"

"数年前您力排众议，选择倾药家之力帮助军队，如今看来，并非上策。"老者高声道，"故而此次请家主不要再独断专行。"

"战争远没有结束，是否为上策，还不到下结论的时候。"柴束薪看他一眼，"你不信我，便罢。七家中药家最重传统，讲究论资排辈，我知道自己年轻，你心中多有不服。"

这是相当露骨的说法，难以相信这话会从柴束薪的嘴里说出来，他本就冷淡，只是素来重视礼义，让人觉得药家家主有一副君子骨。如今他乍然撕破脸皮，老者愣了好一会儿，觉得他仿佛变了个人，语带锋芒。

他只是坐在那里，然而肝胆皆如冰雪，白衣不驯。

但现在不是想这些的时候，老者环视四周，扬声道："既如此，药家素来讲求服众，您轻狂至此——"

"不配为家主。"柴束薪仿佛懒得听他多说，直接将下半句说了出来，看着目瞪口呆的众人，“还有别的想说的吗？”

有人甚至在想柴束薪是不是吃错了药，只听他又道：“当年我继任家主，年幼才疏，虽勉力维持数年，但在座诸位仍多有私议。”

“如今城中生变，我选择不退。”柴束薪淡淡道，“我知道，诸位大多反对。”

“药家可以容忍第一次任性，但不会容忍第二次妄为。”老者冷笑，“家主若想长久，还请及时止损。”

“嗯，是时候了。”柴束薪起身，摘下手套，扔进火盆。

众人哗然，所有人都知道这个举动意味着什么。

柴束薪的声音回荡在正厅内：“今日起，我正式卸任药家家主之职，自愿从药家除名。”

柴忍冬走出九折回廊，听到远处正厅传来汹涌的议论声。

“从今往后，家主应由谁来担当？！”

虽然相隔甚远，但她依然听得出极力压抑的语调中隐含的激动与狂喜。她低头笑了笑。药家是诸子七家中入世最深的一支，家族与平凡世家也极像，争权夺利、钩心斗角、长幼无序……不过也没什么奇怪的，虽为七家中人，既没有长久的寿命，也没有奇异的血脉，更没有诡谲的家传和与生俱来的大能，不过有一手医术，比平常医者多了几分能耐，自然也更贪恋凡俗。

药家家主或许是七家中最普通的，也是最不好当的，自家胞弟多年辛劳，她都看在眼里。

“根据家规，家主必须由柴氏嫡亲血脉传承。”柴束薪冷淡地看了眼前人一眼，“你是旁支，不配。”

一语诛心。

对方勃然作色：“你既已卸任，柴氏嫡亲一脉已断，除了德高望重者代劳，还能有谁？”

话音未落，正厅大门被推开，一道身影走进来：“有我。”

掷地有声，满堂皆惊。

柴忍冬一袭鸦青旗袍，鬓边别着一支玉兰白簪。她有一双烟波浩渺的眸子，平时看着总透着几分朦胧。而如今烟消雨散，她站在厅中，有如青山不动。

“大小姐？”老者一愣，继而哈哈笑道，“大小姐抱恙多年，当初正是因为您精力不济，这才让幼弟继承了家主之位，如今这又是哪一出？”

“我身体如何，并非阿公一言可定。”柴忍冬笑了笑，“药官何在？”

药官是药家的特殊职位，不论血缘亲疏，只有医术高深者方可担当。

一名乌衣人手持药箱入内，朝柴忍冬行礼道：“大小姐。”

柴忍冬伸出手：“查。”

“是。”药官摘下手套，拿出一块软巾搭在柴忍冬手腕上，细细诊脉，片刻后躬身道，“大小姐身体与常人无异，沉疴已愈，可担家主之位。”

“胡说！绝无可能！”老者激动道，“你们是串通好的！把他拉下去！”

“那阿公您亲自来查，亦无不可。”柴忍冬伸手一拦，淡淡道，“只怕您医术难及。”

“这不可能！当年，你的病，药官亲自查过，绝不可能康复！”

“绝不可能康复之病——这话从药家人口中说出来，就是个笑话。”柴忍冬好整以暇地看着对方，“还是说，您太了解我当年得的是什么病？”

“你！”

“我当年突然患病，来势汹汹，不久便不能下床。若非父亲竭尽心力为我配药，我不可能活到今天，但即使父亲倾尽医术，也不过留得我一命，我无法如常人般生活。从此我深居九折回廊内，数年未出。”柴忍冬忽而一笑，语调转冷，“估计在阿公心里，我已与死人无异？”

在座确实没有人能够想到柴忍冬居然能康复，她消失了太久，多年隐居深闺，甚至逢年过节也难见一面，很多人都已经忘了柴氏还有一位大小姐。

而当年的柴忍冬，出名的远不只是相貌，其惊才绝艳，更是名满京华。

柴忍冬看着在座众人，他们形形色色，神态各异。

她想起前一天夜里，柴束薪敲开她的门，递上一只木匣。

打开匣子的刹那，她就明白了，匣子里放着一副手套。

姐弟两人在灯下相对，她轻声开口道：“我也有东西要给你。”说着拿出一只荷包。

柴束薪接过，打开，里面有一张宣纸，上面密密麻麻写了许多字：“这是？”

柴忍冬笑了笑：“一品锅的秘方。”

他们血脉相连，很多事无须多言。

柴忍冬在众目睽睽下戴上手套，一身病气褪尽。她今天绾起了长发，衬出优美锋利的下颌。

“即日起，药家撤离。”柴忍冬看着柴束薪，姐弟两人四目相对，“灵枢子柴束薪，自愿除名，放弃家主之位，留守不退。”

柴束薪长拜至地：“谢家主成全。”

额头接触到地面的刹那，柴束薪突然想到多年前和先生说过的一席话。

那时先生问他，对同窗几人怎么看。

他直起身，抬头看到迎面而来的阳光。

赤子之心，莽夫之勇，雪中之炭，冬日之阳。

都是那样可笑又可贵的东西。

钟声长鸣。

木葛生在水榭中坐了很久，直到住持前来。

“天算子，天色已晚。”

“是该回去了。”木葛生站起身，“等我听完这阵钟声。”

他走到水边，看着池中被钟声震开的余波：“当年我刚刚来到书斋时，总是被钟声吵得睡不着，后来慢慢养成了闻钟而眠的习惯。几年前出国留学，夜半醒来，依然睡不着觉，却是因为听不到钟声，总觉得少了什么。”

“人生无常。”住持道，“天算子是念旧的人。”

“旧境难丢掉，残山梦最真。”木葛生一阵咳嗽。下棋极费精力，为了保住胜局，他更是殚精竭虑。他从怀中掏出药瓶，匆匆服下药。他的伤还没有好全，本该卧床静养，但大战在即，人人争分夺秒，都没有时间休息。他边咳边道：“大师不带僧人们离开吗？开战在即，此地未必安稳。”

“天算子不必担心。”住持双手合十，念诵佛号，“叶落归根。”

“若是有什么需要，请大师随时找我，军营就在城郊，离白水寺很近。”

“寺中一切安好，我等日夜祈福，请天算子保重贵体。”

“白水寺替全城祈福，我代为谢过。”木葛生笑了笑，“至于我，却是无妨。”

他极目望去，远处黄昏万里，山长水阔，山河苍苍。

“此木为柴，燃木为薪——此后如竟没有炬火，我便是唯一的光。[1]”

六日后，前线失守，战场再度后撤。

与此同时，阴兵暴动，冲破封印。

木葛生率驻军三千，赴生死一役。

而城中迎战阴兵者，仅有几人而已。

尖锐的闹铃声响彻整个卧室。

闹钟的设置是每次持续响三分钟，之后每隔五分钟响一次，铃声大概响了半个小时之久，安平才睁开眼睛。

不是他没醒，而是无法回神。

梦中枪炮声震耳欲聋，惊得他头晕目眩、手脚发麻，他许久才意识到

1 此后如竟没有炬火，我便是唯一的光。——鲁迅《热风》

自己已经醒了过来。他强撑着站起身，腿一软，竟跪在垃圾桶边吐了起来。

前一天晚上熬夜看书，他趴在桌子上睡着了，有些着凉，胃绞成一团。回忆像抹布上拧下来的血，他眼前不断有肢体横飞的画面闪过，昏天黑地，尸横遍野，枪林弹雨，血流成河。

安平好不容易吐完，一抬头正好看见自己昨夜整理的历史笔记，白纸黑字，一场场战役罗列分明。他顿时心绪起伏，又低头大吐特吐了一通。

他真应该把闹钟提前一点儿的。他虚脱般爬到卫生间洗漱，今天的排练很重要，否则他说什么都不想去学校。

梦中种种，令他百感交集。

他突然很想见到木葛生。

然而木葛生并没有来上学，这不奇怪。

排练的间隙，安平到走廊上吹风，有些走神，《不看观音》已经排到了第三幕——《山鬼谣》。比其他在梦中经历的一切，校方发的剧本多有删改，但还是保留了一部分故事的核心，比如战争。

可是比起亲身经历种种，白纸黑字所述未免太过单薄。

上午排练结束，下午还有一节专业课，安平干脆没回家，到食堂随便买了一份炒菜。西红柿汤汁盖在米饭上，看着这红艳艳的一摊，他顿时没了胃口，无论如何也吃不下去。

“班委，你怎么了？”和他一起来吃饭的同学看出他状态不对，“你不舒服吗？”

安平放下筷子，摆摆手：“我没事儿。”

“没事儿个鬼，上午我就看出你不对劲了，中间好几句台词你都差点儿没接住。”对方一抹嘴，起身拉着安平往外走，“不舒服就别强撑着，我带你去医务室。”

“我真没事……”

“嘿，你这人，大好的机会翘课，别人求都求不来。我说，你能不能开窍点儿？”同学不由分说把安平拽出了食堂，“你就是太死板——”

话音未落，不远处传来轰隆一声巨响，接着是一连串砖墙倒塌的声音，两人齐齐愣在原地，周围尖叫声此起彼伏。

同学看傻了眼，喃喃道：“那是教学楼塌了？”

他俩大眼瞪小眼了好一会儿，同学突然一拍大腿，看着安平：“那我们是不是不用上课了？”

安平：“……”

很快有老师出来维持秩序。校园里吵吵嚷嚷，折腾了好一通，最后所有人在操场集合，校方对情况做出了大致声明。教学楼年久失修，顶楼部分天花板坍塌，所幸没有造成人员伤亡，学校暂时放假，开学时间待定。

“我去，真的假的？”同学掐了自己一把，“我从小到大的愿望之一就是学校塌了——不过，咱学校的建筑真是豆腐渣工程吗？别回头上个课还得提心吊胆的……”

“不应该。”安平在操场上站了许久，头脑发昏，强撑着道，“市艺专是百年老校，刚才出事的是旧教学楼，年份应该很久了，学校肯定会重点维护，不该说出事就出事——”话未说完，他眼前阵阵发黑，一头栽倒在地上。

“我去！班委？！你没事吧？”

安平蒙胧间看见大呼小叫的同学的脸，头痛欲裂，他再也支撑不住，最终昏了过去。

他听见隐隐约约的笑声，很轻，像猫爪上的绒毛，一下一下地挠着自己的心。

“……这个人怎么又来了呀？”

“这次怕是出不去啦……”

安平听得迷糊，头脑昏沉，他试着睁开眼，只见四周黑黢黢一片，浮动着朦胧的红光。

这是什么地方？

他坐起身，发现自己躺在水泥地上，手脚冰凉，但胸口处传来一阵暖意，像有什么东西在发热。他俯身一看，是护身的玉扣。

这枚玉扣是安平母亲从拍卖会买来的，说是古董，护身保平安，他从小一直戴着。除了误闯三岔间那次，这枚玉扣倒是没起过什么作用，也没有什么别的异常。

眼下这枚玉扣微微发热，像是某种保护。

安平站起身，将玉扣掏了出来，举在面前，温润的玉色泛出暖光，微微照亮了空间中的黑暗。

等他看清眼前的事物，顿时愣在原地，接着头皮一麻，浑身的冷汗都冒了出来。

虽然情景发生了很大改变，但他不会认错，这儿是三岔间！

空气中弥漫着窒闷的燥和混浊的腥，泛出一股干冷，这气味和他上次来时一模一样，只是更加浓重。他先是被吓傻了，接着很快反应过来——他为什么会在这里？

他强行镇定下来，开始迅速回忆之前经历的一切——排练、教学楼坍塌，接着他好像晕了过去，醒来后便来到了三岔间……

教学楼坍塌——安平直觉认为此事必然和三岔间有什么关系。市艺专是重点学校，学校不缺钱，校方对检修维护不可能不重视。

他突然想到之前木葛生说过的话："老城区有上百年历史，市艺专附近有很多古建筑，这一代在民国时就人烟阜盛。同样，当年打仗的时候，这里死的人也最多。"

"……这种裂隙被叫作'三岔间'，位于天上、人间、地下三条岔路之间。"

"三岔间在人间出现，不是小事儿，丰都那帮吃闲饭的有些被吓坏了，着急忙慌地找原因。"

战场、三岔间、丰都，冥冥中仿佛有一条线把三者穿到了一起。安平忽然有种毛骨悚然的猜测，如今的三岔间和当初的阴阳梯有什么关系？当年的东南古城是不是就是他现在生活的城市？

无缘无故的教学楼坍塌——安平本能地联想到梦中的关山月倒塌，原因是阴兵暴动。

联想到之前的种种，木葛生说过他是已死之人，那么百年之前阴兵发难，他们到底是如何解决的？若阴兵已彻底消失，丰都又怎会因为三岔间现世而大惊失色？

安平不敢往下想了，他现在只有一个念头——活着出去，然后马上去找木葛生。

安平举起玉扣照明，大着胆子往前走。

三岔间的景色和上次截然不同，不再是数年前的老图书馆地下室，也没有那些谵妄般的剧场和说书人，而是变成了一片混沌，只有脚下的楼梯绵延不尽，四周浮动着若有若无的笑声，似乎有谁在窥伺着他的一举一动。

他越走，心越惊，冷汗湿透全身，连头疼都顾不得——原因无他，这里实在太像当年的阴阳梯了！

他有点儿不敢往下走了，再这么深入下去，难不成他真要走去丰都？况且阴阳梯极其漫长，以他的脚程，怕是要在半路饿死。

就在安平思绪纷杂的时刻，有笑声突兀地响起，有什么东西拍了拍他的肩膀。

安平顿时汗毛直竖。小说，他看得一点儿不少，这种半夜鬼拍肩的场面，他见得多了，绝对不能回头。他吓得撒腿狂奔而去。然而那笑声仿佛追着他跑，始终若有若无。他想停下来喘口气，顿时有什么东西拍上他的肩头，阴冷刺骨，搞得他再不敢停步，一路顺势而下。

不知过了多久，安平实在跑不动了，不得不放慢脚步。结果还没等他缓口气，楼梯下方便传来指甲抓挠的声音，还有咯咯的笑声，有什么东西爬了上来，含混不清道："……你终于来啦……"

安平被吓得一个踉跄绊倒在台阶上，心道："横竖不过一死！"这段时间他见识了不少，心想，大不了到阎罗殿上再托人去找木葛生！

说时迟那时快，一道刀光从下方飙起，瞬间将安平身后某物劈成两半，余波震断了安平脖子上的红绳，玉扣啪地掉在地上，光芒熄灭，四周再次陷入黑暗。

安平还没反应过来到底发生了什么，楼梯下有脚步声传来。有人捡起地上的玉扣，顿了顿，道："这是你的东西？"

安平听不出他是谁，不过，似乎是个能讲理的。安平闭着眼睛连连点头："是，是我的。"顿了顿，又补充道，"古董鉴定证书现在还在我家搁着呢。"

"抱歉，弄断了你的红绳。"

"不要紧不要紧。"安平弄不清对方是什么来历，黑灯瞎火，又看不清对方的脸，吓得有些口不择言，"回头再去城隍庙地摊买一个就行。"

对方倒是没说什么，走上前来，将玉扣放到他手里："收好。"接着抓住他的后领，道，"得罪了。"

安平尚未反应过来，只觉背后一阵大力传来，对方居然将他拎了起来，原地一抡，直接将他扔出了三岔间。

那玉扣回到安平手中，重新泛出光亮，借着微弱的余光，他隐约看到一把红色长刀。

他突然觉得对方的声音有些耳熟，似乎在哪里听到过。

"……学委！安平！"

安平醒过来的时候，发现自己躺在医务室。

"你可算醒了！"同学大呼小叫地扑了上来，"说晕就晕，吓死你爹我了！"

安平闭了闭眼，有点儿搞不清状况："发生了什么？"他刚才不是在三岔间吗？怎么突然就回来了？还是在医务室？

"你还问？！当时在操场上，你话没说完就晕了过去，还好老师们都在，把你抬来了医务室。"同学道，"你吓死我了，回头请我喝奶茶压惊，听到没有？"

"好说。"安平揉了揉太阳穴，"欠你一顿饭，回头补上。"

“你们现在这些年轻人都不知道注意身体。”穿着白大褂的医务人员走到床边，“着凉后低烧，心律不齐，你是不是昨晚熬夜了？”

“是。”安平点头，鼻腔有些堵，“没睡好。”

“知道你们毕业生压力大，动不动就熬通宵。”医务人员哼了一声，“给你开了药，走的时候记得拿，刚好学校教学楼维修，放假，回家好好歇着去。你家长呢？回去吃点儿清淡的，别为了味道就重油重辣。”

提到家长，同学看他一眼，悄声道：“你爸妈回来了没？”

“还没有，可能得等到过年。”安平摇了摇头，“没事儿，我能照顾好自己。”

话音未落，医务室的门突然被踹开，有人走了进来：“他家长是我。”

安平一愣，来人居然是乌毕有。

“你是他家长？”医务人员怀疑地看着眼前的少年，“你成年了吗？”

乌毕有压根儿不接腔，径直走到安平面前，臭着张脸俯视他：“跟我走。”

“这人是谁啊？你弟？没听说过你有弟弟啊？”同学凑到安平身边，悄声道，“他脸色这么差，你欠他钱了吗？”

安平心道：“我没欠他钱，木葛生可就说不准了。”但他也知道乌毕有此时出现在市艺专绝非巧合，少年看起来阴沉又暴躁，想必是被木葛生差遣来的。安平领教过乌毕有的脾气，没多说什么，起身道：“走吧。”

同学放心不下，然而乌毕有的脸色看起来实在吓人，他不敢阻拦，只得偷偷给安平发短信：“有事记得给我打电话，不行就报警。”

“放心。”安平回复道。

乌毕有开着拉货的拖车来找他。那辆三轮车停在市艺专门前，连车钥匙也没拔，喇叭里传出震耳欲聋的《祝你生日快乐》，周边一大群人都探着头看。

乌毕有从三轮车上拽下一辆共享单车，扔给安平：“那老不死的找你，自己滚去城隍庙。”

“发生什么事儿了？”安平拦住乌毕有。这人轻易不会听木葛生的话，如今却特意来学校接他，木葛生那边肯定出事了。

“话，我带到了，你哪那么多废话？！”乌毕有不耐烦地啧了一声，推开安平，上车关门，“你自己去问他。”说罢一踩油门，扬长而去。

安平站在原地，看了看手边的共享单车，果断地将其停在路边，打车去了城隍庙。

这次门口的黄牛倒是没拦安平让他买票，直接挥挥手放行，像知道他此番目的似的提醒道：“人就在院里，看不见的话，就去厢房喊他。”

安平一进门就看见了木葛生。这人站在银杏树下，依旧是身穿睡衣、手握搪瓷缸的派头，手里捏着一枚铜钱，闻声扭头望来，朝他笑了笑：“来啦。”

安平走上前，刚想开口说什么，木葛生却把搪瓷缸递给他：“把这个喝了。”

搪瓷缸是温热的，散发出淡淡的药味。安平闻了闻：“这是什么？”

“红糖水加糖桂花，养气补血，妇女专用。”

安平翻了个白眼，将搪瓷缸里的东西喝了，觉得浑身上下暖了不少，头也不再那么昏沉：“你知道我病了？”

“我大概知道你都梦见了什么。”木葛生摩挲着手里的花钱，“市艺专楼塌了？”

“是。”安平点头，“你算出来的？”

“不用算，到时间了。”木葛生注意到安平的眼神，将手里的铜钱递给他，“山鬼花钱，你应该在梦里见过不少次。”

安平确实在梦里常常见到这些铜板。天算门下亲传四十九枚山鬼花钱，古旧铜币裹着一层包浆，看得出年代久远。

“你今天怎么不用你那些钢镚儿了？”安平突然反应过来，在现实中，他从未见过木葛生用山鬼花钱。

“早上起来觉得不太对，算了一卦，”木葛生道，“算出来你会出点儿事儿。但是我们之间牵扯太多，普通钢镚儿算不准，只能用山鬼花钱。”说着，他看了安平一眼，“你又掉进三岔间了。”

“对。”安平这才想起来要紧事，开口噼里啪啦就是一大堆疑问，“学校塌方和三岔间有什么关系？是不是和当年的阴兵有关联？三岔间是不是阴阳梯？对了，我还被一个人救了，那人是谁？”

“慢点儿，一个一个来。年纪大了，记性不好。”木葛生听得摆摆手，“有些事情，你应该意识到了，这里就是当年我生活的那座城。”

安平心想，果然。

“当初阴兵暴动，被我们强行镇压，但是代价很大，我的记忆也出现了断层。”木葛生道，“你做梦的时候应该也意识到了，有些关键的地方是模糊不清的。”

安平一愣，随即道：“那你还记得多少？”

“我只知道一些线索——当年强行清剿阴兵，伤亡惨重。但还有一些无法彻底铲除的残怨，我用掉了一枚山鬼花钱，将它们重新封印。”木葛生缓缓道，“三岔间不是阴阳梯，但它是阴阳梯怨气泄漏形成的空间，残怨在阴阳梯中被封印百年，镇压松动，市艺专就建在地脉上，因此才会突然塌方。”

安平悚然：“你的意思是，当年的那些阴兵又要出来了？”梦中惨剧历历在目，他一闭上眼就能看到铺天盖地的血色。当初付出无比惨重的代价才镇压了阴兵，如果阴兵卷土重来，他不敢想象会有什么后果。

“放心，有我在。”木葛生看着安平的神色，笑了起来，“你知道城隍庙外的这条街叫什么吗？”

“城西街……”安平猛地反应过来，“这里和城西关有什么关系？”

“很多人以为城西街在老城区最西边，因此被叫作城西街。其实并非如此，这条街的尽头就是当年的阴阳梯被封之地。我在城隍庙居住已久，就是为了镇守此处。”木葛生拍了拍安平的肩，“我在，这里就是城西关，阴兵也出不来。”

安平看着木葛生，一时间不知道该说什么。

“你进过三岔间，沾了那里的气息，最近地脉不稳，你很容易再次掉进去。”木葛生带着安平走进一旁的厢房，“今晚你先住在这里，等雨过天晴，诸事大吉。”

“雨过天晴？”安平抬头看了看天色，万里无云，“天气预报说最近都是晴天啊。”

“天气预报不准。”木葛生一抛手中花钱，“今夜有大雨。”

“晚上听见什么动静别害怕，我闺女会来，那年轻人脾气虽然差了点儿，但心不黑。”木葛生悠悠道，“可不是我让他去接你的，他看见我那卦象就变了脸色，急冲冲就要去市艺专救人。”

这倒是出乎安平的意料：“那在三岔间里是谁救的我？”

“当年故人。”木葛生老神在在地笑了笑，“放心，日后你自会知晓。”

第十二章

拂晓，城破。一舞倾城，再倾国。

安平当夜在城隍庙中睡下，辗转难眠。

最近发生的事实在太多，千头万绪，他竟有些害怕睡意——金戈铁马入梦来，又是尸山血海。白天时他本想问木葛生后来发生了什么，话到嘴边又被咽下，且不论对方是否还记得，有的回忆就是经年的疮口，表面愈合，内里溃烂如旧。

城隍庙里外都挂着大红的灯笼，有的通了电，有的烧着蜡烛。安平住的厢房外就挂着一盏，在风中微微摇动，他盯着那灯笼，烛芯爆开小小的灯花。

瘦尽灯花又一宵，风雨萧条。

大门忽然被风吹开，呼啦啦一阵乱响，安平猛地睁开双眼。他方才居然靠在床上睡着了。

安平一阵恍惚，窗外的灯笼不知何时熄灭了，房门大开，冷风灌入，冰凉刺骨。

安平一激灵，起身正要关门，却看见整座城隍庙都陷入了黑暗，古旧的建筑隐没在夜色里，隐隐约约能看到红色的房梁。

此情此景实在说不出地瘆人，安平打了个寒战，急忙就要关门，却听见不远处传来哗啦一声响，好像有什么东西倒了下去。

他本想闭眼不管，但说不上好奇心作祟还是隐隐的预感，他大着胆子走上前去，发现那是个没关门的房间。

安平摸出手机，打开照明功能，四下一照，发现这里并不大，白墙青砖，并没有什么陈设，甚至称得上简陋。只有一面墙前摆了一张桌子，还有香炉、果品，供奉着一个牌位。

似乎是风刮开了门，那牌位倒在地上，刚刚的声音应该就是从这里传来的。

安平松了口气，城隍庙有供奉并不稀奇，没什么可大惊小怪的，他走上前，将那牌位放回原位，借着照明灯，看了看牌上的字。

下一瞬，寒意油然而生，冰凉灌顶，安平整个人呆住，愣在原地。

一声惊雷突然在天际炸响，白光闪现，随即大雨倾盆，门外狂风呼啸，树影摇乱。

冬天打雷、下雨都很罕见，但木葛生说夜里有雨，果然夜半时分便大雨倾盆。

有打火机的声音在雨中响起，随即一盏灯亮了起来。安平猛地回过神，慌忙地转身，走出门外。

只见长廊尽头城隍庙的大门被打开，茫茫雨声中，乌毕有正坐在门槛上。

门下亮着一盏灯，借着灯光，安平看清了他手上拿着的东西，是姑妄烟杆。

少年点燃烟杆，闻着味道，又透着几分从容，他难得安静。透过烟雾，安平仿佛又看到了当年那个温润颀长的身影。

那人也是这样抽完一袋烟，然后生死以赴。

“风流总被雨打风吹去。”乌子虚站在长街尽头。远处黑云压城，炮火连天，震耳欲聋。

“马上就要死了，你他娘的还在这儿吟诗作赋。”松问童坐在房檐上喝酒，“一股子酸腐气。”

“这可不像老二你会说的话。”乌子虚手持烟杆，悠悠然站在雨中。

他现在又是那个白玉般的贵公子了，不似和松问童打架时歇斯底里，亦不像和木葛生争论时有心无力。仿佛几日前的他曾短暂地变成少年，如今面对千军万马，再次恢复了无常子的温雅雍容。

不远处就是阴阳梯被封的路口，城外炮声不断，地表发出阵阵异动。突然间，一道闪电划过夜幕，惊天动地一声爆响，地表开裂，地底深处传来万马嘶鸣。

瞬间暴雨如注。

乌子虚划开火柴，点燃烟杆，注视着街口的黑洞："开始了。"

松问童从房檐跳下，拔刀出鞘，挡在最前方，沉声道："做好你的事。"

乌子虚拍了拍他的肩，转身走向长街另一端的尽头，身后奔腾的马蹄声由远及近。

松问童暴喝一声，大片的刀光平地而起，仿佛地上的第二轮月亮，酒坛落地而碎，兵戈交接声连成一片，空气中顿时充满浓郁的血腥气。

乌子虚没有回头，他稳步走向长街另一头，吐出了雨夜的第一口烟。

与此同时，城墙上下已是尸山血海。

木葛生吼哑了嗓子："稳住！把伤患抬下去！死了的就把尸体搬开！前锋火力压制！绝对不能放他们抢上城楼！"喉咙几乎废了一半，他仰头喝了两口雨水，抬枪将一名爬上城楼的敌兵崩了下去，他被溅了满脸血，来不及抹，咬开手榴弹的引信就扔了下去。

敌军突如其来，守城战已经打了一天一夜，三千人只剩一千不到，兵力悬殊，弹药短缺，所有人都已是强弩之末。但他必须要撑，阴阳梯今夜方才打开，他至少要挨到天明，方才能给老二他们争得一丝生机。

如果只论胜负，阴兵暴乱其实是很好的助力，引敌军入城，宁为玉碎，不为瓦全，轰轰烈烈地同归于尽。但他同时也很清楚，无论是守军还是城下的上万敌兵，都不是阴兵的对手。一旦放敌军进城，最后的结果只会是全军覆没，更大的怨气被阴兵吸纳，到时再没有能够阻挡他们的人——阴兵将倾城而出，那时等待四方国土的将是真正的灭顶之灾。

或许诸子七家等待的正是这样的结局，以阴兵之力清剿混乱的山河，以毒攻毒，彻底将天地颠覆。最后，在两败俱伤之时，七家出手，重整人间。

确实是老谋深算，于七家而言，这样的确是最优解，或许于当权者而言，这也是再好不过的选择。

但木葛生不行，他抹了把脸上的雨水，自嘲地笑了笑，他真的不适合当天算子，他就是个普通得不能再普通的兵痞，他不能坐视一城失陷，从此内陆腹地再无险关可守，更不能眼看着阴兵四起，从此生灵涂炭，千里白骨露于野，忘川河畔尽冤魂。

他重视家国一城一地之得失，计较同胞一老一幼之性命。他没有目空一切的肝胆，更不能六根俱净地俯视这人间。

城墙上枪林弹雨，城下守军几乎是用尸体堵住了城门。

“报——”有士兵快马加鞭而来，上气不接下气地朝木葛生吼道，“参谋长让我给您带话！城南要守不住了！”

木葛生大吼：“把最后一批火药拨过去！让他勒紧裤腰带也给我守住！”

古城本来有四个城门，去年被木司令颇有先见之明地封住了一个，剩下三个城门。数日前，木葛生逼着松问童硬是赶工堵上了一个，剩下两个，一个在城东，另一个在城南。木葛生在开战前下了死命令，脑袋可以掉，哪个门都不能丢。

话音未落，一枚流弹朝木葛生迎头飞来，他躲闪不及，身边却突然扑来一人，将他死死压在身下。他将那人扒拉开的时候摸到满手的血，头顶飞沙走石，所有人都是灰头土脸的。他愣了一瞬，猛地认出眼前的人：“小峰子？！谁放你来入伍的？你今年才十四吧？！”

“木……木少爷。”小峰子浑身是血，上气不接下气道，“不……不对，现在该叫长官了。”

“你不管你爹娘了？！”木葛生失控般大吼，“你冲上来送死，你妹妹谁来照顾？”

“我家一直受您恩惠，强占我家宅子的贪官是您赶走的，我爹重病是柴家帮着照看收留……您和柴公子都不走，我爹说了，做人要有恩义在心……

“我从小就跟着您混，外头来了流氓、地痞要占我们的街坊，您就带着我们把他打出去。如今更大的流氓要来抢我们的城了，我当然也要跟着您，跟着您把他们赶走……”

小峰子吐出一口血，握住木葛生的手，断断续续地笑道：“当日您来我家铺子订的衣裳，我给您送到了邺水朱华。可惜那晚大家吃得尽兴，您却没来自己的接风宴……不……不要紧，等您打胜了，我们再一起喝庆功酒……穿上我给您裁的长衫，一定很气派……”

木葛生抹了一把脸上的血：“别说了，我派人带你去疗伤。”他将小峰子交给那个纵马前来的通信兵，医疗营就在城中不远处。

“你小子给我撑住了。”他捂着小峰子的伤口，狠狠道，“等我回来，请你喝庆功酒，把邺水朱华吃到亏空。”

硝烟四起，谁也不得片刻喘息。木葛生转身离去。楼梯上已满是死人，他踩着战友的残躯，重新登上尸山血海的城头。

通信兵带着小峰子一路狂奔，紧急送到医疗营内。

浑身是血的柴束薪迎了上来：“交给我。”他将小峰子抱下马，通信兵随即疾驰而去。柴束薪将小峰子抱进帐篷，血腥气涌来，到处都是惨叫、哀吟。

“哥！”帮着打下手的女孩儿看见柴束薪怀里的人，顿时急红了眼圈，帮着将小峰子安顿在一处空地：“柴公子，我哥他的伤还有没有救？”

女孩儿这两天来已经见了太多生死，抵得上普通人的几辈子所见，她没有避重就轻地问伤得重不重，而是选择直接问有没有救。能救则救，如果不能，痛快了断远胜过苟延残喘，她不停地拖走一个又一个死人，她还有力气，能够好好地将兄长抬出去。

柴束薪看她一眼，拎过来药箱，轻声道：“没事。”

女孩儿顿时哭了出来，又怕影响到柴束薪施针，只好跑到一旁照顾伤患，偷偷地小声抽泣。

风声、雨声、枪声呼啸刺耳，巨大的雨点噼里啪啦地砸在帐篷上，流弹在不远处炸响。

整座营帐都在震，但柴束薪下针的手依然很稳，他镇定地清理伤口，取出弹片，止血缝合，最后对女孩儿道：“我记得还剩一点儿药材，按之前的老方子，加陈皮、大黄，煎一碗让他服下去。”

女孩儿连忙应了，跑出营帐。

柴束薪看着小峰子：“你妹妹走了，觉得疼可以喊出来。”

小峰子呻吟着开口：“外面在下雨，您让她多加件衣服……”

“好。”柴束薪替他诊了脉，片刻后道，“城上战况如何？”

“我不太懂……但是好多人来不及到医疗营就死了，大家都在拼死一战……”

“……木葛生呢？”

“木长官还好，受了点儿伤，但还撑得住……”

“我知道了。”柴束薪轻声道，“你做得很好。”

“……您很冷吗？”

“我没事。”柴束薪脱下自己的外衣，盖在小峰子身上，“你好好休息，这里有我。”

短暂交谈的片刻，他的手一直在抖，甚至快过了对方的脉搏。

长街两旁摆满了酒坛，阴阳梯中阴兵狂拥，却始终不能越过酒坛一步。长街上挤满了兵马，松问童杀红了眼，砍瓜切菜般收割着人头。

狂拥而来的阴兵越来越多了，虽然木葛生提前将山鬼花钱放入酒坛布阵，但说到底一条街是不可能阻挡阴兵大军太久的。街口太窄，阴兵不能四散，便踏着同伴的头颅跃到半空，一层叠一层，盔甲摞在一起，如同一面巨大无比的青铜墙。

有人吹响了号角，阴兵发出嘶哑的号叫。

松问童冷冷地看着眼前的鬼哭狼嚎，他咬着一绺湿发，浑身肌肉绷紧，骨骼爆出刺耳的咔嚓声，最后他转了转脖颈儿，仿佛凭空长高了一寸。他甩掉外衫，汗水和热气源源不断地从毛孔里冒出来，雨水甚至无法近他的身，在半空中就被蒸腾。

这是蓬莱秘术“雪燃”，他在剑阁待了整整三年方才练成，通过经脉运行而调整骨骼四肢，将人的潜能催发到极致。练成的那一日，漫山大雪，他埋下一颗种子，吐纳运息完毕，雪地中开出了一朵莲花。

他缓慢地呼吸，全身潜能都被调整到巅峰状态。只有秘术是不够的，极致的功法需要配以极致的外力——墨家代代相传的舐红刀术，这把刀由盘古开天辟地而来，出刀的刹那，连阴阳都可以被斩断。

有熟悉的嗓音在他耳畔响起：“当你掌中有刀的时候，没有什么能拦住墨家人。”

“果然，这么热闹的场面少不了你啊，妈。”松问童朝记忆中的女人笑了笑，仰头长长地吐息，接着暴喝一声，如同离弦之箭冲了出去。街边的酒坛一个个炸开，烈酒和暴雨混在一起，狂潮般将松问童托到半空中。他将全身的力量催动到极致，拔刀出鞘，无比凌厉地斩下。

那是美而暴烈的一刀，在空中画出一个完满的圆，刀光撞上铜墙，仿佛日落沉江，掀起滔天巨浪，堆积如山的阴兵瞬间土崩瓦解，哀号着化为齑粉。

松问童一刀力竭，整个人摔趴在地上，狼狈地拄着刀爬起来，大吼道：“乌孽！”

“无礼小辈，要叫‘太岁大爷’！”一道红光从阴阳梯中冲出，跨过层层阴兵，从背面将阴兵搅了个人仰马翻。

乌孽边战边走，迅速突出重围，将手中花球朝远处掷去：“小子接着！”

花球被抛到半空中，又被松问童凌空一踢，直接飞到了长街尽头。

花球落地炸开，变成一面朱红大鼓，暴雨敲打着鼓面，嘈杂如万马蹄声。

乌子虚站在鼓前，抬头望去，缓缓吐出了最后一口烟。他扔掉烟杆，纵身跃上鼓面。

安平看着乌毕有推开城隍庙门，起身走入暴雨之中，低沉的鼓点声隐隐传来。他追出门去，发现街头不知何时放了一面大鼓。

乌毕有跃上鼓面，在雨中折腰而立，双手翻转，是一个舞蹈的起手式。

木葛生站在不远处，他横抱着一把琵琶，遥遥和少年对视，缓缓开口——

刹那间雨声止歇，天地俱寂。

乌孽出手拦住阴兵，松问童冲出人群，狂奔进长街一旁的关山月——乐楼今夜门窗大开，顶层天台放满琴架，琵琶琴瑟陈列开来。松问童一把抓起一把琵琶，在暴雨中急急拨弦。

银瓶乍破水浆迸，铁骑突出刀枪鸣。

木葛生看着乌毕有。

松问童看着乌子虚。

琵琶嘈嘈切切，音如裂帛，有歌声拔地而起——

岂曰无衣？红妆缟素！

岂曰无言？焚诗千赋！

岂曰无歌？长歌当哭！

岂曰无战？穷兵黩武！

鼓上人惊鸿而舞，凌厉、曼妙，如破阵之剑，如绕指之柔，锐不可当的杀气和惊心动魄的艳丽融为一体，有如力拔山兮的沉重，有如白鹤展翅的轻盈。随着舞者拔剑般一跃而起，四周的空气仿佛都凝聚成了实质，天上地下，无有不从。

这绝非凡俗的舞蹈，而是阴阳家的倾世绝学——将军傩舞。

阴阳家可御神鬼，姑妄烟杆在手，甚至能使阎罗听令，然而面对十殿阎罗都束手无策的数万阴兵，能与之对决的唯有阴阳家失传已久的上古之舞。

“将军傩舞已失传数百载。”当日乌子虚在城西关，难以置信地看着乌孽，“上次将军傩舞现世，还是兰陵王在军中奏破阵之乐，大爷，您居然还保有这一绝学？”

“咱家在丰都住了快千年，身上可不只有年龄。”乌孽一抛花球，“看过天光墟百戏吗？咱家跳的十二重案舞，其实就是将军傩舞中的一段。”

傩舞，又被称为祭神之舞，古人戴傩面，寓意请神上身，遵从神识而起舞，从而将神意昭示天下。后有阴阳家横空出世，修习阴阳之术，便将傩舞融入家学，流传百代。

而其中最艳丽、最凶绝的便是将军傩舞。

沙场乃万鬼齐聚之地，丝毫不亚于城西关，当年阴阳家先祖作将军傩舞，便是借军神之力化解战场怨气，一舞祭出，万灵降服。军神本就杀伐无数，一旦起舞请神，势必大煞压身，历代无常子中因为跳将军傩舞而横死数人，最终这一绝学逐渐失传，已有数百年不曾出现。

“学这支舞，你要有死志。”乌孽对乌子虚说过，“杀伐之气、纵横之意、睥睨之心、赴死之志，只有这样，才能跳出这倾世一舞。”

“当然，咱家也不会看着后辈儿孙送死。”乌孽忽而一笑，“战国时曾有乐师见过此舞，惊心动魄之际谱下一曲，名为《无衣》，伴舞而奏，可消减舞中煞气。

“但这支曲子比舞失传得更早，咱家也没听过全本，只是根据千年前残留的一些片段，重新谱了一曲，后来和人喝酒时唱了出来，酒友便帮我填了词。

“这支曲子，墨家还有传承。到时阴兵暴动而出，胜负便在于你们二人。”

松问童十指操琴，仿佛千军万马冲锋陷阵，五弦有如金戈。他指下有杀气，琴声刀割般斩断雨幕，然而无法长久，琴弦很快断裂。但关山月的天台上早已放满了乐器，琴架一层层排开，他弹废一把立刻就换上一样新的，他并不怎么精于音律，有的乐器甚至从未接触过，但下手便有旋律喷薄而出——赵姨说的那句话是对的，这首曲子是种传承，早已融入他骨血之中。

这是一首以杀止杀之曲，只要是心中有战场的人，就能记住它的旋律！

安平站在雨中，看着木葛生放声高歌——

> 醉里看剑几回？风流无数！
> 金戈铁马几度？青山埋骨！

琴声锵然，松问童扔掉最后一把琴，拔刀而起，击柱而歌：

> 功名利禄皆尘土，是非成败一笔书。
> 渔樵话里老江湖，一朝繁华万骨枯！
> 兴，百姓苦；亡，百姓苦。
> 沉浮，试问天下谁主？千秋万代，稚子何辜？

一舞破阵。

随着乌子虚身形翻转，仿佛有无形的力量抚过虚空，阴兵一阵阵消散。然而将军傩舞始终是凶绝之舞，起舞之人无异于自燃取暖，内耗极大。乌子虚在阿鼻之地和乌孽匆匆学了数日，强撑到现在已是难以为继，哇地呕出一口血。

松问童已经哑了嗓子，十指鲜血淋漓，刀击声如四面楚歌。

就在两人即将力竭的时刻，一张纸钱飘到半空中，清脆的梆子声从地底深处传来。

木葛生趴在城头换弹匣，突然感到一阵天旋地转，鼻腔有鲜血喷涌而出，满嘴都是血腥气。他心知这是药效到了，便掏出乌孽给他的药瓶，却再也倒不出东西。

强撑数日，他这是在拿自己点灯熬油，一撑不住就吃药，早就超过了乌孽嘱咐他的服用量。他咳出一口血，扶住城墙，嘶声吼道："还剩多少人？"

"报告！还剩三百不到！"有人跑上前来，"城南撑不住了！"

"撑不住就退！"木葛生估算着时间差不多了，他站起身，眼前阵阵发黑，险些再次栽倒在地，"打巷战！"

"长官！"一旁的士兵连忙扶住他，声音在炮火中显得模糊不清，"城南已经失守了！"

"什么？！"

"城南余兵三十五人，死守不退，在参谋长带领下，捆上了剩下的炸药包，从城上跳了下去！

"……全部殉国！"

木葛生喷出一口血，随即被他抹去，他扇了自己一巴掌，狠狠地咬着舌尖，竭力让自己镇定下来："医疗营还有多少人？动不了的找地方隐蔽好，还能顶的，都派去城南，能挡多久是多久！”

“已经派过去了。”一个声音打断了木葛生，他一愣，“你怎么来了？”

来人居然是柴束薪。

“我还能动，过来帮你守城。”

柴束薪浑身是血，再不见平日的整洁、冷淡，他拿着枪，一双手满是血垢。

木葛生视线在他手上停留一瞬：“你带药了吗？乌孽大爷给的吃完了，我至少还要再撑半个时辰。”

柴束薪掏出一只药瓶递给他：“我在，你死不了。”

木葛生笑了笑，打开药瓶将药倒入口中，嚼得满嘴鲜血：“小峰子他们还好吗？”

“没事。”柴束薪轻声道，“大家都很好。”

方才数枚流弹打入城中，正砸在医疗营的顶棚上。

柴束薪担心木葛生的药量，正要来城头给他送药，刚刚牵过马来，瞬间便被漫天沙石掀倒在地，再一回头，整座营地已化为焦土。

乌子虚站在鼓上，梆子声由远及近，阴兵正在逐渐灰飞烟灭，烟尘形成一阵阵浓雾。

有人从雾气深处走来，并未像其他阴兵一样穿着盔甲，而是一袭白衣，手持木梆，大袖飞扬。

对方和乌子虚遥遥对视，缓缓开口，声音仿佛来自太古：“魂兮归来——”

歌声乍起，是和《无衣》截然不同的旋律，苍茫、浩大，又带着说不出的冷寂，歌声响起的刹那，正在消散的阴兵纷纷凝固在原地，像被注入了某种幽玄的力量，已经溃散的阴兵再次暴动起来！这歌声仿佛有吸纳怨气的能力，连远处战场新丧的亡魂也随之而来——直接放弃了轮回转世，原地化为新的阴兵，咆哮而起！

乌孽原本站在长街正中拦截阴兵，见状暴喝一声：“墨家的！”

松问童从楼上一跃而下。两人换位，舐红刀脱鞘而出，刀光平斩，瞬间掀翻了一丈以内的所有铁骑。

乌孽朝长街尽头狂奔而去，一脚将乌子虚从鼓上踹下：“凝神！做好你的事！”

乌孽代替了乌子虚，折腰并足，在鼓上重新起舞，不断消减暴起的阴兵。但梆子声与歌声不绝，远处就是战场，怨气源源不断，很快有更多新的阴兵随之而来。少了《无衣》伴乐，将军傩舞对舞者的损耗更大，乌孽亦是勉力支撑，局势逐渐陷入胶着。

松问童在前，乌孽在后，乌子虚站在长街中段，注视着不远处的敲梆人。

瓢泼大雨兜头而下，隔着万千水帘，金戈声仿佛退出很远。

乌子虚想起之前在阿鼻之地乌孽和他的一席对话。那时他已经学会了最后一段将军傩舞。

“咱家知道你想问什么。”乌孽淡淡道，“关于你爹的下落。”

这确实是他的心结之一，历代无常子的归宿在诸子七家中都是无解之谜，银杏斋主当年亦讳莫如深。他七岁接管无常子之位，父亲去世却并未入丰都，生死簿上也没有任何记载，只留下一支姑妄烟杆和烟袋中的一捧骨灰。

“你是无常子，对阴兵多少该有些了解——阴兵身前有护心镜，护心镜在，阴兵不会有任何意识，只听从敲梆人的指令。”乌孽道，“所谓敲梆人，其实就是阴兵的引路人，以梆子声驱使阴兵，保阿鼻之地太平。”

“晚辈知道。”乌子虚听得明白，“历代敲梆人都是丰都千挑万选出来的，修为不下于阎罗。”

“这话错了。”乌孽看他一眼，“敲梆人是丰都秘职，除了地位极高的丰都官，很少有人知道这个职位，而你说的这番解释，不如说是专门讲给阴阳家听的。”

“大爷的意思是……”

“或者说，是专门讲给无常子听的。”

乌子虚咬破手指，将血液滴在姑妄烟杆上，细长的烟杆瞬间变成了朱红色，烟袋里仿佛燃着火，又像一盏灯。他缓缓踏出一步，继而在雨中疾行，最后飞奔，朝着梆子声的源头狂奔而去，整个人几乎快成了一道残影。

他与松问童擦肩而过，两人错手，他接过对方手里的刀，对准手臂一划而下，鲜血瞬间喷满长刀，他继而将姑妄烟杆狠狠敲击在刀锋上，火星四溅，火势顺着血液一路蜿蜒，像整把刀都着了火，划开漫漫长夜。

“关于敲梆人的来历，是丰都专门为无常子打造的一个谎言。

“但是如今，知道这是个谎言的没有多少人了。

“每一任无常子去世后，魂魄都会被专人引渡，成为新一任的敲梆人。

“自咱家入主丰都以来，九百二十七年，每一任无常子的引渡都是咱家亲手为之。”

那日在阿鼻之地，乌孽对他缓缓道来：“之后几近千载，敲梆人的来历越来越神秘，甚至在阴阳家本家中也成了谜，因为不是每一任无常子都自愿镇守这无天无日之地。

“亡者成为敲梆人后，会失去生前的记忆与意识，只作为镇守阴兵的存在。直到下一任敲梆人继任之前，都只奉行这一个使命。”

大概过了几千几百年那么久，乌子虚才开口问道：“下一任敲梆人继任后，之前的敲梆人该何去何从？”

“任何东西在阿鼻之地停留过久，都会被逐渐侵蚀，所有的敲梆人最后都会变成和阴兵一样的凶绝之物——不然你以为如今阴兵为何会暴动？天下大乱，地脉不稳，阿鼻之地怨气暴涨，所有的阴兵都会被激怒。敲梆人也一样，怨气支配着他，而他又有支配阴兵的能力，后果只会更不堪设想。”

“咱家入主丰都九百二十七年，引渡无常子三十五代。”乌孽轻声一笑，神色看不出悲喜，“手刃三十四条敲梆人性命。

“你父亲是自愿成为敲梆人的，他为阴阳家鞠躬尽瘁一生。

“在咱家之前，其实也有过别的引渡者，引渡无常子成为敲梆人。”

而上一次引渡者换人，正是因为近千年前也发生过一次阴兵暴乱。

“那次暴乱，诸子七家未能将阴兵彻底铲除，留下后患。咱家身死后成为丰都太岁，又有了这九百多年的漫漫消磨。

“咱家一共有两只花球，里面分别有太岁近五百年修为，上次化阵坐莲用去了一只，这一只送给你跳将军傩舞，也算还了你父亲当年的人情。

“你不是问咱家为什么愿意帮你和天算子小儿吗？这一战看似儿戏，但并非绝无取胜的可能，若把握准时机，甚至有将阴兵彻底铲除的胜算。

“太岁大爷，美人造孽，九百多年来手刃儿孙，咱家实在是累了。阴阳家再不需要更多的敲梆人了。”

乌子虚发出一阵大吼，至狂至怒，至悲至哀。他不顾一切地闯入阴兵群中，舐红刀像一把冲天的火，所到之处，一切都被点燃。

乌子虚挥出的刀并不是全无破绽的，他的手甚至因为承受不住舐红刀的重量而微微颤抖，他并不是武学的专家，也不善于拳脚打架，每当需要动手的时候，他更擅长化干戈为玉帛。但此时此刻他用鲜血祭刀，硬是开出一条赤红的路。

真正意义上的动怒，总是要见血的。

有时那血变成了火，若没有烧死自己，受切肤之痛，亦可脱胎换骨。

长刀劈入敲梆人头颅的刹那，倾盆暴雨中，乌子虚突然想起多年前在银杏书斋的一个午后，木葛生又在絮絮叨叨地抱怨自家老头子不靠谱，说到一半，话头突然转向他：“老三，你爹是个什么样的人？”

上代无常子是个什么样的人？

乌子虚对父亲的记忆是很模糊的，印象里他总是忙于公事。偶尔有一次，那人带着他去看天光墟百戏。十二重案上舞戏花球的少女朝他低下头来，笑眯眯道：“哟，这就是我那曾了不知多少代的孙儿？”

他被木葛生一句话问得出神，最后却是银杏斋主推着轮椅进来，拍了拍他的肩膀。

“子虚，你有一个好父亲。爱子心无尽。”

“上代无常子修为深厚，若他不愿成为敲梆人，咱家也有的头疼。

“但他心甘情愿地接受了，只是托付咱家一件事——照顾好他的儿子。”

那一日城中起火，虽天降大雨，火势依然熊熊。

城墙之上，木葛生打光了所有的子弹，用尽了所有的力气，骂完了平生所知的最难听的脏话。

炮火连天，硝云弹雨，兵戈声、枪炮声、轰炸声、哭喊声……举世嘶鸣朝他席卷而来，砰然炸响，轰然崩塌，最后化为一片浓稠的死寂。

炮火袭来的瞬间，柴束薪一把拽过身边的人，下一刹天塌地陷，土崩瓦解。

断壁残垣中，松问童抬头看着即将破晓的天幕，向后仰倒，血污飞溅。

乌孽从鼓上摔落，暴雨冲刷着她脸上的油彩，露出一副少女般的容颜。

乌子虚跪在雨里，掏出姑妄烟杆，从地上捧起一把骨灰。

梦里不知身是客，几曾识干戈?

千里孤坟，无限山河。

拂晓，城破。

一舞倾城，再倾国。

卷四

浪淘沙

今朝翻说风月案，聊解闲愁，且看少年裘马，听雨歌楼——

第十三章

腊月梅开，三九天来。

安平猛地回神。

梦中百年往事历历在目，与眼前的场景几乎融为一体，他看着雨中起舞的乌毕有，若不是木葛生还在一旁唱歌，他几乎以为这人就是当年的玉面无常。

今夜下着和当年一样的暴雨，安平明显感觉到空气中充斥着某种难以言喻的异动。乌毕有起舞的大鼓放在长街尽头，虽然周围环境有所改变，但安平看得出来，这就是阴兵暴动的那条街。

木葛生说当年铲除阴兵后还剩下一些残怨，被山鬼花钱重新封印，然而时过境迁，封印松动，阴阳梯里会出现什么东西，谁都说不准。况且这里是闹市区，万一出了什么事，后果不堪设想。

不过，木葛生似乎提前做了布置，长街寂寂，空无一人。

乌毕有身形急转，舞姿如拔剑破阵。他原本只是少年，周身却有慷慨的剑意飒然浮动。暴雨敲打在鼓面上，像有千军万马为他冲锋助阵。

雨声嘈杂，琵琶声越来越快。少年腾挪旋转，几乎成了一团残影。

然而安平听着琵琶声，隐隐察觉他已经有些脱离了之前的旋律。木葛生虽然只有一把琵琶，声势并不弱于当年的松问童，但乌毕有到底年少，他这支将军傩舞还是略逊一筹。何况百年前的将军傩舞也不是乌子虚独立完成的，那时还有乌孽。

安平认得乌毕有脚下的这面鼓，由乌孽的花球所化，里面有太岁近五百年修为。

他的梦境在城破的刹那戛然而止，关于当年故人的结局，他一无所知。当年，乌孽修为用尽。他还记得雨中那副少女般的容颜，那是乌孽第一次卸去脸上的油彩，芙蓉如面，眼神美而沧桑。

安平有些出神。如今的天光墟百戏里，不知还有没有人在十二重案上折腰戏球。

弦声陡然尖锐，忽地拔到最高处，乍然迸裂，鼓上的乌毕有一个趔趄，摔在地上，水花四溅。

木葛生抬手一划，琴弦齐齐断裂。他放下琵琶，起身撑开一把伞：“跳得不错，可惜还是差了火候。”说着将伞递给安平：“把我闺女扶进庙里，锅子上热着红糖水。”

安平急忙接过伞，跑过去要扶乌毕有，却被他一把推开。

少年咬着牙站起身：“我还能跳！”

“别瞎闹。”木葛生淡淡道，“你才多大，回去上床睡觉。”

话音未落，地底传来一阵剧烈的震动，整条街的建筑都随之摇晃，仿佛有什么东西要破土而出。

安平见过这种场面，当年阴兵冲出阴阳梯时也是如此的声势。

乌毕有见状，脸色一变，狠狠地骂了一声，一把拽住安平：“跟我走。”

安平被乌毕有一路拖回城隍庙。乌毕有关门落锁，看了他一眼：“你不害怕？”

安平心说：“哪里哪里，我见过更壮观的，说出来怕吓着你。”

城隍庙仿佛一道屏障，地底的震动消失了，房檐上的灯笼不知何时亮了起来，四周寂静、平和，连降雨都显得温润无声。

乌毕有却显得很暴躁，在原地转了片刻，一跺脚，重新开锁，将庙门打开一道缝。

暴雨雷声顿时涌了进来。两人扒着门缝往外看。

门里门外完全是两个世界。木葛生站在街上，头顶风雨大作。狂风将四周屋顶都掀了起来，地表开裂，无数裂隙像游蛇般蔓延，仿佛有什么东西在地底暴动，裂痕一路从长街对面蔓延至木葛生脚下，却像遇到了阻力，一声巨响，地表轰然塌陷。

然而木葛生依旧站在原地，不动如山。

以他为界，长街断成两半，一半几乎成为废墟，另一半完好无损，某种令人悚然的力量被他生生遏止，两者不断角力，地底深处发出模糊而庞大的怒吼声。

一点儿荧光在雨中闪烁，是木葛生手里的山鬼花钱。

安平看得心惊："他撑得住吗？"

"撑不住也得撑。"乌毕有的声音从他头顶传来，像从牙缝里挤出来的，"现在整条街的结界都靠他维持，他一旦后退，怨气冲垮城隍庙，整座城都要完蛋。"

"那你刚刚跳的将军傩舞有什么用？"

"老子镇压了阴阳梯里的一半残怨，所以暴动才会出现得那么晚！"乌毕有吼得安平耳朵嗡嗡作响，"但是没跳完，剩下的怨气被激怒了，接下来的反扑会更恐怖……不对。"他眉头一皱，薅住安平的头发，"你为什么会知道将军傩舞？老不死的连这个都跟你说了？"

安平被他薅得直翻白眼："你你你你先放开我……"

双方一阵争执拉扯，远处突然有惊雷炸响，城隍庙大门轰然大开，两人顿时被掀翻在地。

安平一骨碌爬起来："怎么回事……那是什么？！"

身后乌毕有一脚飞起，又把他踹回地上："总算赶上了。"

半空中浓云密布，有悠长的鹤鸣划破夜空，刹那间连暴雨都随之停滞，一缕光芒刺破乌云。

安平眯着眼极力看去，光芒中有什么东西从空中降落，是一把拂尘。

乌毕有甩了甩头上的雨水，像终于松了一口气："有他俩在，今夜可以睡觉了。"

安平趔趄着站起身，看着远处光芒中出现的人影："那是谁？"

"现任长生子，蓬莱掌门，林眷生。"

安平本想再看，乌毕有却不由分说地合上了门，从厢房里端出一大锅红糖水。两人坐在屋檐下，一人抱着一只茶缸。

雨声沙沙，安平本想问问关于林眷生的事，话到嘴边又咽了回去。

乌毕有抱着茶缸一通猛灌，走廊上回荡着咕咚咕咚的喝水声。安平偷偷打量他，觉得眼前的少年像个不可思议的矛盾体，明明见到木葛生就要骂街，有时候却又很听对方的话。

乌子虚的血脉被木葛生抚养，又接管了松问童的邺水朱华——乌毕有分别从三人身上继承了一点儿东西，他的性情和松问童相似，带着锋芒，却又少了几分对方的洒然，于是锋芒变成了扎手的刺，暴躁下掩盖着无所适从的少年的孤涩、刚直。

好像从来没见过他身边有同龄人，安平心想。乌毕有似乎不去上学。

当年木葛生他们结伴行走过的坎，如今这个少年只能独自面对。

说到底，不可能找到第二座银杏书斋了。

安平心想，要是叫他"弟弟"，不知道会不会被他打死。

红糖水里似乎放了安眠的东西，沉沉的睡意袭来，安平迷迷瞪瞪地想，他终归还小。

少年毕竟年少。

安平再次醒来的时候已经是第二天清早，大雨过后，天空放晴。他推开窗，深深吸了一口气，院子里放着数只花盆，弥漫着淡淡的草木气息。

他想起木葛生昨日说的那句话："等雨过天晴，诸事大吉。"

"你醒了？"有人打断安平的思绪。

安平看见不远处站着一个人。

是林眷生——当年的天算门下大弟子，如今的蓬莱掌门。

木葛生说过蓬莱求仙问道，门下都是半仙，修士皆有长生之相。林眷生身为长生子，多年来容颜未改，依旧是当年临水下棋的青年模样。只是这青年穿着棉裤和羽绒服，抱着与木葛生同款的搪瓷缸，上面是白底红字——“为人民服务”。

如今的神仙都这么接地气吗？安平还在走神，林眷生已经走了过来，将搪瓷缸递给他：“豆腐脑，你吃甜口还是咸口？”

安平没反应过来，下意识道：“咸口。”

林眷生一笑，屈指敲了敲杯盖，再次打开，里面是热气腾腾的咸豆花，撒着芹菜末和芝麻。

安平愣愣地接过勺子，尝了一口，鲜香四溢，心道：“当神仙可太方便了。”

“我听师弟提起过你。”林眷生站在窗外，嗓音温和，“你和他之间有段缘分，最近暗潮涌动，你们多有辛劳。”

“不敢当不敢当。”安平听得一口豆腐脑卡在喉咙里，边咳嗽边摆手，“我就是个拖后腿的，道长，您见笑。”

林眷生笑了笑，递给他一包抽纸：“不急，你慢慢吃。”

安平只在梦中见过林眷生，摸不透这位长生子是什么脾性，又不敢找借口溜走，只好抱着搪瓷缸，提心吊胆地和他聊天。好在这青年很有几分和木葛生神似的散淡，却又更令人如沐春风。

“这棵银杏树是当年从书斋移植的，比我还要年长。”林眷生指了指院落中央的银杏树，“师弟从来养不活东西，唯有这棵树被照料得很好。”

对方闲谈了不少，安平逐渐放松下来，一茶缸豆腐脑很快见了底。

“我第一次见半仙儿的时候，这棵树还是金黄色。”他说起当初给木葛生送作业时的情形，“门口的黄牛还坑了我门票钱。”

如今回忆起当时种种，颇有些啼笑皆非。

果然，林眷生笑了起来：“你说的门卫应该是这里的城隍。”

"城隍？"

"城隍护城佑民，你可以把它理解为阴司设立在人间的地方衙门，城隍爷执掌城中诸事，祛灾除患，送福散财。"林眷生娓娓道来，"有兴趣的话，可以找《聊斋》或《太平广记》看一看，里面有不少关于城隍的故事。"

安平想起来祠堂中那个穷酸潦倒的神像，一阵牙疼："既然是城隍爷，那怎么会做门卫？"

"鸠占鹊巢。"林眷生笑里带了点儿无奈，"师弟是天算子，没什么人能和他讲道理。"

安平心想，果不其然。

"不过，城西街是阴阳梯封印之地，师弟镇守此处，确实有他的道理。"林眷生话头一转，"近年来香火稀少，若是换作别处，城隍或许早已消散。此地城隍多少借了天算子的气运，方才延续至今，也就任由师弟不交房租了。"

两人正说着，城隍庙大门忽然被打开，戴着红袖箍的黄牛走了进来。

"长生子。"对方朝林眷生行了一礼，转身向安平扬了扬手中的塑料袋："又见面了，小少爷，吃早饭没？"

安平大老远就闻见了煎饼馃子的香味，心说，这帮神仙鬼怪真是一个比一个接地气。他问："放辣椒了吗？"

"放了。"黄牛道，"还加了肠。"

话音未落，门外又走进一个人，这回是乌毕有。他抱着头盔，穿着一身外卖员制服，将一个纸袋扔给安平："给钱。"

袋子里是奶黄包和桂花粥，还贴着配送小票。

安平一头雾水："我没点外卖啊？"

"我点的。"乌毕有滑开手机屏，将收款码撑到安平面前，"兼职，帮老子刷单。"

安平蹲在院子里吃了一堆东西，撑得半死，便跟着林眷生打太极消食。练到一半，他突然想起来今天没看见木葛生："长生子，半仙儿呢？"

"师弟在楼上，还没睡醒。"林眷生帮他纠正姿势，"他体质特殊，昨夜消耗太多，估计会睡上一段日子。"

安平想到木葛生说过他是已死之人，神色复杂地看了眼二楼厢房，一阵胡思乱想。不知道里面是不是放了口棺材，多亏这会儿是冬天，不然说不定他身体会烂。

由于教学楼维修，市艺专提前放了寒假，安平大半时间都住在城隍庙里，有时跟林眷生学下棋，偶尔和乌毕有联机打游戏。一天，他去邺水朱华蹭饭，刚好赶上生意爆满，被抓着当壮丁看店。

安家几代经商，安平从小跟着父母，耳濡目染，顺手帮乌毕有理清了近几周的账，从此开启了免费劳动力生涯。他每天邺水朱华和城隍庙两点一线，做梦都是计算器"归零""归零"的洗脑魔音。

邺水朱华的店员，有的是从丰都聘来的，有的是阴阳家人。安平性格好，很快和众人打成一片。

某天闲谈，突然有人提了一句："最近比平时忙了很多。"

"确实红火。"安平深有感触，他几乎天天忙得脚不沾地，说着，却又觉得有些奇怪，"难道平时生意不好吗？"

"好是好，但是最近有些不寻常。"有个丰都来的服务员插了一嘴，"你是不知道，邺水朱华招待的都是丰都有头有脸的人物，普通的丰都居民轻易来不了阳间，平时后半夜有个十几桌就不错了，哪有过这人山人海的架势。"

安平想起来他前几天确实看见过崔子玉，对方做的东道，请了好几大桌。能被崔判官宴请，确实不会是一般的丰都官。

有人低声道："前段日子不是说出什么事了嘛……丰都也是忙得底

朝天。”

“难道是年末考核？”安平玩笑道，“丰都官是不是也要算业绩和年终奖？”

众人一乐，给安平科普了丰都的规章制度。时过境迁，丰都也在与时俱进，安平听得稀奇，话题顺利翻篇。

安平知道自己的来历不清不楚，多少要避嫌。他隐隐能猜到众人议论的事应该与那日阴阳梯异动有关，不过，木葛生沉睡未醒，这不是他能操心的事。

很快便到了正月，安平父母在国外忙生意，走不开，安平干脆留在城隍庙过年。年关是城隍庙难得热闹的时候。城西街开了庙会，满条街的大红灯笼，张灯结彩，黄牛每天数香火钱数得喜笑颜开，连带着神像都看起来富态了不少。

最近城隍庙人多，前院天天烟熏雾绕，安平他们几人都搬到了后院住。大清早庙会开市，一整天都很热闹。舞龙、舞狮、社戏、杂耍，一条街都是各色小摊，有吹糖人的、卖糖画的，还有人在附近摆摊算命。安平看得发笑，木葛生还在闷头大睡，不知道这算不算同行上门抢他饭碗。

除夕当日下了雪，安平一大早就被喧天的锣鼓声惊醒，打着呵欠出门溜达。庙会上有不少小吃摊子，随便买点儿什么就能当早饭。他买了几块红糖糍粑，用搪瓷缸打了一杯莲子羹，睡眼蒙眬地往回走，迷迷瞪瞪地推开后院门，接着冷不防被吓了一跳。

院子里站着一名青年，他穿着黑色的大衣站在雪地里，手里拿着一张窗花，神色显得很安静。

安平好半天才回神，接着注意到门外已经贴上了春联。对方应该不是贼，而且看起来有几分面熟。他还犯着困，正不大清醒地回忆这人是谁，忽然一阵风吹来，空气中暗香浮动。

安平这才发现，院子里的红梅开了。

两人四目相对，安平一激灵，猛然清醒，接着意识到对方的身份。

就在他犹犹豫豫不知道说些什么的时候，二楼厢房的窗户突然打开，笑声传来。

只见木葛生支着下巴趴在窗边，也是一副睡眼惺忪的模样：“好家伙，香得让我这个死人都醒了。”

接着他看向安平，戏谑道：“安瓶儿，你知道梅花什么时候开吗？”

安平整个人都处于震惊中，压根儿没反应过来：“啊？”

木葛生凭栏一笑，满院子都回荡着他懒洋洋的语调：

“腊月梅开，三九天来。”

木葛生的话验证了安平的想法——眼前的青年是柴束薪。

柴束薪神色平静，波澜不惊地朝安平点了点头，继而看向二楼的木葛生：“我回来了。”

“回来得正好。”木葛生伸个懒腰，从窗口跳了下来，“刚好我还没吃早饭。”

“想吃什么？”

“阳春面，汤头浓一点儿。”木葛生顺手抄走了安平手里的搪瓷缸，打开尝了一口，“不错，这家莲子羹只有正月才出摊，年年都是好味道。”

柴束薪转身进了厨房。

安平还在发愣，木葛生伸手在他眼前打了个响指：“回神。”一脸的老不正经，“眼都直了，没见过美人？”

安平这才反应过来，难以置信道：“我没想到他还活着——”

“死过了，”木葛生把他的下半句堵回去，“和我一样。”

安平一愣，刚要再问，木葛生已经端着搪瓷缸走远了：“走，逛庙会去。”又留下一句，“安瓶儿，你不必多问，往后自会知晓。”

木葛生走到前院，顺手从功德箱里抓了一把零钱。黄牛在他背后扯着嗓子喊：“你又拿我的香火钱！”

“待会儿还你！”木葛生一挥手，溜了。

门外庙会已是锣鼓喧天，街上跑过两只大红舞狮，正在争抢一只绣球。木葛生眨眼间就消失在人潮里，等安平好不容易找到他，发现这人正蹲在算命摊子前，手里拿着一幅糖画，是个糖浆浇成的猪八戒。

堂堂天算子跑去抢人家的小本生意。安平看得好笑，觉得这人真是不要脸到了新境界。等他走过去，却听见木葛生道：“兄弟，我看你这碗里钢镚儿不少，我这里有张整的，换点儿零钱？”

安平：“……”

那算命先生斜眼瞅着木葛生，只见这人一口咬掉了猪八戒的头，道：“我不白换你的，要不这样，我帮你算一卦，看看你今天能赚多少？”

安平听得无言以对，结果一走神的工夫，居然还真让木葛生换到了钱，不光如此，这人还顺走了人家的碗。

他看着木葛生走街串巷，用碗换了灯笼，用灯笼换了糖葫芦，用糖葫芦换了人家小孩儿手里的虎头娃娃……好家伙，庙会让他逛成了以物易物，最后这人提身一跃，趁乱捞走了空中的绣球。

两只舞狮凌空一扑，叼到嘴里才发现，耍了半天的居然是个布老虎。

吃完糖葫芦的小孩儿看着面面相觑的舞狮队，吸吸鼻子，哇地哭了：“他们抢我的老虎！”

木葛生大摇大摆地回了城隍庙，将零钱放在售票处，敲敲窗口：“你的香火钱。”

这人逛了一圈，还真是没花一分钱。

安平简直看醉了：“你是怎么从算命摊那里换来钱的？”

“哦，那个啊，”木葛生眨眨眼，“我跟他说，我闺女是城管。”

安平：“……其实我一直都想问，乌毕有还是未成年人，是怎么当上城管的？”

木葛生打了个呵欠，说：“他是无常子，有巡视人间之责，有点儿像丰都的日夜游神，所谓城管就是个幌子，国家禁止雇佣童工。”

后院门吱呀一声打开，柴束薪走了出来，手里端着一只白瓷碗，里面冒着腾腾的热气：“吃饭了。”

“好嘞，来了来了。”木葛生接过碗，酱色汤头里放着一把细面，葱花青翠。

安平看得狂咽口水，黄牛拉了一把他的袖子：“走，盛饭去。”

安平跟着他进了后院厨房。这房间平时几乎是个摆设，今天却开了灶，一锅细面，一锅汤头。

“这一大家子人。”黄牛盛了一碗面，自己又开火做了个荷包蛋，满足地感慨，“总算回来个会下厨的。”

安平也盛了一碗。他在梦里只见柴束薪做过一次饭，没想到对方的手艺这么好。

当时在银杏书斋，他天天看着松问童开小灶，可惜看得见、吃不着，馋得抓心挠肺，今日终于一饱口福，与黄牛围着锅吃得不亦乐乎。

“今儿是除夕。”黄牛掀开灶台上的锅碗瓢盆——瓦罐里腌着洗好的鸡、鸭，鱼、虾泡在清水里，还有几大筐蔬菜，“这架势，晚上能摆上好大一桌。”

安平看着窗外，有些不知道该怎么称呼柴束薪，犹豫片刻，含糊道：“那位……他住在这里吗？”

“不错。”黄牛埋头吃面，“前段日子出了点儿事，那位爷难得外出，刚好和你来的时间岔开。”说着打了个嗝，“可算赶在年关回来了，不然就天算子那手艺，真能让咱们大年三十喝西北风去。”

“平时都是他做饭？”

黄牛笑了笑，看向窗外：“也不全是。”

两人站在后院门前，柴束薪拿着碗，木葛生踩在门槛上贴对联。

黄牛说得不错，当日下午厨房就开了灶，煎炸烹煮焖炖炒，满院子都是浓香。

木葛生坐在檐下和安平下棋，安平跟着林眷生学了数日，略有进益，他有心理准备，果然输得溃不成军。

“安瓶儿，你又输了。”木葛生抛着棋子，“要不要下五子棋？”这人一边杀他一边涮他，还趁着棋势在盘上摆了个笑脸。

安平心态崩了：“不下了。”

“别价啊，你可是跟我大师兄学过的，就这么认输，多丢份儿。”

安平不吃这一套：“长生子也输过你，不丢人。”

木葛生耸耸肩：“可惜大师兄不在，我们倒是很久没下过了。”

林眷生是蓬莱门主，前几日门中有事，便提前回了蓬莱。

闲坐无事，木葛生去了一趟厨房，抱回一大盆刚炸好的藕夹，金黄酥脆，满院子都是他咔嚓咔嚓的咀嚼声。

安平听得忍无可忍，从房间里拎出书包，掏出两大摞试卷。

“安瓶儿，今儿过年。”木葛生看着挑眉，“至于这么用功，大年三十还写作业？”

安平心道“呵呵”，将一摞卷子放到木葛生眼前：“这些是你的，木同学。好好学习，一起写。”

木葛生果然不干，拿试卷叠纸飞机，纸飞机飞得满院子都是。安平看不下去了，刚要开口，后院门吱呀一声打开。

“老不死的醒了没有？！”是乌毕有。

木葛生手里的纸飞机投出去，不偏不倚地扎在他脸上。

“闺女，你来了。”木葛生招招手，可算找到个消遣，“过来给爹磕头，给你发压岁钱。”

乌毕有似乎是来送年货的，手里大包小包的，他一听就炸了：“磕你个头！”

“怎么跟你爹说话呢？没大没小，当心你今年还长不高。”木葛生擦擦手，“刚好三九天回来了，晚上留下来吃年夜饭。”

乌毕有似乎有点儿忌惮柴束薪，他往厨房瞄了一眼，硬邦邦道：

“不吃。”说着把年货一扔就要往外走。

下一秒，厨房门打开，柴束薪站在门口：“你该吃药了。”

这回轮到木葛生拒绝：“不吃。”接着又补上一句，“上个方子的药刚吃完，你好歹让我喘口气。”

“这几个月你擅自把药停了。”柴束薪不为所动，“上个方子的药，你一服都没吃。”

被一语拆穿，木葛生倒是脸不红气不喘，嚼着藕夹，含混不清道：“行吧，等我闺女给我拜完年我就吃。”

柴束薪转头看向乌毕有。

乌毕有：“……”

这几人真是形成了奇异的食物链。乌毕有几乎是捏着鼻子给木葛生拜了年，拜完还不走，坐在台阶上打游戏，踢了安平的桌子一脚：“过来组队。”

安平掏出手机。两人打了几场，胜率尚可，乌毕有脸色好看了点儿。安平想了想，没话找话道：“你来这里过年？”

“怎的？”乌毕有斜他一眼，“我不能来？”

“你不是不喜欢你爹吗？”天天嚷嚷着“老不死”。

“去你的，他才不是我爹。”乌毕有哼道，“我是来看罗刹子的，他和我爹当年是兄弟。”

这话说得好像木葛生不是乌子虚兄弟一样，安平腹诽。他突然意识到乌毕有对柴束薪的称呼：“你刚刚叫他什么？”

“罗刹子。”乌毕有看他一眼，“那老不死的没和你说？你那晚不是看到房间里的牌位了吗？”

安平住在城隍庙的第一晚，半梦半醒间，在那间被风吹开的房间里看到了一个牌位。

是诸子之灵枢子柴束薪之位。

在安平所见过的记忆里，柴束薪还是灵枢子，其间究竟发生了什么，他不得而知。

牌位从来都是死人用的东西，木葛生上午也说过，柴束薪和他一样，都是已死之人。

罗刹子，逢乱而生，主凶杀，虽可镇乱世，却暴戾、凶恶，历代罗刹子都是绝大的叛逆，完全不可控，甚至有与其余六家反目者，是个令所有人都头痛忌惮的变数，逢佛杀佛，逢祖杀祖，逢罗汉杀罗汉，逢父母杀父母，逢亲眷杀亲眷，始得解脱。

安平记忆里的柴束薪虽寡言、冷峻，但终究是君子。当年的药家公子成为穷凶极恶之人，实在令人难以置信。

“我还以为那老不死的什么都告诉你了。”乌毕有看着安平，一声冷笑，“也是，有的事情，他自己都不记得。”

乌毕有是个一点就炸的爆竹，安平有心想问乌子虚生前发生了什么事，张了张嘴，还是把话咽了回去。

往事迷雾重重，越发显得扑朔迷离。安平也不知道木葛生是怎么对其他人介绍自己的，好像众人莫名其妙就接受了他，说到底自己只是个普通人，真能如此轻易地融入诸子七家？难不成还真像乌毕有说的那样，木葛生要收自己为徒？

安平打了个寒战，他还有家业要继承，当个普通的富二代就挺好，没那么远大的志向。

木葛生的记忆，他都看在眼里，那是何其波澜壮阔又悲欣交集的半生。

木葛生虽然待他亲近些，不过，这人都快活成了精，喜怒不形于色，见谁都是一张笑脸。安平回忆着之前种种，觉得木葛生未必像众人说的那样，他或许有别的打算。

木葛生道行高深，非他可以参透。安平胡思乱想片刻，最终还是将纷纭的思绪抛在脑后。

来日方长。

厨房里，木葛生苦大仇深地喝了一碗药：“你的事办完了？”

“差不多，残余的三岔间基本清理干净。”柴束薪在水池边洗碗，“他就是你说的那个孩子？”

木葛生趴在一旁漱口：“有点儿缘分，先放在身边养着。”说着想起一件事，“前段时间阴阳梯异动，是你把他从三岔间救出来的？”

“他戴着玉扣，上面有你的气味。”

“亏你看得出来。”

柴束薪擦干手，从怀中掏出一物，递给木葛生：“我从阴阳梯里拿出来的。”

木葛生看着一愣，继而笑了起来：“你居然找得到。”

那是一枚山鬼花钱。

入夜，菜已出锅，满桌丰盛。

木葛生不拘什么礼节，自己已经不亦乐乎地吃了一下午，事先便说谁饿了就直接上桌。

乌毕有似乎就是专程来蹭这顿饭的，刚刚开桌，他就开始动筷。

不仅仅是他，黄牛亦是大快朵颐，两人一通风卷残云，为了抢一块樱桃肉甚至开始瞪眼。

香气在院子里飘了一下午，安平亦是食指大动，谁知他还没动筷，就被木葛生叫到了厨房：“新年大吉。”

对方笑眯眯地看着他，递来一个红包。安平有些惊讶，张了张嘴，一时语塞。

木葛生将红包放进他手中：“小孩子过年收压岁（祟）钱天经地义，你去年遇到的邪祟不少，更应该压一压。”

红包里是一张记账卡，卡面上印着“天地银行”。

“过段时间天光墟开市，可以跟着我闺女去逛一逛。”木葛生道，“天光墟的规矩，懂吧？除了点着青色灯笼的摊子，卡随便刷。”

安平还是头一回收到这样的压岁钱，一时间有些哭笑不得。不过，木葛生难得大方，他刚准备说点儿应景的吉祥话，一旁的柴束薪开了口：“收着吧。”

对方正在蒸一只汽锅，眉眼在灯下烟火中多了几分温和：“他这是借花献佛。”

木葛生振振有词地反驳：“我这叫耆老有德。”

有德无德另说，一年到头为老不尊的神棍总算有了几分长辈模样。木葛生用锅盔夹了一块粉蒸肉，递给安平：“吃点儿先垫着，外间那俩饿死鬼投胎，安瓶儿，你可未必抢得过。”

锅盔刚刚出锅，椒盐酥脆，回味悠长。安平舔着嘴唇走出厨房，当初在梦中看得见、吃不着，日日对着厨房干瞪眼，如今总算等来了这个年夜。

银杏书斋的小厨房大概能算个民间版御膳房，当初在里面做过饭的人大都有一手好厨艺——木葛生除外。

安平看着满桌饭菜，比起松问童重油重辣，柴束薪明显更注重清淡、养生，光是炖盅就有四五品。他面前摆着一道蜜汁火方，盘底垫着大块干贝，火腿酥烂，酱色卤汁上撒着一把松子仁。旁边的菜似乎是葱烧海米，不过已经被吃得只剩汤汁。

安平不清楚乌毕有的口味，发觉桌上多了不少甜口的菜。在他的印象里，木葛生是不挑食的，难道柴束薪是嗜甜的人？

“愣着干什么，你还吃不吃？”乌毕有指着他面前的一盘杨梅圆子，“不吃，老子端走了。”

安平回过神来，连忙伸筷子。

满室热气升腾，像极了那些年的灯下夜饮，是一席旧雨的滋味。

一顿饭罢，已是半夜，木葛生不知从哪儿扯了电线，数人围在院子里看电视——似乎是春晚。

安平看着电视里头戴红顶的官员：“这是谁？”

“生前好像是个洋务大臣。”乌毕有坐得离木葛生八丈远，正埋头打游戏，“这是丰都电视台。”

安平闻言一愣，接着打了个喷嚏：“你不冷吗？”说着看向木葛生，“半仙儿，咱能不能进屋看？”

“屋里信号不好。”木葛生嗑着瓜子，“没事儿，待会儿就暖和了。”

“什么意思？”安平没听懂。然而众人都在各干各的，没人理他。

黄牛在厨房帮柴束薪包饺子，从窗户里探出脑袋：“安小少爷，要不要进来暖和一会儿？”

安平看不下去电视里的群魔乱舞，跑去帮厨。话说，柴束薪自从回来似乎就没从厨房里出来过。

“灵枢子，”安平边洗手边道，“您不吃点儿东西吗？”

柴束薪动作一顿：“无妨。”

黄牛哈哈一笑，拍了拍他的肩：“咱这院子里除了你和无常子，其他人吃不吃饭都无所谓。主要是天算子嘴馋，等着吧，今儿晚上还有三顿。”

安平听傻了，三顿？不过，看着厨房里的满锅满灶，确实不像轻易收摊的架势。

柴束薪将花椒放在锅铲上干煸，香气爆开，光是馅料就有三大盆。安平认出了药芹和韭黄。

“这一盆是什么？”

“马蹄和玉米，甜馅儿。”黄牛道，“待会儿还有一盆红糖饺子。”

红糖饺子，安平闻所未闻，听着就像木葛生自创的黑暗料理。他犹豫道：“饺子做甜馅儿？好吃吗？”

“萝卜青菜，各有所爱。”黄牛笑道，“嗜甜者，大有人在。”

片刻后，饺子下锅，院内传来一阵鼓声，安平循声望去：“电视里在放什么？”

“五方狮子舞。”木葛生道，“唐朝的一种舞乐，本来快失传了，几十年前丰都宣传部灌制了录像带，现在天光墟上卖得很火，还有健身操和广场舞版。”

槽点太多，不知该从何说起，安平不禁猜想如今的丰都天光墟会是什么样。丰都人还需要健身操吗？魑魅魍魉又蹦又跳，大唱“燃烧我的卡路里”？那可真是群魔乱舞。

窗户被人敲了敲，乌毕有冒出脑袋：“给我装点儿吃的，快点儿，老子又要死了。”

乌毕有打游戏的技术实在不怎么样，不是要死就是在要死的路上。安平看了他的屏幕一眼，确定没救了：“你不能进来拿？”

“罗刹子在里面，我不进。”

安平奇怪了：“你就这么怕他？”

乌毕有全部精力都在游戏上，顺嘴说了下去：“你和他打一架试试！”接着在游戏里就被人一枪爆头，他险些就要摔手机。

眼看少年又要原地爆炸，安平赶紧掏出手机：“这样，我陪你打一局。”

“不打了。”乌毕有却摇了摇头，“正月十五，你有没有空？”

“怎么？”

“老不死的不是给你压岁钱了嘛，”乌毕有道，“十五天光墟开市，带你去蹦迪。”

安平怀疑自己出现了幻听：“你说什么？”

“蹦迪啊。”乌毕有啧了一声，“你要不想去就算了，要不是我带你，你一个未成年人根本进不去。”

安平：“……我成年了，谢谢。”

“喊，那你长不高了。”

安平不知道乌毕有到底对身高有多大的怨念，他并不矮，可能是每日被木葛生言语荼毒的缘故，活像个牛奶重度依赖症患者。乌子虚的身高不低，按照他的基因，只要他媳妇儿不是个拇指姑娘，以乌毕有现在的身高，将来肯定能超过一米八。

接着他又想起来，这孩子似乎只是幼儿园毕业，确实不知道遗传学。

安平给乌毕有盛了一盘拔丝芋头，被他嫌弃道：“你怎么喜欢这么娘儿们兮兮的甜东西？”

“我还以为是你喜欢吃。”安平咬了一块，“我看灵枢子今晚做的饭不少都是甜的。”

嫌弃归嫌弃，吃归吃。乌毕有接过盘子，含混不清道：“老不死的不挑食，他也嗜甜。”

安平注意到他的用词：“也？”

“你不知道？”

乌毕有突然反应过来，接着换上一副看好戏的神情：“不然，你以为这么一大厨房的饭菜谁吃得完？喂猪吗？”

安平想了想方才饭桌上风卷残云的两人，觉得还是不要挑这熊孩子的语病了。

乌毕有和他讲了一些丰都天光墟的奇闻逸事。两人正聊着，饺子出锅了，同时门外有敲门声响起。

“他倒是会赶巧。”乌毕有挑眉道，“年年都赶上第一锅饺子。”

木葛生全部注意力都在电视上，两耳不闻窗外事，柴束薪和黄牛忙着端饺子，最后还是乌毕有推搡着安平去应门。

门一打开，彩花砰地爆开，炸了安平一头一脸，接着笑声传来：“过年好啊过年好！财源广进！恭喜发财！”

门外站着个相当漂亮的人，高跟鞋一脚踩在门槛上，几乎比安平还要高出一头。

“你是安平吧？”对方好兄弟似的揽过他，说话带着点儿京腔，“爷们儿长得不赖嘛！”

“你怎么又穿高跟鞋？”乌毕有仰头看着对方，“你还染了个粉毛？”

“头发越粉，打人越狠，我现在可是王者，回头带你抢人头晋级。”对方从兜里摸出一个红包，“压岁钱，拿着吧，爷们儿。”说着又看向安平：“这次来得急，没准备什么见面礼，回头请你去天光墟蹦迪。”

这人简直潮到爆，说起话来神采飞扬，带着点儿说不出的潇洒风情，还比他高了一头，安平还是忍不住生出点儿钦佩：“幸会，请问怎么称呼？”

乌毕有脸色奇怪地看着他，似乎在憋笑：“老不死的什么都没跟他说。”

“没事儿没事儿，相逢即有缘，都是好兄弟。”这人大咧咧地拍了拍他的肩，“饿死我了，我哥饭做好了没？”

正说着，厨房门大开，黄牛端着盘子走了出来：“天算子，劳驾您老腾个地儿！开饭了！”

院子里开了一张圆桌，红灯高挂，安平奇异地发现，四周居然不冷了。他暗自转着心思，方才这人给乌毕有红包，说不定是个长辈。结果一旁木葛生开了口：“老规矩，拜年发红包。”

“得嘞。”来客一打响指，“今年您听哪一段？”

“您今晚劳苦功高。”木葛生看着柴束薪，玩笑道，“掌勺功臣想听什么？”

柴束薪喝了一口茶：“你喜欢就好。”

“那便还是《西厢记》。”木葛生捏起筷子，一敲杯盏，“来红娘唱段吧。”

说来便来，对方捏着餐巾一甩，眼波流转：“小姐呀，小姐你多风采——”

长腔一转，他又看向柴束薪：“君瑞呀，君瑞你大雅才——

“风流不用千金买，月移花影玉人来，今宵勾却了相思债，一双情侣趁心怀……”

这人眉梢眼底都是戏，安平看得直乐，连带着乌毕有都笑出声，黄牛呛得直咳嗽：“哎哟，我的老天！星宿子，您赶紧把自己嫁出去吧，别在这儿祸国殃民了！”

安平还在笑，笑了没两声，突然傻掉，心想，刚刚黄牛叫这人什么？星宿子？！

安平整个人如同石化。

木葛生仿佛专等着这一幕，院子里随即响起他和乌毕有丧心病狂的大笑声。

“老五是老二带大的。”木葛生一边咳嗽一边笑，“老二小时候就泡在关山月，是脂粉堆里长起来的，俩人一个德行。”

安平知道松问童的身世，然而还是震惊了许久。芙蓉面，杨柳腰，花容月貌人俊俏，风流眼底杀人刀——这是要成精了吗？

满桌饭菜都有了解释，朱饮宵简直一头扎进了糖罐里，红糖饺子蘸蜂蜜。安平看得牙疼，怪不得他觉得周围不冷了，朱饮宵是朱雀后裔，五行主火，连灯笼都亮了不少，满院子都是暖意。

朱饮宵笑嘻嘻地收了木葛生的红包：“谢谢您嘞。”扭头看向安平：“对不住啊，爷们儿，回头请你喝酒。”

他有唱戏的功底，方才一直捏着腔调和安平交谈，灵动、娇俏，这会儿放开了嗓子说话，声音带着点儿沙哑，有种说不出的潇洒风情。

美人在骨，如火如荼。

安平的记忆里，朱饮宵还是个一身杂色的鸡毛掸子，被木葛生戏弄得满菜地乱爬。他盯着眼前的——应该是大男人，看了半天，实在瞧不出半点儿当年的影子。

岁月可真是一把实实在在的杀鸡刀。

朱饮宵应该是每年都来拜年，跟木葛生聊得热络，一通家长里短，夹杂着两人的大笑，连柴束薪也和他很亲近，神色里带着关切。

安平想起银杏斋主喜昆腔，过年时来两段是银杏书斋的传统。

那年柴束薪第一次留在书斋过年，木葛生唱的也是一段《西厢记》。

电视里传来不知哪朝哪代的老调，木葛生和朱饮宵开始拼酒，一路从桌边喝到房顶上。

柴束薪打开大门，满街人影幢幢。

刚刚入夜，除夕是很冷清的，人们都聚在家中吃团圆饭，而临近零点时，酒酣饭饱的人们就从家里走到街上，趁着醉意闲谈胡侃。除夕当晚看不到月亮，但满城都是沸腾的灯光。

黄牛从厨房里搬出一口大锅，抬到城隍庙门口，开始施粥——糯米里掺着桂圆、莲子、蜜枣和芸豆。小孩子提着灯笼围在锅边，圆圆的小脸红润喜人。

台阶上等粥的队伍越排越长，乌毕有将一只汤勺扔给安平："过来帮忙。"

城隍庙虽然香火零落，但每年大年夜时的福粥都备受欢迎，人们总爱来这里讨个吉利。安平年幼时和父母一起过年，母亲麻将打了一半，一看零点将近，专门开车跑来领粥。那时他还不明白这一碗粥的寓意，只记得那夜下了雪，空气中充盈着蜜枣的香气。

一锅粥很快分完了，安平和乌毕有将大锅抬回厨房，对方突然问他："你知道银杏书斋吗？"

"怎么了？"

"我好像听谁说过，银杏书斋建在一所寺庙里，每年过年时都有僧人分发福粥，零点时寺内德高望重的方丈会敲钟祈福，人们坐在漫长的阶梯上，一边喝粥一边听钟声。"

安平心说："我知道，我亲眼见过。"

那年的福粥还是柴束薪开的药膳方子，松问童熬了一下午，结果被木葛生和朱饮宵偷偷喝了大半锅，两人被松问童拿着汤勺满城追杀，最后还是乌子虚掏钱包了几家酒楼的后厨，这才赶上当晚施粥。

厨房门被推开，黄牛走了进来，从灶台下端出一口小锅，里面是热气腾腾的福粥。

对方朝他们挤挤眼，道："偷偷留的，趁热喝。"

"我没说不能喝。"柴束薪的声音从窗外传来，对方敲了敲窗，"出来吧，马上就零点了。"

黄牛抖了抖，赔笑道："果然瞒不过您老的火眼金睛……"

话音未落，一缕火光冲天而起，炸开漫天烟花，街上传来此起彼伏的惊呼。安平从窗户里探出脑袋，只见朱饮宵站在房顶，手里捏着一根雀羽，羽毛被他一缕缕点燃，如金线般盘旋升空，砰然炸开。

乌毕有把他往旁边推了推，两个脑袋挤在一个窗格里：“煮夜宵又在烧他的毛了？”

“星宿子每年都这样？”安平拿胳膊撞他，“烟花爆竹可是违禁品，城管，你就这么看着？”

“城区禁止放炮，但没说禁止烧毛。”乌毕有翻个白眼，“老子管不着。”

柴束薪站在窗户边，抬头看了许久，对安平道：“灶台上还有最后一口锅，麻烦端一下。”

安平这才发现角落里还有一只单炉，上面坐着一口铜锅：“这是什么？”

乌毕有还趴在窗外，闻言哼了一声：“老不死的小灶。”

安平好奇地打开看了一眼，铜锅里荤素杂烩，层层叠叠，锅边点缀着蛋饺、对虾，最下面铺着火腿、花菇，香气扑面而来，熟悉又陌生。

是一品锅。

第十四章

『他于我而言，不仅仅是天算子。』

摩托车轰鸣着驶过街道，一个甩尾，停在城隍庙前，轮胎与地面摩擦，发出刺耳的刹车声。

朱饮宵大笑着摘下头盔："怎么样，爽不爽？"

"这里是禁停位，你再停在这儿，我就给你开罚单了。"乌毕有从车后座跳下，"下次给你的坐骑换个颜色，诸子七家的脸都被你丢光了。"

安平坐在门槛上，看着朱饮宵和乌毕有一前一后地走来。朱饮宵酷爱兜风，正月里几乎天天都要出门飙车，有时还帮着乌毕有送外卖急单，当然也没少因为超速被罚。

前几天安平回了趟家，半路上亲眼看见一道红光飙过马路，后面跟着一大串交警摩托和巡逻车。交警拿着喇叭大呼小叫，最奇诡的是一长溜车队后还跟着一辆电动城管车，在此起彼伏的警笛声中放着《祝你生日快乐》。

安平一开始还以为是警察抓小偷，甚至拍照发了朋友圈，回到城隍庙后才发现只有木葛生一个人在。

"老五飙车被抓。"这人躺在院子里晒太阳，懒怠道，"三九天去局子里捞人了。"

过了一会儿，柴束薪打来电话。

"你过来讲。"对方顿了顿，道，"我解释不清楚，他们都以为老五是个女孩儿。"

木葛生仿佛早有预料，他一边憋笑一边挤出一副关切的语态：“啊？那你没事吧？”

电话里静了片刻，然后说：“我也不知道发生了什么，他们以为我在拐卖人口。现在可能要你过来捞我们俩。”

木葛生笑得半死，最后去派出所把人接了回来。

不过，积极认错、死不悔改说的大概就是朱饮宵这种人，这人是个重度摩托车迷，天天踩着油门风驰电掣，长腿美人配摩托车。安平的朋友圈最近都是关于他的抓拍。连同学都给他发消息：“外卖会员安排上，我就不信了，老子一天点四顿，坐等小姐姐给我送饭！”

安平不忍心戳穿这人的旖旎幻想，拜托朱饮宵去给他送了一回。当晚他的微信被刷爆，全是同学的鬼哭狼嚎，活像苦守寒窑十八载终于等来薛平贵的王宝钏。

不过，正如乌毕有所说，朱饮宵飙车技术一流，穿衣搭配一流，然而对于摩托车的审美实在令人不敢恭维——这人将摩托车漆成了大红底，配以五花八门的杂色，跑起来仿佛小马宝莉踩着七彩祥云。安平左看右看觉得这配色十分眼熟，后来突然想起来，像极了当年朱雀化形前的杂毛鸡。

没看出来，这星宿子还挺有童心。

朱饮宵一直待了半个月，如今已是正月十五。前几日木葛生有事没事就招呼人打麻将，几个人都成了精，没一个是省油的灯。乌毕有和安平输得底儿掉，连朱饮宵也吃不消。今天这两人一大早就跑了出去，一直到下午才回来。

“爷们儿，今日胜负如何？”朱饮宵甩着车钥匙，“回本了吗？”

“今天不打牌，”安平坐在门槛上，头也不抬，“看剧本。”

他实在是没辙了，安平从小被母亲抱着上牌桌，平时过年也会和七大姑八大姨来几圈，这还是生平第一次输得这么惨。

“那咱俩也别进去了。”朱饮宵见状招呼乌毕有，“现在里面三缺一，谁去谁倒霉。”

“今天是上元节，罗刹子午后要包汤圆，老不死的开不了牌桌。”乌毕有哼了一声，自顾自往庙里进，“爷走了，你俩搁这儿凉快吧。”

“得，那您请吧。”朱饮宵倒也不拦他，往安平身边一坐，脱掉脚上的高跟鞋，“我听老四说，你是市艺专的？放假还看剧本，这么用功啊。”

城隍庙里的人都是半仙儿，然而有学历的一个是幼儿园毕业，另一个留级三年，安平一时间不知道这话怎么接。

朱饮宵仿佛看出他的心思，笑道：“唠嗑嘛，爷们儿别拘着——虽说老四留级留得快要万古流芳，不过诸子七家里还是有高才生的。”

“我知道。”安平道，“半仙儿当年不是出国留过学？”

“我说的不是老四，我说的是我哥。”朱饮宵摆摆手，“老四记性不好，当年学的东西，他忘得差不多了。我哥不一样。”

安平一愣，意识到他说的是柴束薪。

当年在银杏书斋，柴束薪并未正式拜入银杏斋主座下，故而众人没有给他排名次，朱饮宵称呼木葛生为老四，却将柴束薪叫作兄长，乱七八糟的辈分也是一笔糊涂账。

“灵枢子上过学？”

“大概是上世纪40年代末，我哥出了趟国。”朱饮宵扳着指头算，“美国、英国、苏联……我记得他的学历证书有一大摞。”

安平听得发愣，纷纷纭纭，都是他不知道的往事。

当晚，柴束薪给众人分了汤圆，朱饮宵几乎把半罐蜂蜜都舀进了碗里，安平看得咋舌，不知道朱雀会不会长蛀牙。

“那我们走了。”乌毕有吸溜呼噜将汤圆喝完，拉着安平就往外走，他们今夜要去逛天光墟。

柴束薪叮嘱朱饮宵：“注意安全，不要轻易动手。”

“打架可以。”木葛生懒洋洋道，“输了就别回来了。”

朱饮宵笑着应了：“得嘞，放心吧，您二位。”

三人到了郧水朱华，乌毕有刷开电梯，直达地下十八层。电梯上点着一盏走马灯，光影斑斓，仿佛有浮动的影子在四周起舞。

安平想象过电梯外的景色，他本以为会像木葛生三人当年来时那样，靠近忘川河畔或是鬼门关。然而电梯门打开的刹那，他完全愣住，耳畔传来的并非水声，而是巴士刹车后的报站广播："三生坊站到了，有需要下车的乘客，请提前携带好您的随身物品……"

朱饮宵撕开一根棒棒糖叼在嘴里，朝他回头一笑："欢迎来到21世纪的丰都。"

这里是一座巨大的车站，玻璃天顶上飞檐斗拱，下面支撑着朱红的大柱，行人往来，络绎不绝。整个车站分为三层，上空悬挂着青铜轨道的空轨列车，中间是巴士往来的高架车站，底层则停满了黄包车，戴着瓜皮小帽的车夫三三两两地聚在一起，肩上搭一条白色毛巾，抽着细长的水烟。

安平注意到他们是从一面巨大的壁画里走出来的，壁画刻在一根圆形墙柱上，位于整个车站中央，像部直达高空的升降电梯。墙上画着妖娆起舞的女人，身披瓔珞，手执铃杵，其中一个女人注意到安平的目光，眼波流转，朝他暧昧地一笑。

"这是十六天魔舞。"朱饮宵跟他介绍，"这部电梯是新的阴阳梯。旧的那部用了几千年，上世纪出了点儿问题，十殿阎罗就在这里建了部新的，派遣天魔女镇守此处，以防不测。"

"啰里吧唆的，烦死了，赶紧走。"乌毕有不耐烦道，"天光墟马上要开了。"

丰都车站离三生坊很近，几乎位于天光墟旁边。三人一出车站，安平顿时被浩瀚的灯海震撼——彩灯高挂，到处都是灿烂的霓虹，忘川水畔停着华丽的大船，灯光透过黄棉窗纸，映出女子微微低头的侧影，水面传来戏曲开场前的铙钹锣音。

这里和安平记忆中的丰都大相径庭，像黄铜和钢铁搭建起的恢宏皮影戏，用电子和机械讲述一个老故事，透着诡艳的生机。

安平跟着上了大船，这才发现原先舟楫如云的集市全部挪到了一艘船上，叫卖吆喝声此起彼伏。

“点着灯笼的店面是老店，进去之前看好颜色。”乌毕有匆匆扔下一句话就跑了，“出事了，我可不管你。”

安平看着乌毕有火急火燎的背影：“他这是急着去干什么？”

“今晚顶楼有鬼三姬的演唱会。”朱饮宵耸耸肩，“他是应援团团长。”

不是说好了去蹦迪吗？安平无语。

朱饮宵仿佛猜到他的心思，大咧咧地揽着他往楼上走去：“蹦迪要等到后半夜，鬼三姬的演唱会子时结束，到时候会放花灯，漂亮得很。”

“那咱们现在干什么？”

“我在茶楼订了观灯的好位子，咱们先去听会儿书。今夜讲的是《点睛风华录》，里面有一章《少年行》，你肯定喜欢。”

安平跟着朱饮宵走进一家茶馆，说是茶馆，其实足足占了三层楼，藻井上描金绘彩，四周挂着雅致的竹帘。底楼是散客，席间坐满了人，然而室内极静，只有一阵沙沙的扫弦声。

朱饮宵订了雅间，包间里茶香萦绕。

安平掀开竹帘，说书先生的嗓音远远地传来，低哑、悠长：

“百代成王败寇，顷刻兴亡过手，龙争虎斗，不解风流。今朝翻说风月案，聊解闲愁，且看少年裘马，听雨歌楼——”

醒木一叩，仿佛从桌上惊起一只飞鸟，呼啦啦地掠过半空，在茶盏里荡开一圈余波。

“话说，近百年前，鬼门关外有少年执剑而入，横行天光墟，坐庄开赌，万灵倾囊，大闹丰都……”

安平听得耳熟，片刻后猛地意识到，这是当年木葛生和松问童的那段往事，虽用了化名，但他听得出来。

那年木葛生一行人到丰都寻找走丢的朱饮宵，木葛生在忘川河畔买了一副面具，为的是避嫌——当年他第一次入丰都，在天光墟开局赌钱，几乎赢下了半个集市，也差不多得罪了半个丰都的人，最后被满城通缉，甚至入阴律司领了罚。

说书先生语声絮絮，仿佛有一道身影在众目睽睽下坦然入座，他将朱红长刀抵上赌桌，大笑着饮酒高歌，千金浪掷，眉眼间是少年才有的清狂艳色。

卿本蹉跎客，时光奈何。

“《点睛风华录》是丰都流转千年的老本子，历代说书人口耳相传，每一代都会加笔。《少年行》是前代说书人写的故事，年月尚近，还没说老，很多人都爱听这个。”朱饮宵饮了一口茶，“这个故事不短，今天大概只讲第一折，其中戏说颇多，知情人看了，大概是要发笑的。”说着，他自己也笑了起来，“倒是可堪一乐。”

说书先生语调转为诙谐，讲起木葛生和松问童为了抵押舐红刀而争执不休——这是纯粹的杜撰，据安平所知，木葛生当初要刀，松问童连眼都没眨就给了，这两人本就是合伙作案的惯犯。不过，说书人添得有趣。在他口中，木葛生卖起了惨，说自己有一门亲事，与对方两情相悦，只是对方如今身陷困局，自己不得已才来天光墟试试运气，说得凄凄惨惨，倒真有点儿真人浑不要脸的神韵。

朱饮宵和安平都看得直乐。

笑着笑着，朱饮宵突然道：“你知不知道这话本里和老四订亲的小情人原型是谁？”

安平一口茶呛在嗓子里：“这还有原型？”

朱饮宵故作神秘地压低了嗓音：“是老三。”

“……”安平手里的茶杯掉在了地上，什么玩意儿？

他第一反应不是别的，而是——乌毕有不会真是木葛生和乌子虚的儿子吧？

“爷们儿，你想到哪儿去了？”朱饮宵笑得半死，“老三和老四绝对清白，这一点，我可以做证。”

“那这话本杜撰是从何而来？”安平难以置信，这也太扯了。话说，木葛生这个大财迷，有人这么编派他，他都不收版权费吗？

“这件事其实另有隐情。”朱饮宵摩挲着下巴，“看来你只是知道其中一半——关于老二、老四大闹丰都。至于他们当初为什么来丰都聚赌，你是不清楚的。”

“为什么？”

“老三当时执掌阴阳家没多久，出了差错，欠下很大一笔债，其中有人情债，也有香火钱。这件事非常棘手，以他当时的力量很难处理，而阴阳家的人又都借机想看新任无常子的能力，没什么人肯帮他。最后老四一合计，撺掇着老二来了这么一出。

“以赌局赢下大半个天光墟，又以区区两人之力大闹丰都——这件事当时几乎将丰都掀了个底儿朝天，十殿阎罗的面子都没处搁。虽然最后明面上是先生出面解决了这件事，但实际上是帮老三解了困局。

“首先，赢下的大半个天光墟不予追债，这是还了香火钱；其次，闹事的老二、老四最后都被罚得很惨，保住了丰都的脸面，这是还了人情债；最后，虽然表面上看起来诸子折了面子，但实际上无论是处罚还是善后都是先生出面定夺的——这是一种震慑，诸子七家的人犯了错，也只有七家才有处置的资格。”

安平端着茶杯，听得好半天没回神。

朱饮宵笑了笑，淡淡道：“诸子之位，谁坐上去都不容易，先生为我们煞费苦心，这才有了银杏书斋这一方安身的天地。”

“……你怎么知道得这么清楚？”

“我是墨子带大的。”朱饮宵看着他，忽而一笑，“倒是你，作为一个局外人，你知道得太多了。”

安平一激灵，这才意识到自己一直在被对方套话。

“放轻松，老四和我说了关于你的事，他很关心你。”朱饮宵拍了拍他的肩，“不过，爷们儿，你要当心，你太容易放松警惕了，如今的诸子七家，并非任何一个都能信。”

“你是什么意思？”

“老四的记忆是不完整的，你从他那里获取信息，想必还不知道当年的七家事变——”朱饮宵话说了一半，抬手一挥，一道指风划破竹帘：“谁？”

“下官冒昧——”门外有人躬身行礼，“见过星宿子——”

长腔一起，安平就听出来了，来人居然是崔子玉。

“我说呢，这儿认识我真身的人可不多。”朱饮宵倒了杯茶，“崔判官，您这忙人大驾光临，有什么事？”

“下官不敢当，只是听闻星宿子驾临天光墟，想请您帮忙传一封书信。”

“什么书信需要我帮忙传？给老四的还是给我哥的？”

崔子玉答道：“天算子敬启。”

“什么事？”

“……请七家聚首。”

朱饮宵脸色骤变，缓缓道：“崔判官，你知道自己在说什么吗？”他将茶水泼在地面上，“你真该庆幸你这话没被我哥听见。”

“下官自知犯忌，万死难辞。”崔子玉看起来也是硬着头皮上，万年难改的拖腔长调都利索了不少，“只是阴阳梯异动实乃大事，虽然前些日子已被镇压，但十殿阎罗被惊动，又有前车之鉴在先，无法轻拿轻放……”

“阴阳梯。”朱饮宵一声冷笑，“又是阴阳梯。”

“当年天算子一卦在前，阴兵数百年内不该有异，如今不满百年便生变，或许是当年的那一卦出了问题——”

“崔判官，”朱饮宵打断他，似笑非笑，“丰都这是知道我哥回了城隍庙，吓得不敢上门，这才让你来找我吧？”

崔子玉低着头，一言不发。

“得。”朱饮宵朝桌子抬了抬下巴，“信放桌子上，快走吧您，否则我就不敢保证您还能不能看见子时的花灯了。”

待崔子玉匆匆退出，安平立刻问道：“你们说的卦到底是什么？”

木葛生说过，他之所以半死不活又丧失记忆，是因为当年算了不该算的卦。还有朱饮宵刚刚说了一半被打断的“七家事变”，两者之间又有什么关系？

朱饮宵放下竹帘，将说书先生的嗓音隔开："前些日子老四来信，说你是有缘人，因此得以窥见他的记忆。你可知当年的阴兵暴动最后是如何被镇压下去的？"

"将军傩舞。"安平沉默片刻，道，"城破之后的事，我就不知道了。"

"果然。"朱饮宵轻声叹了口气，"后来发生的就是七家事变了。那夜，我哥他们并未成功铲除所有的阴兵，最终老四以一枚山鬼花钱为代价，镇压了阴阳梯中剩下的残魂。"

安平脸色一变："你的意思是——"

"数日前阴兵残怨异动，我哥为此进入封锁已久的阴阳梯，取出了那枚山鬼花钱。"朱饮宵淡淡道，"老四现在应该已经拿到那枚山鬼花钱了，这也就意味着，他会恢复一部分记忆。当年之事，故人所剩无几，知道真相者亦不多。我哥很久之前交代过我，除非老四自己想起来，否则谁也不能说。"

"兄长之言，自然要听。只是如今老四拿到山鬼花钱，此事也就没有继续避而不谈的必要了。"

朱饮宵拿起桌上的信封，摩挲片刻，看向安平："你知道当年他算的是什么卦吗？"

城隍庙。

"君问归期未有期，红烧茄子油焖鸡。何当共剪西窗烛，却话当年抢饭时。"

木葛生躺在厨房房顶上，有一搭没一搭地自言自语。他看着远处街上的花灯，突然道："三九天，咱们出去转转？"

柴束薪走出厨房，手里端着药碗："你该吃药了。"

木葛生一听吃药就要疯，简直要在房顶上撒泼打滚："打个商量，今天过节，咱省一顿行不行？"

柴束薪沉默片刻，居然同意了："好。"

“啥？你同意了？”木葛生猛地坐起身，“三九天，你是不是吃坏肚子了？”随即他意识到这话不对，立刻收回前言，“不不不，您老吃嘛嘛香，身体倍儿棒，当我什么都没说。”

柴束薪没说什么，回厨房放了药碗。

半天没听见响动，木葛生从房顶上跳了下来，发现厨房里没人，正在奇怪，身后突然传来吱呀一声，城隍庙大门被推开。

他转过头去，只见柴束薪站在门口，手里提着一盏点燃的花灯。

对方脸上依然没什么表情，只是认真地看着他，轻声道：“上元安康。”

木葛生一顿，笑了起来：“上元吉祥。”

柴束薪手里的花灯是用竹条和宣纸糊的，如今这种老样子的灯笼已不常见，用窄条的仿绫纸上下镶边，简单、雅致。

“怎么想起来买这个？”木葛生走到柴束薪面前，“不对，这是你糊的？”

柴束薪微微一怔：“你居然看出来了。”

“满院子贴的都是你剪的窗花，我认不出你的手艺才是眼瞎。”木葛生戏谑道，“话说，你不会是用舐红刀裁的纸吧？老二要是知道你这么用他的刀，定会半夜托梦来杀你。”

“让他来，”柴束薪淡淡道，“刚好打一架。”

“得，您威风。”木葛生接过花灯，笑道，“俗话说，月下看郎君，灯下观美人。走吧，美人，咱们出门遛弯去。”

元宵一到，灯笼走俏。

城西街是老街，街上的建筑做了古式翻新，大都是飞檐翘角的两层小楼，楼宇之间挂着铁丝与红绸，半空悬满花灯。

街上人潮涌动，有小贩挑着竹屏，挂满五彩斑斓的彩灯。

木葛生边走边笑：“现在都流行电动灯笼了。我记得那年带我闺女逛灯市，他死缠烂打非要我给他买一个，哭得比当初的老五还凶。”说着，他露出点儿回忆的神色，“那灯笼可太逗了，还会放《奥特曼》主题曲。”

柴束薪指着一旁的灯笼摊子：“你说的是那个吗？”

那是个专门卖电动灯笼的摊位，五花八门，应有尽有，从十二生肖到海绵宝宝、小猪佩奇。

木葛生眼前一亮：“真是踏破铁鞋无觅处。”他走到摊位前，“给我闺女挑一个，回去挂他床头上。”

柴束薪倒是显得很淡定：“你要哪一个？”

“欢迎欢迎，您随便看！”店家显得相当热情，“两位自己买着玩儿，还是带给家里小孩儿？”

“您客气。”木葛生笑呵呵道，“给我闺女买。”

虽然他这张脸长得实在不像有闺女的人，英年早婚也说不过去，但店家只是一愣，随即笑道：“好说，您闺女今年多大？年纪不一样，喜欢的也不尽相同。您给个数，我给您推荐一个，保证好看！”

“没多大，”木葛生摆摆手，“幼儿园毕业。”

“那好说！”店家热情地取下一盏灯笼，递给木葛生，“就这个，我这儿卖得最好，幼儿园的小姑娘都抢着买！”

那是个配色清奇的卡通娃娃，背后有一双彩虹翅膀，木葛生看得直笑：“哟，您这小花仙长得还挺好看。”

“不是小花仙，这是迪士尼公主周边。”店家说得头头是道，“里面还带音乐的，您放放看！”

木葛生一打开，震耳欲聋的音乐便响了起来：“传说有个魔仙堡——”

“好好好，迪士尼在逃公主，逃到魔仙堡当了魔仙。”木葛生笑得半死，转身对柴束薪道：“就这个了。”

柴束薪付完钱，无奈道：“你还要把这音乐放多久？”

“好歹听一遍，要不等我闺女回来看见，准得砸了。”木葛生边走边乐，“到时候小孩儿的反应肯定很好玩儿。”

“明知道他要砸，为何还买？”

“他现在是‘中二病’加更年期狂躁症，活脱儿一个老龄儿童。”木葛生语重心长，“年轻人生活压力大，需要一点儿童心。”

“真的？”

“假的。”木葛生道，“其实我就想看他炸毛。”

“炸得够狠了，再炸就秃了。”

“三九天，你话里有话。”木葛生听得一乐，“你这不是暗讽他亲爹英年早秃吗？老三只是掉发严重，可没有秃过头。”

柴束薪显得一本正经：“脱发是家族遗传。”

“得，这是你的专业，我一个外行人不跟你抬杠。”木葛生笑道，“大不了等我闺女回来，你给他熬点儿黑芝麻糊。”

“熬过，他不喝。”

“你别说，老三当年也不爱喝。”

“那是因为你熬得太难喝。”

“小大夫，您这是要杀人诛心啊。”

两人边走边聊，很快将长街逛了个遍。

“今天一过，庙会也要收市了。每年也就正月这些日子能看到些旧时的老东西。”木葛生难得有些感慨。柴束薪看着他，嘴唇微动，刚打算说些什么，这人却高兴起来：“太好了，庙会的东西贵得要死，正月一完，通通滚蛋。”

“……”柴束薪沉默片刻，道：“正月过了，星宿子他们也该走了。”

木葛生闻言打趣道：“怎么，舍不得？”

“毕竟难得一见。”

“是啊，毕竟难得一见。”木葛生道，“但今年不同，若我想得没错，老五不会走得那么早。”

柴束薪闻言看向他：“你的意思是——”

话说到一半就顿住，他看到木葛生手里夹着一枚山鬼花钱，正是从阴阳梯中带出的那一枚。

“我记起了一些事。”木葛生将花钱抛上半空，“也对今后有了一些推测。”

“难怪你不肯亲自告诉我当年到底发生了什么。”木葛生看着柴束薪，笑了笑，“我想起我当年算的是什么卦了。”

时间回溯到近百年前。

那一日城破，柴束薪在危急关头抓住木葛生，但他毕竟不曾从军，远不及木葛生熟悉战场，木葛生反手一握，将他扯到身后。

刹那间碎石从天而降，砸落在两人身上，剧痛传来，柴束薪瞬间失去了知觉。

不知过了多久，柴束薪是被雨水浇醒的。

空气中充斥着血腥气，他头朝下趴在泥土里，浑身的骨头都仿佛错了位。他给自己把了脉，主要是高空坠落的冲击伤，能救。

木葛生呢？

柴束薪想要站起身，却发觉自己被压在碎石堆下，身上重若千钧。他得想个办法爬出去。他竭力向外挣扎，碎石滚落，一只手突然滑过他的耳畔。

刹那间，耳边的雨声停了。

柴束薪这才发现，他周身的血腥气大部分都不是他自己的。

他背上趴着一个人。

木葛生在坠落时拉过他，替他挡下了大部分碎石的冲击。

柴束薪不知道自己是怎么从石堆下爬出来的，回过神的瞬间，他已经挖开了一整片废墟。

血，到处都是血，沙石上布满凝结的血块，又被雨水冲刷而下，而血迹中心躺着一个人，四肢扭曲，几乎看不出完好的形状。

如果在平时，任谁也想象不出这副残躯走马观花时意气风发的模样，但那张脸确凿无疑地告诉他——这个人就是木葛生。

柴束薪的手在抖。他死死地咬着牙，但依然颤抖得握不住木葛生的手腕，鲜血模糊了视线，最后他撕开对方血迹斑斑的军服，趴在千疮百孔的模糊血肉上。

他听不到心跳声。

暴雨倾盆，而他耳畔一片死寂。

乌孽赶来时，原地只剩下一摊血迹。她蘸了一点儿雨中的血水，放入口中："这是天算小儿的血。"

血的味道不对，血水里混着柴束薪的气息，尚存有几分活人的气息，两人中至少有一个还活着，但他们会去哪儿？

乌孽身后跟着两个丰都民——从投胎路上强行抓来的，抬着一副担架，放着乌子虚和松问童，两人俱是重伤昏迷，必须尽快医治，如今能救他们的人只有柴束薪。

他们究竟去哪儿了？乌孽强行压下心中的不安，灵枢子不会死了吧？

然而另一个可能性无疑更恐怖，她活得长久，什么都瞒不过一双洞察九百多年的眼睛——假如死的那个是木葛生，后果更不堪设想。

不能再耽搁下去了，乌孽被雨水淋得湿透，她迅速思考对方可能去的地方——木府？柴府？乌宅？关山月？邺水朱华？

都不对，敌军已经进城，贸然闯入只是找死，何况城中几乎早已搬空，进城并不能补充物资，甚至连药材也找不到。那他们能去哪儿？不能进城，难道是去了城郊军营？

不，不对，军营无疑是重点攻陷地，回去等于自投罗网。

那么只剩下一个可能。

乌孽骂了一声："这么大的雨，那么长的路，可千万别死在路上。"

她被雨水浇得湿透，匆匆抹了把脸，足尖点地，飞奔而去，两缕残魂尾随疾行。

她早该想到，柴束薪他们会去的地方只有一个——白水寺，银杏书斋。

果然不出乌孽所料，山路上全是血，越走她越不安——这血迹远非一个人的出血量，附近显然发生过一场激战。

等她终于到达白水寺门口，一脚踹开大门，瞳孔骤然紧缩。

尸横遍地，断壁残垣。

到处都是血，红色铺天盖地，禅房外、水井旁、青石路面上躺满僧人尸体，有的被一击毙命，有的被分尸肢解，一名僧人被挂在房檐下，身贯数刀，死不瞑目。

传承百年的古钟被砸碎在地，剩下半边豁口，被雨水打得落下台阶。

暴雨铺天盖地，血水汇聚成沟渠，蜿蜒四溢。

人间地狱，不过如此。

连抬担架的丰都民都被吓得冒出青烟，他们在战火中稀里糊涂就死了，压根儿没见过如此的惨剧。

乌孽站在门外。她是丰都太岁大爷，对生死早已司空见惯，但她看着寺中景象，许久没有挪步。

“咱家真是在丰都待得太久了。”她隐隐约约地想。来来往往俱是魂魄，她竟然都快忘了尸体是什么样。

人死了，尸身会冷，比雨水还凉。

至少丰都还有忘川水，有青莲灯，有天光墟百戏，什么时候开始，人间居然变得比丰都更像幽冥地底？

乌孽感到无法言说的疲惫，一股寒凉由心而生。

她真的老了。

乌孽走进银杏书斋，在香堂里找到了柴束薪，房间中到处都是血，不过，不是木葛生的——一副血肉模糊的骨架坐在蒲团上，双手合十，结跏趺坐，是圆寂的坐式，尸身前用血写着八个字——死得其所，叶落归根。

乌孽认得这字迹，出自白水寺住持。她也认得这死法——剥皮活剐。

不知过了多久，柴束薪开口，声音嘶哑：“修行有素之人，端坐安然而命终，谓之坐化。”

“不弃故土，从容赴死。”乌孽沉默片刻，道，“功德圆满，可入天道轮回。”

“……好。”柴束薪缓缓点头，“那么请您来看看，他入的是哪一轮回？”

他方才背对着香堂门，满室血色缭乱，乌孽居然没发现他怀里还抱着一个人——正是木葛生。不过，也就脸还能认出来，与其说他抱的是尸体，不如说他抱的是一摊颤巍的血肉。

柴束薪压根儿没问这人还能不能救，他直接问的是木葛生去了哪一轮回。

乌孽咬了咬牙，狠下心道：“你是灵枢子，诸子的规矩，你应该明白，天算子死后魂飞魄散，不入轮回。”

“我知道。”柴束薪的嗓音像从心血中呕出来的，“……但他于我而言，不仅仅是天算子。”

声音迅速淹没在暴雨中。

乌孽听得心惊肉跳，她身后两个重伤的还等着抢救，当务之急必须把对方稳住——“要不这样，咱家现在带你去丰都一趟，说不定天算——呸，木家小子的魂魄还没消散，你们还能赶上再见一面——”

然而还没等她说完，柴束薪却打断她：“大爷。”

“咱家在，咱家听着呢。”

“当初他从丰都归来，对我们说他在昏迷的七天里做了一个梦，梦中纸钱如雪，他听到了祭歌声。”

乌孽一愣。

“诸子七家的祭歌源自上古，其中最古老的两首分别为《司命》与《礼魂》。《礼魂》传与阴阳家，可安抚亡灵，《司命》传与药家，可延续生魂。此一生一死，诸子七家从此掌控阴阳万事。”

乌孽当然知道这些，并且远不止于此，《礼魂》就是历代无常子成为敲梆人后统率阴兵时所唱的祭歌，也是阴阳家最大的撒手锏之一。后来的将军傩舞乐亦有旋律取自其中。

阴阳家掌死，药家掌生，药家之所以有起死人肉白骨之能，除了倾世医术，《司命》甚至可强行唤回亡魂，起死回生，魂兮归来。

乌孽难以置信道：“当初木家小子在阴阳梯中遇到阴兵，九死一生，最后是你赶到，把他救了回来……”

“那时他其实已经没救了。”柴束薪声音嘶哑，“我用了《司命》。他在梦境里听见的其实是我的歌声。”

“你疯了！”乌孽悚然惊道，“药家已有百代人不曾用过《司命》！阴阳家的祭歌也只有敲梆人才敢用！这是逆天而行！”

“逆天而行？”柴束薪摇了摇头，发丝散乱，“我们做的这一切，早就将天命弃之不顾。”

“你疯了。”乌孽连连摇头，难以置信道，“《司命》只能用一次，你既然曾经用它救回了木家小子，就不可能再用第二次。”

“您有所不知，”柴束薪道，“《司命》虽是秘术，但其中原理其实很简单，无非以命换命。

“我上次贪心，只换了一半寿命给他。

“如今看来，幸好还剩了另一半。”

无非以命换命罢了。

柴束薪放下木葛生尸身，跪在乌孽面前：“晚辈有一事相求。”

乌孽已经不知道该说什么了，如果之前她觉得自己对柴束薪还算了解，那么刚刚的对话完全颠覆了她的所有印象，这个看似稳重的后辈身上有着难以察觉的冷静与疯狂，或许木葛生就是那枚经年的种子，一朝身死，将他骨髓深处的压抑、隐忍都炸上了皮相。

或许房间中的两人并没有什么不同，一个肉身千疮百孔，另一个内心鲜血淋漓。

事已至此，她收回了劝人的想法：“你把门外那俩人给咱家料理了，你想求的，咱家答应你。”她大概能猜到柴束薪求的是什么事，“虽然修为耗尽，咱家也不知还能活多久，但是有生之年，咱家都会护着他。”

柴束薪跪在地上，摇了摇头：“晚辈向您求的，不是这件事。”

“《司命》是秘术，除了以命换命，在召使过程中还会损耗使用者的修为。晚辈并非修士，只是身为诸子之一，有些许先天的功德，上次已经损耗殆尽。”

柴束薪俯身叩首，低声道，“晚辈斗胆，想求您一点儿修为助力。”

乌孽一愣。她身上还剩下多少修为，两人都很清楚。

这个时候他开口求借，他们都明白这意味着什么。

门外雨大如瓢泼，两人一站一跪，默然相对。

不知过了多久，乌孽叹了口气，走出香堂，在雨中洗净手上的血迹。

她抬头看了片刻漫天的雨水，淡淡道：“你先把外面这俩重伤的给咱家救回来。

“至于你求的事，咱家应下了。”

第十五章

『与君相逢，此生有幸。』

雨停的第三日，柴束薪稳住了乌子虚和松问童的伤势。

“寺中残存药材太少，我身上带的银针不够，情急之下只能暂时缓解。”水榭中，他给乌子虚把了脉，“他们还会昏迷一段日子。”

“死不了就行，阴兵造成的伤势非寻常医术可解，现在已经算得上他们命大了。”乌孽坐在一旁，看着昏迷中的两人，“没想到你能做到这一步，不愧是灵枢子。”

“大爷言重。”柴束薪道，“晚辈已不是药家人。”

“咱家听说了，不过是芝麻豆点儿的破事儿。”乌孽嗤笑，“你虽被药家除名，但诸子废立必须经过天算子准允，你觉得他会答应？”

“等他醒过来，也差不多是时候该任命新的灵枢子了，”柴束薪神色平静，“《司命》一旦完成，我将时日无多。”

“能撑多久？”

“我算过自己的寿数。”柴束薪淡淡道，“最多半年。”

“……现在的年轻人。”乌孽听得连连摇头，叹了口气，“咱家真是老了。”说着，她看向柴束薪，“该准备的都准备好了？”

“万无一失。”

“那么，是时候了。”乌孽道，“幸亏隆冬天寒，才缓了这几日。”

“不能再拖了，”乌孽说着站起身，“咱家不了解《司命》，但秘术大都流程烦琐，你打算何时动手？”

“今夜子时。”柴束薪看着她，“大爷可有什么交代需要晚辈转达？”

“九百多岁的人，想说的话早就说尽了，剩下的不过是胡言诳语。”乌孽笑了笑，道，“只是有一点，当初咱家用修为化形的那面大鼓，用来跳将军傩舞的，咱家用它封住了阴阳梯。

“如今阴阳梯中剩下的残怨虽成不了气候，但亦不可小觑，记得留话给后人，须定期查看。以防万一，我待会儿把阵图画给你，用这个可以加固封印，反之将图逆转，则可以打开阴阳梯。”

“是。”柴束薪点头应下，“大爷可还有别的交代？”

乌孽看他一眼，云淡风轻道：“小子，可曾见过太岁之死？”

“不曾。”

“千年前上一任太岁去世时，天降大火，燃烧数日而不熄。”乌孽道，“咱家修为散尽，死法应该不会那么夸张，但这座山估计是剩不下什么了。

“漫山血污，刚好通通烧个干净。”

入夜，乌孽在水畔梳洗。

银杏书斋中的池塘是活水，几天前满池污秽，如今已经恢复了清澈。乌孽坐在岸边，小腿没入水中，她拿着一把梳子，一点儿一点儿梳理着自己的长发。

她平时总是梳着双髻，用丝绦细致地束在头顶，因此很难看到她长发倾泻的模样。如今她卸了钗环，将血块打结的发丝梳通，又浸入清水中洗净，直到满把青丝重新变得如绢如绸。

最后她用红绳将发尾编作一束，取出一把小刀，将长发齐齐割断。

乌孽将长发递给一旁的柴束薪：“把我的头发掺进水榭的帘子里，这样起火的时候，火不会烧进来。你们应该不会在这里待太久。白水寺起火，太岁命殒，七家一定会被惊动，估计很快就会有人前来接应。”

柴束薪接过长发，按照乌孽的吩咐，将发丝一点点夹进水榭的竹帘。

水畔传来哗啦一声清响，乌孽跳入池中，水花飞溅。

待她再度浮上水面时，已然是成年女子的模样，割断的头发重新变长，只是变成了雪白色。

乌孽从随身的锦囊中掏出胭脂水彩，在月下对着水面整妆。往日里她总是涂着很厚的油彩，白脸朱唇，带着天光墟百戏的热闹、华丽。后来雨水冲掉了她的妆粉，露出一副清水般的容颜，她看起来又像个少女了。而如今她绾起白发，施妆的手法略显生疏，慢慢描出一副极为古典的妆面，薄施粉黛，眉如远山，像古老的仕女画稿，明艳、苍然。

最后她回眸一笑，一口不知哪朝哪代的官话雅音："小官人居然半点儿反应也无，好生无趣。"

柴束薪微微低头，道："晚辈斗胆猜测，这是太岁生前模样。"

"不错。"乌孽俯身看向水面，"这是九百多年前的我。"

当年的乌家娘子。

"平生塞北江南，归来华发苍颜。布被秋宵梦觉，眼前万里江山。"[1]

百年前的那个深夜，星火从天而降，漫山通红。城中驻军被冲天的火光惊醒，然而当夜却并未下达救火的命令。有人说这是天兆，杀戮过重，引来了幽冥地底的鬼火与亡灵。

那火焰实在过于诡艳、张扬，仿佛风穿着血色的裙摆在空中狂舞。

据说，当夜有胆大的士兵靠近城郊，归来后众说纷纭，因为太过匪夷所思，大多被人们当成幻觉和糊涂的梦话。有人说他们看到星辰从天空坠落山顶，有人说他们看到超度的魂灵，有人说火焰中有若隐若现的人影……

还有人说，他们听到了歌声。

---

1 平生塞北江南，归来华发苍颜。布被秋宵梦觉，眼前万里江山。——辛弃疾《清平乐·独宿博山王氏庵》

当夜，诸子七家中的朱家，德高望重的长老朱白之登上观星阁，第一次在乱世中眺望群星。

尚且年幼的朱饮宵拉着他的手，问道：“祖爷爷，您怎么了？”

“故人西辞，”朱白之答道，“遥望相送。”

那一夜，朱白之在高楼上伫立良久。

无人得知这位年近千载的老人在想什么。

木葛生悠悠转醒时，耳畔传来白鹤的清鸣。

清风徐来，竹帘微动，有一瞬他几乎以为自己是在银杏书斋的水榭，然而等他坐起，却发现四周全然陌生。

柴束薪趴在一旁，睡得很沉。他似乎熬了很久，眼底泛着乌青。

“你醒了。”有人走进水榭。

木葛生微微一惊。来人居然是画不成。

“你现在身处蓬莱。”画不成道，“灵枢子发出了信号，无常子和墨子也在，虽昏迷未醒，但治疗及时，可救。”

木葛生闻言松了口气，下床躬身道：“多谢长生子。”言行间牵动伤口，疼得他倒抽一口气。

“你重伤未愈，不宜走动。”画不成淡淡道，“但燃眉在即，有一件事，你须得明白。”

“我知道。”木葛生神色一黯，“关于城破……还有阴兵。”

后续种种，七家必然不可能轻易揭过。

老二、老三昏迷，柴束薪看着也疲惫，他现在是四面楚歌。

“你知道便好，乌家几日前已派人来。有些事，你必须做出决断。”画不成看着他，“若站得起来，现在便跟我走。”

“我明白。”木葛生低声道，“只是能否请您稍候？”

“怎么？”

木葛生看着床边熟睡的柴束薪：“我想等他醒过来。”

画不成沉默片刻，道：“我之前说过，有时轻狂的代价并非只是浅薄的血泪，与天争命，你要做好准备。”

木葛生轻声道：“我知道。”

“当局者迷。”画不成看了一眼柴束薪，“你知之甚少。”

柴束薪是被惨叫声惊醒的。

到处都是羽毛。柴束薪愣愣地看着眼前的人，木葛生坐在床边，手里卡着一只白鹤的脖子。

白鹤羽毛被他拔了一半，引颈嘎嘎直叫，仿佛退化成了公鸭。

柴束薪愣怔许久，方才问道：“……你在干什么？”

木葛生手一顿，转过头来看着他：“你醒了。”

柴束薪看着他手里的白鹤，微微蹙眉：“你饿了？”

“没有。”

苍天在上，木葛生居然有不饿的时候。

两人对视片刻，柴束薪抓过木葛生的手腕，把脉后松了口气：“你没事就好。”

“我没事，老二和老三还在昏迷。”

“无妨，之前我给他们看过，只要药材到位，他们就有救。”

木葛生薅着白鹤羽毛，道：“几个时辰前，长生子来了一趟。”

柴束薪撑着坐起身，木葛生连忙去扶。

“他说什么了？”

“没说什么，言而未尽。”木葛生拔下一根白鹤羽毛，“他卖了个关子给我，我在这儿想一下午了，愣是没想出来他在暗示我什么。”

他简单复述了两人的对话，看向柴束薪：“你知道他想说什么吗？”

柴束薪缓缓摇了摇头：“可能性太多。”

“我倒是觉得可能性很少。”木葛生忽然道，“三九天，你身体如何？”

柴束薪神色不变：“没有大碍。”

“当真？”

“当真。”

木葛生看他片刻，手底一松，白鹤呼啦啦飞走：“好，我信你。”

柴束薪虽气色不济，但精神看着还好。木葛生坐在床边煮茶，听对方简单讲述了这几日的经过。

“所以说，城破之后你从废墟里把我挖了出来，又在白水寺碰到了大爷，她带着重伤的老二和老三。”

“白水寺里存有一些药材，那里是最好的去处。”柴束薪道，“我给你们三人治了伤，待情况有所好转，我便传信给蓬莱，长生子派人把我们接了过来。”

“大爷呢？”

“……太岁修为耗尽。”

木葛生默然片刻，点了点头：“我知道了。”

茶水煮沸，木葛生将茶盏递给柴束薪：“长生子派人送来的茶叶——罗汉沉香。”

罗汉沉香是乌龙禅茶，清正和雅，满室樟香幽长。柴束薪尝了一口，淡淡道：“好茶。”

木葛生看着雨过天青色的瓷器：“乌龙入海，凤凰点头——这泡茶的手艺还是当年师父教给我的，许久不用，竟然还没手生。”

柴束薪：“茶是好茶，可惜水煮老了。”

木葛生噎了噎，道：“那你别喝。”

言语间一来一回，气氛变得轻松些许。木葛生吁了口气，道：“长生子方才告诉我，乌家已经派人来了。”

柴束薪摩挲着茶盏：“这不奇怪。”

“是，我胆大妄为在前，七家事后必然发难。”

“你已尽力，至少挡住了阴兵。”

“账不是这么算的。”木葛生叹道，“此一战死伤惨重，乌家未必不会借题发挥，我们得探明各家的想法。”

柴束薪微微坐直了身体，他端着茶盏，神色在水汽中显得模糊不清：“我有一句话想问你。”

“客气什么？”木葛生摆摆手，“说。”

“如今城破，守城部队全军覆没。你醒之前，我查过生死簿，无一生还。”柴束薪一字一顿道，“如今你身处蓬莱，待此间事了，你是要做天算子，还是回人间？”

“你这话问错了。”木葛生反问道，“山河不复，谈何人间？”

“你还没有回答我。”

竹帘外传来了风声，水榭位于山巅极高处，窗外是巨大的落日，白鹤盘旋落于松枝间。

木葛生曾听师父说过，蓬莱瑶台温暖如春，而剑阁积雪千年不化，又有漫山枫树、十里松竹，虽远离红尘，却揽尽人间四季。

蓬莱确实是遗世独立的清修之地，在这里，似乎连星辰都变得触手可及。

木葛生看着窗外的流云，缓缓道：“天地生变，我一肉体凡胎，既没有炼石补天的大能，也做不了治水的圣贤。不过尽一己绵薄之力，尽人事、听天命罢了。”

话锋一转，他又换了懒洋洋的语调，吊儿郎当道：“况且师父说过，蓬莱修士大多辟谷，就算偶食餐饭，也不近荤腥。所以，还是跟着军队好，最起码有肉吃。”

柴束薪没说什么，把手中茶盏递给木葛生。

“干什么？”

“茶是你煮的，理应尝一尝。”

木葛生有些莫名其妙，但还是喝了一口，接着迅速喷了出来：“三九天！这么苦的玩意儿，你刚刚居然还说好喝？！你是不是故意的？”

柴束薪看着他，忽而一笑：“我就知道你会这么说。”

木葛生泼了茶水：“其实当初城破，我是抱了死志。”

“醒的时候，我真是蒙了好一会儿，没想过自己居然能捡回一条命。”木葛生看着柴束薪，“接着我就看到了你。”他笑了起来，“那就不奇怪了，有你三九天在，何愁活不下来。”

“我并非神仙，不是次次都能令你起死回生。”柴束薪和他对视，“你要学会保重。”

木葛生挑眉道：“这可不像三九天你会说的话。”

“……战场上刀枪无眼，我也不能时刻护你周全。”

“知道了知道了，所谓‘大难不死，必有后福’，您且宽心。”木葛生说着站起身，将手递给他，“乌家那边必须得过去了，我扶你起来。”

柴束薪微微一顿，握住对方的手，掌心干燥、温暖，是活人的温度。

他之前消耗过多，又在木葛生床边支撑许久，猛然起身，居然有些站不稳。

“行不行啊你？”木葛生眉头一皱，“你的身体真的没事儿？”

柴束薪断然道：“没事。”

“你说这话之前应该先找个镜子照照自己的脸色。”木葛生知道这人死犟，问也问不出什么，干脆一转话锋，挑眉道，“看看您这弱柳扶风的身段，不知是哪家未出阁的小姐。”

“……木葛生！”

“哎哎哎，我在我在。”木葛生好久没见柴束薪吃瘪，不亦乐乎道，“小姐芳龄几何？家住何处？是否许亲？”说着一个甩腔，凑到柴束薪面前，道，“可有如意郎君？”

柴束薪向来听不得这些诨话，扭头就要往门外走去，结果脚下没站稳，险些摔倒在地。

木葛生看着乐得不行：“三九天啊三九天，你也有今天。”

说归说，乐归乐，他大步走上前，将柴束薪扛了起来：“走着吧，小姐，小生送您去西边。”

柴束薪整个人都傻了，半响没说话，木葛生走出去好一段，他才反应过来，顿时惊斥：“成何体统！快放我下来！”

“就不，你说，你一个伤患讲什么体统？”木葛生脚底生风，走得飞快，“小姐，您就别拘礼了，从了小生吧。”

木葛生这人看起来真是好得通透，任他挣扎半天，硬是没松手，就这么一路把他扛进了殿阁。

殿阁内正在议事，画不成淡淡扫了两人一眼，倒是没什么反应。一旁的乌衣长者站了起来，怒斥道：“来者何人？成何体统！”

木葛生啧啧道：“看见没，三九天？你刚刚的脸色和他一样难看，人应该多笑笑，别天天像个老头子。”

柴束薪：“……你赶快放我下来。”

木葛生大摇大摆地走上前，将柴束薪放了下来，一手扶着对方，朝乌衣长者笑道：“伤者为大，您别见怪。”

乌衣长者一愣，画不成走上前来，介绍道：“此二位乃天算子、灵枢子。”接着朝木葛生二人道：“这位是阴阳家长老、无常子叔公。”

“见过乌老。”木葛生笑眯眯地打了个招呼，一旁的柴束薪行了个晚辈礼。

乌老捻着胡须，上下打量着木葛生：“原来是天算子，看来是身体大好了。”

“瞧您说的，死里逃生罢了。”

几人入座，一时间谁也没有说话，木葛生心下盘算——阴阳家此次派人来，必然来意不善。

乌子虚和乌孽出手帮他击退阴兵，未必是阴阳家本家授意，若乌孽在时还好，至少有个天不怕地不怕的太岁镇场，可惜今非昔比。

他胆大妄为在先，已料到七家事后必然发难，但如今看这场面，在场的居然只有蓬莱和阴阳家——药家是个什么情形，他不清楚，不过，柴束薪大概有办法处理。

至于朱家缺席，木葛生也隐隐猜到了原因。

乌孽修为耗尽，生死未知。

悲喜忧愁，别是一番滋味在心头。

“天算子。”乌老沉吟着开口，“老夫此次前来是为阴兵一事。”

“哦？洗耳恭听。”

乌老拱手："阴兵如今虽被合力击退，但阴阳梯中还有些许残怨，都是难以超脱的凶绝之物，为保万无一失，老夫在此请托天算子，封镇阴阳梯。"

木葛生还没说什么，柴束薪已经开口："大可不必。"

"灵枢子何出此言？"

"阴阳梯已有封镇之物。"

"灵枢子说的可是太岁的傩鼓？"

"不错。"

"容老夫一言，"乌老抚须道，"傩鼓为阴阳家之物。"

"你是什么意思？"柴束薪冷声道，"莫非阴阳家准备撤走傩鼓？"

"不错，傩鼓中有太岁五百年修为，对阴阳家至关重要，太岁用此物封镇阴阳梯，并未经过家族准许，如今阴阳家将其收回，并不逾矩。"

"可笑至极。"柴束薪断然反驳，"傩鼓是太岁修为所化，如何使用，也全凭太岁心意而定，阴阳家凭何插手？"

"那老夫换个说法——作为太岁同族后裔，我等有权处理其遗物，灵枢子以为如何？"

"你们这是在颠倒黑白！不顾逝者之遗愿，是为不忠；枉费长者之苦心，是为不孝！"

乌老摇了摇头，意味深长道："若论不忠不孝，比之灵枢子昔日所为，诸子七家都要自愧不如。"

柴束薪霍然起身。

"乌老，"画不成淡淡道，"灵枢子所作所为，乃药家私事，外人无权置喙。"

木葛生在背后拍了拍柴束薪："少安毋躁。"接着压低声音道，"你之前到底做了什么？怎么我听你们说话像在打哑谜？"

柴束薪一言不发。

"得，这事儿咱们下来再说。"木葛生见状摇摇头，扬声道："乌老，我有一事请教。”

“天算子请讲。”

“如今大部分阴兵都已消散，阴阳梯中的残怨寥寥无几，为何不直接派人铲除，非要镇压？长此以往，岂不又是一个后患？”

“天算子有所不知，”乌老道，“如今阴阳梯中的残怨并非寥寥之数。”

木葛生一愣。

“当日守城一战，血流漂橹，战死的军士和百姓，天算子以为都去了何处？

“阴兵本就有同化怨气的能力，那些本该投胎转世的亡魂都被吸入了阴阳梯。

“已成凶绝，不可超脱。”

一语惊雷，轰鸣声在木葛生耳畔猛地炸响，红色烧了起来，战火历历在目。当日战死的同袍、背着炸药包殉国的参谋长、满脸是血的小峰子……醒来后，他极力回避这一切，还有太多事等着他去做，他没有时间悲伤。

青山埋骨，魂归何处？

乌老却只是轻飘飘地一句：“已成凶绝，不可超脱。”

死无葬身之地，魂无安息之所，尸无瞑目之日，再无转生之时。

木葛生回过神来的时候，柴束薪正死死地抱着他，他低头一看，乌老被他揍得鼻青脸肿，殿阁里一片狼藉。

“……木葛生！”他耳朵里充斥着尖锐的忙音，柴束薪的声音若隐若现，“……先放手！”

“放手？”木葛生心想，“我可去他的吧。”

等他冷静下来的时候，乌老已经没了气息。

画不成上前看了看：“死了。”

乌老本就不是活人，不过是在阳间化了一副假躯，遭不住木葛生拳脚，魂魄早就不知道什么时候遁逃了。

“便宜他了。”木葛生啐出一口血，“狗东西。”

他完全知道阴阳家到底打的是什么算盘，阴阳梯中就算有残怨，也并非不可铲除，乌氏不过是想要留下一个后患，借此制衡丰都。

阴兵暴动给十殿阎罗留下了极大的心理阴影，若非太岁出手，丰都必然大乱。

然而乌孽的能耐太大了，阴阳家若是收回傩鼓，必然遭到忌惮。失去了太岁这个保护伞，阴阳家必然成为众矢之的，那么如何最大化地保有实力，又让丰都无可奈何呢？

当然是留下一颗像阴兵那样的定时炸弹，只要阴阳梯中的残怨还存在一日，十殿阎罗就不敢对阴阳家轻举妄动。

阴阳家和丰都的恩恩怨怨持续千年，木葛生早已见怪不怪，从天算子的角度出发，这确实是个好办法，保全了阴阳家，就是保全了诸子七家的实力。

但他从来不想当天算子。

木葛生深吸一口气，将尸体扔到一边，对柴束薪道："等老三醒来，让他带我进丰都。"

"你要做什么？"

"谈判。"木葛生道，"我要去见十殿阎罗，他们或许有办法超度阴阳梯中的亡魂。"

画不成突然开口："阴阳家历来是天算子和丰都沟通的中间人，你直接越过阴阳家去见阎罗，此举不妥。"

"长生子，"木葛生冷冷地道，"如今的阴阳家，并不听我这个天算子的。"

"那是因为你从未履行天算子之责。"

"我从来都不想当什么天算子！"

"这是你的命。"画不成看着他，缓缓道，"世间没有双全法，你不可能既是天算子，又是一名军人。山鬼花钱已经选择了你，你若一直逃避，就只能陷入无尽的纠葛。当初我便说过，与天争命，代价惨重。你选择了一意孤行，如今便是因果。"

“去他的因果。”木葛生一字一顿道，“只要我去和丰都谈判，事情就有转机。”

画不成淡淡道：“你去不了。”

“墨子和无常子都重伤昏迷，阴阳梯已封，根本没有能带你进丰都的人。”

木葛生看向柴束薪：“老三什么时候能醒？”

“要等药材，他们现在伤势虽缓，但只有用了药，才算真正脱险——”柴束薪话未说完，他猛地意识到了什么。

“没错。”画不成道，“阴兵造成的伤势远非寻常药材可医，而有这些药材的只有蓬莱。”

他看向木葛生，面色如古井无波：“一事换一命——你若想救他们，就必须履行天算子之职。”

“长生子这是要和我谈交易？”

“非我所愿，”画不成道，“别无他法。”

“我若一意孤行呢？”

“你已经尝过一次代价了，况且，这次你要失去的东西，你输不起。”

字字诛心。

木葛生沉默片刻，道：“方才长生子说一事换一命，山鬼镇换的是老三性命，那么还有一事，是什么？”

画不成淡淡道：“请天算子算一卦。”

“算一卦？老二的命没这么不值钱吧？”木葛生道，“长生子要算的是什么卦？”

“非我一人所求，而是七家所愿——自银杏斋主过世以来，再无卦象现世，如今世事混沌，七家需要一盏明灯。”

“铺垫不用这么长，”木葛生听得嗤笑，“您就直说是什么卦吧。”

“天地苍苍，国祚灭亡。”画不成看向殿外，“华夏乱得太久了，我们需要一个具体的时间。”

木葛生瞬间就明白了对方的意思，他在极度的震惊之下失语，继而猛地大笑出声。

柴束薪如坠冰窖，难以置信道：“你说什么？”

“我说得很明白了。”画不成背对着他，“自天算子继任以来，七家只要这一卦。

“请天算子起卦，算国运。”

“你有五天时间考虑。”画不成留下一句话，转身离开。

殿阁中只剩下木葛生和柴束薪两人，天色已然黑透，微冷的寒风刮了进来，空而冷寂。

柴束薪浑身都在抖，他一把抓住木葛生的手臂：“他刚刚说的是什么意思？”

“……你很清楚，”木葛生道，“又何必问我？”

国运——天下大势，合久必分，分久必合，阴阳交替，此为一国之祚。

姜太公的《乾坤万年歌》、李淳风的《推背图》、刘伯温的《烧饼歌》……遍数历朝历代，推演兴亡者不在少数。

易分国运，以天道推人道，预言虚盈。

但凡事都有代价。

身为诸子之一，柴束薪很清楚算国运会有怎样的后果——这是天算一门的绝学，亦是山鬼花钱所能推演的最大卦象之一，它甚至是一门禁术。

千年以来，诸子七家经历数场朝代更迭，却只有不到五人算过国运。卦象一出，算者身殒。这是要克命的。

木葛生站在原地，沉默良久，低声道：“我去看看老二他们。”

当夜，柴束薪客居的阁楼内，灯火通宵未歇。

柴束薪披衣散发，书桌翻倒，银针撒了一地。

他想尽了办法，除了求蓬莱用药救人，没有别的出路。画不成给出五天期限，五天一到，就是墨子和无常子的死期。

药家医术倾世，然而柴束薪束手无策。

他一拳砸在墙上，鲜血直流，他很久没有戴过手套了，往日精心保养的手指伤痕密布，结出了一层茧子。

他想过硬闯，强行夺药救人，但且不论他和木葛生都有伤在身，寡不敌众，墨子和无常子都在画不成手上，他们一旦轻举妄动，后果不堪设想。

他甚至想过放弃，干脆让墨子和无常子都死了算了，以那两人的本事，魂归地府也能大闹丰都，并非没有后路。但他也能想到木葛生绝不会同意——历代无常子死后的结局都是个谜，木葛生不会拿乌子虚的性命冒险，而松问童一旦殒命，则意味着墨家传承彻底断绝。

墨家断代、阴阳家嫡系血脉断绝，而他身为灵枢子也命不久矣——这是谁都不敢看到的后果，意味着诸子七家正在走向不可挽回的消亡。

柴束薪甚至有了一个模糊的猜测，这是画不成设下的两难之局，赌他们不敢不救墨子和无常子，因为一旦诸子纷纷殒命，蓬莱将一家独大。

诸子七家互为制衡，这是绝不可出现的危局。

直到天色破晓，柴束薪看着满室狼藉，突然感到一股发自内心的冷意。

他居然还在这里瞻前顾后。

说到底，诸子七家未来如何，已经与他无关了。

“哎，你们听说了吗？前几日门主那边来了客人。”

“我看见了，真是难得。”

“门主已有多年不曾待客了。”

清晨，几名童子在山路上洒扫，其中一名童子身旁跟着一只白鹤：“最近怪事儿可真多，不知谁胆大包天，拔了百年灵鹤的羽毛，长老都快气疯了，却被门主压了下来。”

“还说呢，我昨天看见门主亲自带着一位公子乘鹤下山去了。”

众人议论纷纷，竹叶沙沙作响，其中一人突然压低了声音，神色带着点儿神秘："你们知道吗？剑阁那边的灯连着亮了三天。"

"剑阁？那不是剑修的地方吗？"有童子诧异道，"剑阁道险峻难过，想上山至少要三天，谁吃饱了撑得到那边去？"

对方露出几分得意："我看见的那个人，从山底走到山顶只花了不到一天时间。"

"别是你做梦看花了眼。"有人明显不信，"如今的剑阁弟子大多在外游历吧？山顶还有人住？"

"你别说，还真有人。"一名童子突然想起了什么，"当年门主带回来的那位，如今就在剑阁修行。"

"你说的是……林师叔？"

柴束薪已经在门前站了三天三夜。

这是他想到的最后的办法，如今只有门里的人能帮他。

银杏斋主座下大弟子——林眷生。

林眷生是木葛生的师兄，二人同样出自天算门下。木葛生常说师兄之能胜他数倍，如今只有林眷生能帮他算这一卦。

剑阁峥嵘而崔嵬，柴束薪看着眼前高耸入云的阁楼，山巅积雪千年不化。他一路走来，这已经是山上的第三场雪。

他站在门前，睫毛上沾满冰霜，但身姿依然挺拔如松，纹丝不动。

他抬起手，再一次敲响阁楼大门："柴束薪求见。"

与此同时，木葛生跳下白鹤，看着熟悉的街道："我倒是没有想到，您居然这么堂而皇之地进了城。"

"阴阳家已事先设下结界，但维持不了多久。"画不成淡淡道，"事不宜迟。"

他一甩拂尘，平地风起，在岔路口卷起一阵浓烟，一个深不见底的洞口露了出来，阴阳梯豁然大开。

洞口周围围着层层红线，红线正中捆着一面朱色大鼓，大鼓发出低沉的轰鸣——正是太岁傩鼓。

木葛生看着不远处，有些出神。

片刻后，他一撩衣摆，跪了下去，朝大鼓磕了三个头。

接着他站起身，扭头看向画不成：“长生子莫要忘了之前的承诺。”

画不成点了点头：“这是自然。”

木葛生掏出一枚山鬼花钱，神色逐渐凝重：“开始吧。”

与此同时，蓬莱，大雪纷纷而落。

剑阁上，大门吱呀一声打开。剑阁中矗立着一座高台，由青石和玄铁搭建而成，其上布满深深的剑痕，沟壑纵横。

高台上有一间小亭，亭中红炉煮茶。

一位青年朝柴束薪微微侧身：“请。”

柴束薪看着眼前的青年，对方腰间佩剑，青衣高冠白云履，正是一别多年的林眷生。

故人身形、容貌丝毫未改，甚至神色也带着昔年的温和，只是换了一身蓬莱的装束。

“我不是来喝茶的。”柴束薪哑声道。

他在门外站了太久，寒气入肺，连声音都变得冷涩。

“我知道。”林眷生倒了一杯茶，“剑阁极寒，你接下来还有很多事要做，不能冻坏了身体。”说着将茶杯递给他，“你是医者，自然明白我说的话。”

柴束薪沉默着接过茶杯，茶水入口，温润回甘。

林眷生和木葛生泡茶的手法极像，但前者无疑娴熟很多。

柴束薪喝完了茶，放下茶杯，开门见山道：“我来是有一事相求。”

他简单叙说了事情经过。

林眷生安静地听完，道：“我虽在剑阁，但对外界之事也略知一二。”

“……算我求你。”柴束薪低声道，“可否帮他算这一卦？”

“灵枢子，你和天算子的缘分没有这么深。”林眷生轻叹，“这是天算一脉的命理，你身为局外之人，已经牵扯太多了。”

“我心甘情愿。”柴束薪摇摇头，“不是灵枢子对天算子，只是柴束薪对木葛生。”

林眷生沉默片刻，道：“我帮不了你。”

“为何？”

“我如今是蓬莱中人。”林眷生道，“灵枢子，你脱离药家的事已经在七家内传开了，我佩服你的决绝。但容我一言，每个人心中都有一杆秤，在诸子七家和天算子之间，你做出了选择。你有选择的权利，他人亦然。”

茶水煮沸，白雪纷飞。

林眷生看着远处的群山，道：“当年在银杏书斋，师弟每每犯错，我总是帮他遮掩。

“但这一次，不是小事。”

“诸子七家有规，离经叛道之人，不可袖手放纵。”他将佩剑放在桌子上，“有错当罚，长生子已经给出了最妥帖的做法。

“说到底，谁都不再是莽撞少年了。”

不知过了多久，柴束薪才道：“……木葛生是你师弟。”

林眷生轻声道：“那是很久之前的事了。”

柴束薪从山巅下来时，已是第四日深夜。

他路过松问童的房间，房门打开，刚好遇上提着灯笼出来的木葛生，对方端着药碗：“你去哪儿了？”

柴束薪摇了摇头：“我没事。”

“我回来后一直在找你。”天色太黑，木葛生看不清对方的脸色，“老二刚刚睡着，这里不方便，我们去别处谈。”

“你什么时候回来的？”

“今天下午。”

"墨子醒了？"

"……嗯。"

两人进了木葛生暂居的别院，房间中摆着一张大桌，花钱散乱。

柴束薪站在房间里，看着桌面上的古旧铜钱。

木葛生找来一只匣子，将花钱胡乱地收起来："怎么着，是不是没见过这么多枚山鬼花钱？可惜一个子儿也花不出去……"

柴束薪："我数过了，一共四十八枚。"

木葛生动作一顿。

"用山鬼花钱做成山鬼镇，并非易事。"柴束薪涩声道，"你曾经说过，山鬼花钱中藏有浩瀚之力，能发挥出多少却是根据持有者的能力而定。"

"别小看人啊，三九天。"木葛生啪地合上木匣，"今非昔比，我能耐可大了。"

"你拿什么换的？"

"……"

"你重伤未愈，想要完全催动山鬼花钱的力量，只能强行去换。"柴束薪嘶哑道，"你拿什么换的？"

木葛生装傻装不下去了，叹道："看破不说破，你心知肚明，又何必问我？"

柴束薪只觉眼前阵阵发黑，他死死地攥着拳，竭力保持清醒。然而他在雪中站了太久，又情急攻心，剧烈地咳嗽起来，猛地吐出一口血。

木葛生被他吓着了，手忙脚乱去倒茶："三九天，你没事吧？你别吓我啊！"说着将茶杯塞到对方手中，"你别急，先喝口茶缓缓。"

柴束薪触碰到木葛生的手指，他在雪里站了三天，寒气入体，早已浑身冰凉。

然而和木葛生的体温比起来，他的手居然是暖的。

茶杯落地摔碎，水花飞溅。

柴束薪低声道："你是用寿数换的。

"你什么都算好了——将一半的寿命注入山鬼花钱，做成山鬼镇；剩下的一半用来算国运，是吗？"

木葛生没说话，只是重新倒了一杯茶，塞进他手里："你先喝茶，冷静一下。你的脸色很差，老二、老三都躺着，你不能再有事了。"

柴束薪有一瞬间想要抓着眼前人大吼，他想说："应该保重的是你！这本应是我说给你的话！"

但他什么都做不了，只能死死攥着手中的一杯茶。他无法告诉木葛生一切，说"你的命是我换来的，甚至因此牵连了太岁乌孽，而你却用这寿命做成了山鬼镇，置阴阳梯中万千冤魂于不顾，你还要去算国运，让之前种种看起来都像个笑话"。他什么都不能说，否则难以想象木葛生会是什么反应。

自始至终，发疯的都该只有他一个。

数日来，无力感始终纠缠着柴束薪，如今终于爆发了，他身心俱疲地想，他们付出至此，到底是为了什么？

木葛生是军人，他本该在战场抛头颅洒热血，即使战死，亦慷慨以赴，如今却要困在这方寸之地，为了某些古老得几乎腐朽的东西，为了某些不知所谓的枯玄，抽筋拔骨，熬干心血，最后还被人指着脊梁称为悖逆之徒。

他们从出生起就被捆上某种东西——所谓的诸子之位、所谓的家族传承。这一切到底有什么意义？

"三九天？"木葛生看着沉默不语的柴束薪，提心吊胆地试探，"你没事儿吧？你别吓我啊？"

柴束薪霍然抬头，脱口而出："你愿不愿意跟我走？"

木葛生没听懂："跟你走？去哪儿？"

"去哪儿都可以。"柴束薪语速飞快，"去战场、去国外、去找你父亲，或者随便别的什么地方，只要你想，我们可以完全摆脱这一切。以你我之能，只要有意隐姓埋名，七家不可能找得到。你想做什么都可以，去打仗也好，过平静的日子也罢，或者继续到国外留学，我们可以一起去看涅瓦河畔的雪……”

木葛生愣住，看着眼前滔滔不绝的柴束薪。有那么一瞬，他内心深处微微动了一下，仿佛对方说的话都成了真，他们真的放下了一切，然后远走高飞，做平凡的普通人，度过安稳、宁静的一生。

然而那并非他的初衷。

若他真想逍遥半世，当初就不该归来。

木葛生叹了口气，拍了拍对方的肩：“柴束薪。”

这是他第一次这么称呼对方。

柴束薪抬起头。

“生前事，身后债，下有幼儿，上有长辈，家中烂账数笔，出门还有国破山河。”木葛生轻声道，“我大概能理解老三的处境了，真的不容易，很不容易。”

“虽然老三未必在意，想来我终归欠他一句抱歉。”他顿了顿，话锋一转，“但，身为银杏书斋弟子，没有人会选择逃避。”

“一人做事一人当，当初把兄弟们牵连进来，亲兄弟明算账，人情债算不清了，人命总得还上。”木葛生笑了笑，伸出手，“你该把东西给我了。”

柴束薪：“……你怎么知道的？”

“我在灯下看到你的时候，你肩上还残留着落雪的湿痕。”木葛生道，“你去了剑阁。”

临走前，林眷生给了柴束薪一样东西。

木葛生在一旁坐下：“天算门下有一条门规，一旦新任天算子继位，同辈的师兄弟都会被逐出师门。

“但是被逐出的弟子并不意味着从此不可推演天算之术，相反，为了帮助弟子们谋生，师门都会赠予一枚山鬼花钱。

“这枚山鬼花钱并非传自上古，但也是当代墨子所制，堪称鬼斧神工。”

他看着柴束薪："如今我只有四十八枚山鬼花钱，不足以算卜天命，既然你去了剑阁，缺失的那一枚，想必师兄交给了你。"

他笑了笑，朝柴束薪伸出手。

柴束薪沉默许久，掏出那枚山鬼花钱，放入木葛生手心。

"我是真没想到你居然会去找师兄。"木葛生轻叹，"你不了解师兄，他虽然惯着我，但事关原则，他永远会站在诸子七家的立场上。"

立场不同，谈何对错？

一别经年，之前种种，都是泛黄的旧事了。

木葛生笑了笑："不说这个了，今夜还长，我有东西给你。"说着弯腰从桌下端出一只瓷盅。

他打开来，气味熟悉而陌生，花花绿绿的食材中横卧着一条鲤鱼。

"红枣洋葱锦鲤汤。"木葛生道，"回城的时候，我顺路去了一趟你家，池水还没干，不少鲤鱼还活着。"他顿了顿，又补了一句，"你这回可别让我赔钱了啊。"

"我一直都想说，"柴束薪哑声道，"你做饭真的很难吃。"

"你也太不给我面子了。"木葛生无奈道，"能不能有点儿情怀？我们当初认识，还是因为这一碗汤。

"一年、两人、三餐、四季——春天要做莲蓉青团，夏天要酿酸梅凉汤，秋天要喝黄酒配蟹，冬天要有火锅围炉。

"下雪的时候，带一串灯笼椒去找老二，他会做很绝的蘸料。"

"什么时候想起我了，就吃一品锅。"

"喀，你说咱们认识这么久了，也没什么机会说说心里话。"木葛生挠了挠头，"你这人太正经，俩大老爷们儿，有的话说出来也挺难为情的。"说着，他又笑了笑，"不过，如今倒是无妨了。"

"在下木将军府，天算门下，木葛生。"

木葛生起身，深深长拜。

"与君相逢，此生有幸。"

次日，木葛生起卦，以四十九枚山鬼花钱为媒，卜算国运。

七日后，卦象现世。

与此同时，天算子殁，殒命于蓬莱。

未完待续……

图书在版编目（CIP）数据

红白囍 / AyeAyeCaptain著. -- 北京 : 北京联合出版公司, 2023.11（2025.8重印）
ISBN 978-7-5596-7230-8

Ⅰ. ①红… Ⅱ. ①A… Ⅲ. ①长篇小说—中国—当代 Ⅳ. ①I247.5

中国国家版本馆CIP数据核字(2023)第183908号

红白囍

作　　者：AyeAyeCaptain
出 品 人：赵红仕
责任编辑：牛炜征
产品经理：张梦璇　陈隽萱　谢佳卿
封面设计：@Recns
出版监制：辛海峰　陈　江
特约监制：穆　晨　殷　希
特约编辑：王苏苏　丛龙艳
美术编辑：任尚洁
版式设计：蘑　菇

北京联合出版公司出版
（北京市西城区德外大街83号楼9层　100088）
联合读创（北京）文化传媒有限公司发行
天津中印联印务有限公司印刷　新华书店经销
字数 282千字　880毫米×1230毫米　1/32　10.25印张
2023年11月第1版　2025年8月第13次印刷
ISBN 978-7-5596-7230-8
定价：52.80元